Hubert vom Venn

Kopflos in Reichenstein

RHEIN
MOSEL
VERLAG

RHEIN-MOSEL-VERLAG
Brandenburg 17, D-56856 Zell/Mosel
Tel. 06542/5151 Fax 06542/61158

ISBN 978-3-89801-040-5
Ausstattung: Daniela Harings, Cornelia Czerny
Umschlagillustration: Steffi Delfmann
Porträtfoto: Katharina Franke
Korrektur: Thomas Stephan
Druck: Siebengebirgsdruck, Bad Honnef

Hubert vom Venn

Kopflos in Reichenstein

Nusseleins dritter Eifel-Fall

RHEIN-MOSEL-VERLAG

Prolog

Schade, dass Charly Nusselein gewaltig einen an der Waffel hat.

»Drei, zwei, eins – meins!«, jubelte er siegreich und klatschte sich – mangels menschlichem Gegenpart – mit einem lebensgroßen Lara-Croft-Pappaufsteller ab, den er sich nach einem Spätfilm mit weniger als dem erhofften Erotik-Inhalt in einem Aachener Kino frustriert einfach unter den Arm geklemmt hatte.

Lara Croft zeigte sich pappig-unbeeindruckt, zumal das Objekt der ebay-Begierde nicht unbedingt ihren eigenen Kleidervorstellungen aus grünem Body, braunen Hotpants sowie zwei »9-mm-FN Browning High Power« entsprach.

Nusselein hatte nämlich für »125 Euro (plus 5,00 Euro versicherter Versand-Service nach Deutschland)« einen fleckigen Trenchcoat ersteigert, der als »Wahnsinn! Original Kommissar-Columbo-Mantel aus Hollywoodfundus (garantiert), Herren-Größe, in vielen Folgen zu sehen« angepriesen worden war. Ihn hatte auch nicht stutzig gemacht, dass er der einzige Bieter gewesen war und der Verkäufer als Zusatz nicht nur »Aus Türkei« sondern auch noch »Hierbei handelt es sich um eine Privatauktion – jegliche Garantie oder Umtausch ausgeschlossen« dick unterstrichen hinzugefügt hatte.

Als sich sein Handy mit dem Klingelton »Old Dan Tucker« meldete, wurde Charly Nusselein zurück in die Realität gerissen – in eine brutale Realität, wie sie in der Eifel nun einmal an der Tagesordnung ist:

»Wetten, da ist ein Mord passiert!«, schlussfolgerte er messerscharf: »Der Verleger dieser Reihe will doch immer, dass der Mord auf der ersten Buchseite stattfindet. Dann wollen wir den werten Arne Houben vom Rhein-Mosel-Verlag und die unbekannte amazon-Leserin mal befriedigen.«

Stolz zitierte Nusselein eine »Ilona« aus Krefeld:

»Kein Buch zum Verschlingen …
… denn dann würde man sich um viele spitze Anspielungen bringen. Auch der zweite Fall des Duos Nusselein/Zimmermann lässt den »typischen Eifel-Charme« spüren, man kommt um's

Lachen nicht herum und darf sogar seine grauen Zellen zum Mitdenken benutzen.

»Hoffentlich kommen noch viele weitere Fälle dazu!«

»Und ein weiterer Fall beginnt jetzt!«, verkündete Nusselein laut und ungehört:

Dann hob er ab …

Schade, dass Charly Nusselein gewaltig einen an der Waffel hat.

Erster Tag – Dienstag, 4. März

»Nusselein, du Tropf«, meldete sich Elli Breuer aus der Redaktion des »Hammer« in Monschau, »aus Polizeikreisen ...«

»Ah, der polizeibeamtete Ehemann hat Dienst!«

»... habe ich erfahren, dass an dem Wehr in der Rur im Rosenthal hinter Monschau ein Kopf gefunden worden ist.«

»Kannst du mich bitte anrufen, wenn der Rest auch angespült worden ist.«

Die folgenden Worte der Redaktionssekretärin führten zu einer Übersteuerung im Handynetz der Nordeifel und kamen nur noch bruchstückhaft in Nusseleins Wohnwagen in der Enklave Ruitzhof bei Kalterherberg an. Trotz gewisser Unverständlichkeiten wie »Vollidi...«, »Faule Sa...« und »sofort in deine Schrottkis...« lösten die Wortfetzen hektische Betriebsamkeit aus: Incitatus, Kater und einziger Lebengefährte des Journalisten, sprang mit einem Satz Richtung Katzenklappe, während Nusselein Sekunden später in seinem Wagen saß.

Nach noch nicht einmal zwanzig Minuten erreichte der stark verrostete Mazda mit dem – nach eigenem Bekunden – »Satan am Steuer« das Rosenthal.

»Crime Scene do not cross« stand auf einem gelben Absperrband, das quer über die Straße gespannt war und von einem gemütlich aussehenden Dorfpolizisten bewacht wurde.

»Manchmal geht mir diese Amerikanisierung zu weit«, schimpfte Nusselein, während der Polizist ihn durchwinkte. Auf dem Weg zum Fluss begegnete ihm Peter Stollenwerk von der »Aachener Zeitung«, der wieder einmal vor Nusselein am Ort des Geschehens gewesen war:

»Charly, das sieht grässlich aus. Das kannst selbst du in deinem Blättchen nicht veröffentlichen«, rief dieser ihm zu, bevor er in seinen VW-Käfer stieg.

In der Eifel hatte man sich angewöhnt, die Monatszeitschrift »dat Blättchen« zu nennen, da der Name »Der Hammer« in der Logik der Landmenschen nun wirklich keinen Sinn macht.

An der Rur wimmelte es von Polizisten. Nusselein erkannte Kommissar Gottfried Zimmermann, der in hohen Anglerstiefeln und Wathose in der Rur stand, während zwei Jung-Polizisten gerade ein Tuch über einen blutigen, runden Gegenstand legten.

»They died with their boots on – Männer, die in Stiefeln sterben«, grüßte Nusselein seinen Mitstreiter aus zwei Kriminalfällen, die er nicht ohne das Wort »spektakulär« immer wieder gerne in Erinnerung ruft.

»Du hast mir gerade noch gefehlt«, maulte der Kommissar, dessen großes Vorbild immer noch Charly Muhamed Huber ist und machte eine schnelle Kopfbewegung in Richtung der Kollegen aus dem Aachener Polizeipräsidium. Dort hatte man nämlich erst unlängst wieder seine enge Zusammenarbeit mit dem Journalisten kritisiert. Ein Vorwurf, den Zimmermann immer vom Tisch wischte:

»Dann sollen die mir wenigstens hin und wieder eine Hilfe aus dem urbanen Aachen schicken. Die lassen mich doch hier in Monschau mit allem immer hängen.«

Nusselein bemerkte erst jetzt, dass er wieder einmal total overdressed war, da er zu einem braunen Halbschuh am rechten Fuß eine schwarze Stiefelette am linken Fuß trug. Schnell machte er einige Fotos, was aber nur dazu führte, dass die beiden polizeilichen Jungspunde ein riesiges schwarzes Tuch vor dem bereits zugedeckten Etwas hochhoben.

»Das muss der Kopf sein«, schlussfolgerte Nusselein messerscharf.

Aus der Menge der Polizisten löste sich der ganz in Weiß gekleidete Cornelius Damm von der Aachener Spurensicherung und grüßte Nusselein mit stark eingeschränkter Begeisterung:

»Ach, die Pfeife gibt es auch noch!«

»Na, na. Erst einmal ein Frohes Neues Jahr, wenn ich bitten darf«, konterte der Journalist mit dem in kaiserstädtischen Polizeikreisen angeschlagenen Ruf.

»Wir haben Anfang März, du Flitzpiepe«, erwiderte Damm und ging zu seinem Wagen, während sein Kollege Berthold Ott den Monschauer Journalisten völlig ignorierte.

Zwei Bestatter, so konnte Nusselein trotz des schwarzen Tuchs erkennen, legten den Kopf in eine Zinkwanne und verschlossen diese mit einem grauen Deckel.

»Hoffentlich ein Einheimischer, sonst gibt es an der Beerdigung nichts zu verdienen«, murmelte einer der Sargträger und der Jüngere schob nach:

»Werden Köpfe eigentlich auch alleine begraben?«

»Keine Ahnung. In der Eifel stirbt man nicht kopflos.«

Gottfried Zimmermann war inzwischen aus der Rur gestiegen. Nusselein machte ein offizielles Gesicht, wenigstens hielt er es dafür, und trat an den Kommissar heran:

»Wann gibt es eine Pressekonferenz?«

»Kommt Zeit, kommt PK«, antwortete dieser und raunte Nusselein zu:

»Ich melde mich.«

»Davon gehe ich aus.«

Nusselein hörte noch, dass aus Aachen Leichenspürhunde angefordert wurden und beschloss, erst einmal zur Redaktion zu fahren. Ein Kleinkind, das an der Hand seiner schaulustigen Mutter aus der Ferne das Geschehen beobachtete, krähte:

»Guck mal, der Onkel hat einen falschen Schuh.«

»Pssst«, belehrte die Mutter bewusst hörbar, »das ist doch der Bekloppte von der Zeitung.«

Elli Breuer warf Nusselein neben einem bösen Blick auch mehrere Büroklammern hinterher, als dieser die Redaktion des »Hammer« gegenüber dem ehemaligen Monschauer Kino betrat:

»Wetten, die Konkurrenz war schon in der Dunkelkammer, als du noch mit dem fetten Arsch im Bett lagst!«

Nusselein gab sich beleidigt:

»Erstens wird mein Gesäßbereich gerne mit dem von Brad Pitt verglichen, zweitens gibt es keine Konkurrenz für mich, drittens kaum noch Dunkelkammern und viertens lag ich nicht im Bett, sondern habe bei ebay einen Sensationskauf getätigt.«

»Eine aufblasbare Puppe von Beate Uhse!«, stöhnte Elli Breuer.

»Gehe weg, Weib, mit deinem sündigen Sprech! Nein, ich habe den Original-Mantel von Kommissar Columbo ersteigert. Direkt aus Hollywood, wenigstens fast.«

Selbst Nusselein kamen wegen des Hinweises »Aus der Türkei« nun erste Zweifel, die er aber rasch überspielte:

»Ich werde also in Zukunft wie ein Hollywood-Star durch die Gegend laufen.«

»Musste dir nur ein Schild umhängen, sonst merkt es keiner. Der Mantel sah doch im Fernsehen immer echt Scheiße aus.«

Elli nahm tief Luft und polterte weiter:

»Ich bin sowieso sicher: Das ist eine Fälschung. Aber das interessiert mich ja auch nicht – nicht die Bohne: Was ist vielmehr mit dem Mord? Ist das was für die nächste Ausgabe, oder zieht sich der Herr wie immer wochenlang aus der Redaktionsarbeit zurück?«

Nusselein konnte nicht antworten, da das Telefon klingelte.

»Monatszeitschrift »Der Hammer«, Elli Breuer am Apparat, was kann ich für Sie tun?«

»Ich hasse diese beknackten Ansagen«, murmelte Charly Nusselein, »aber der Chef will es so.«

Der Chef ist übrigens Alex Kufka, der wegen seiner Sucht, permanent Luftpolsterumschläge zu zerdrücken, beim »Diakonischen Werk des Südkreis Aachen« mehrmals in der Woche eine Selbsthilfegruppe »Menschen mit nicht-stoffgebundenen Süchten« besucht.

Mit Erfolg: Er kauft keine Luftpolsterumschläge mehr, sondern fällt nur bei gebrauchten Zusendungen zu seiner alten Sucht zurück.

Elli Breuer hielt Nusselein den Hörer hin:

»Für dich. Kommissar Maigret! Direkt aus Paris.«

Kommissar Zimmermann meldete sich aus seinem Büro an der Monschauer Laufenstraße:

»Wir müssen auf die Spürhunde warten. Da wollte ich schnell bei Helga im ›Schwarzen Krug‹ einen Happen essen. Sollen wir uns da treffen?«

»Wenn ich das junge Glück nicht störe«, maulte der Journalist und unterdrückte die Bemerkung, dass man sich seit dem Beginn der Beziehung zwischen der schönen Wirtin und dem Kommissar kein einziges Mal mehr zu einem »Auf-ein-Gläschen-Abend« mit besten Rotweingewächsen von der Tankstelle in Nusseleins Wohnwagen getroffen hatte.

»Dann also bis gleich«, beendete Zimmermann das Gespräch, »in einer halben Stunde. Und zieh dir ausnahmsweise zwei gleiche Schuhe an.«

Nusselein bearbeitete noch schnell die Anzeige einer Kesternicherin für die Rubrik »Sie sucht Ihn«:

»Ich habe große Sehnsucht nach starken Armen, die mich festhalten, Sehnsucht, dich endlich zu finden, mit dir einzuschlafen, von dir gestreichelt zu werden, dir meine ganze Liebe zu geben. Ich bin blond, 40, 173 cm groß, hübsch, allein erziehend, berufstätig, romantisch, großherzig, lustig, frech und liebe es, stundenlang zu kuscheln, küssen und streicheln, eng aneinander zu liegen und den anderen zu spüren. Schreibst du mir? PS: Ich bin ein Vollweib.«

»Vollweib? Ich bin der Meinung, dass neben Schleiden auch Kesternich zerstört werden muss«, schimpfte Nusselein vor sich hin.

Nach dieser aufreibenden Arbeit ging er die wenigen Meter zum »Krug« zu Fuß und ließ eine schmollende Redaktionssekretärin zurück:

»Ja, bravo. Der eine ist bei den anonymen Luftpolsterfurzern, der andere geht fressen. Und wer macht wieder die ganze Arbeit? Die blöde Frau Breuer.«

Danach schloss sie die Redaktion ab, hängte das Schild »Bin gleich wieder da« ins Fenster und ging zum nahen »Türkmen Döner-Kebap«.

Rheinischer Sauerbraten stand dort nicht auf der Karte.

Es war nicht Columbos Mantel, sondern eine Soutane mit dreiunddreißig Knöpfen, in der ein hoch gewachsener Priester steckte, der den kleinen Raum betrat. Das Zimmer war mit einer Liege, die entfernt an die der Ärzte erinnerte, einem Gebetsstuhl, einem Holzkreuz und einem Druck des Bildes »Der heilige Antonius im Kampf mit dem Dämon« recht karg eingerichtet.

Der Priester nickte gönnerhaft.

Eine Frau, die aussah, als hätte sie sich fürs Hochamt C&A-fein gemacht, fiel auf die Knie, während ein vielleicht 16-jähriger Teenager in H&M-Uniform trotzig stehen blieb. Die Frau griff unterwürfig nach dem Saum der Soutane und versuchte diesen zu küssen. Der Geistliche unterband das schroff, während das junge Mädchen die Augen verdrehte.

Mit milder Stimme sprach der Priester die kniende Frau an:

»Lass das! Ich bin ein Gleicher unter Gleichen. Du hast nach meiner Hilfe gerufen, hier bin ich.«

Er zog die Frau hoch:

»Sprich, wie kann ich dir helfen?«

»Meine Tochter ist vom Teufel besessen ...«

Der Teenager verdrehte erneut die Augen und machte einen Schritt auf die Tür zu:

»Die hat eine totale Vollmeise, ich gehe jetzt.«

»Du bleibst!«, befahl der Priester scharf, zumal in der Tür ein bulliger Mann erschien und den Ausgang versperrte.

Wieder ergriff die Frau das Wort:

»Sie hurt, sie klaut, sie spricht böse Worte. In der Hülle meines Kindes steckt der Leibhaftige.«

Der Priester nickte wissend. Der Teenager tippte sich hilflos an die Stirn.

Der bullige Mann betrat auf einen Wink des Geistlichen das Zimmer und drückte das Mädchen auf die Liege.

Der Priester stellte sich an das Fußende und besprengte die Jugendliche, die sich heftig wehrte, mit Weihwasser.

»Lasset ab von Satanismus, von Hexen, von Dämonen ...«

Ein kräftiger Tritt des Mädchens verpasste nur deshalb den Genitalbereich des Priesters, weil dieser gerade einen Schritt nach hinten ging. Der bullige Mann packte kräftiger zu.

Der Priester trat an das Kopfende und salbte den Teenager, indem er ein Kreuzzeichen auf die Stirn zeichnete. Dann rief er aus:

»Dämon, wie ist dein Name? Aschmodai? Beelzebub? Gib dich zu erkennen, Satan. Wie heißt du?«

»Arschloch!«, schrie das junge Mädchen, während ihre Mutter wieder auf die Knie fiel:

»Verzeihet, oh Herr, verzeihet. Das ist nicht die Stimme meines Kindes, das ist die Stimme des Teufels!«

»Die gehört doch in eine Geschlossene!«, schrie die Tochter.

»Mit Hilfe von Johannes Paul II. – mit Hilfe der allerunbeflecktesten Jungfrau Maria – Dämon, lasse ab von diesem unschuldigen Kind.«

»Trittst du mit dieser Nummer auch auf der Kirmes auf?«, lästerte das Mädchen.

Der Priester machte einen Schritt zurück:

»Ich habe die Stimme des Teufels gehört, jedoch er verweigert sich mir. Erst wenn er mir seinen Namen genannt hat, kann ich ihn besiegen.«

»Versuchs doch mal mit Pete Doherty«, spottete das Mädchen und spuckte den Priester an.

»Genug! Für einen Exorzisten ist es noch zu früh. Ihr müsst beten, beten, beten. Erst dann werde ich euch helfen können.«

»Ich werde den Teufel dran tun!«, äffte das Mädchen, während ihre Mutter sich eilig bekreuzigte.

»Ich werde nun ein Gebet sprechen, das ihr ab sofort täglich beten müsst.«

Der Priester kniete vor der Liege nieder:

»Herr, allmächtiger und barmherziger Gott, Vater, Sohn und Heiliger Geist, befreie mich von allen Einflüssen des Bösen. Vater, im Namen Christi bitte ich dich, dass du jede Kette, die der Teufel über mich hat, zerbrichst. Vergieße das kostbarste Blut deines Sohnes über mich, damit sein unbeflecktes und heilbringendes Blut jegliche Einflüsse über meinen Körper und meinen Geist vernichtet.«

Danach stand der Priester auf und wandte sich der Mutter zu.

»Das ist das Befreiungsgebet. Nehmet da vorne eine Fotokopie mit nach Hause.«

Den Geldschein, den die Frau ihm zusteckte, ließ er schnell in seiner Soutane mit den dreiunddreißig Knöpfen verschwinden:

»Für die Armen. Habt Dank.«

Dann verließ er mit seinem Gehilfen den Raum und ließ Mutter und Tochter alleine zurück.

In der Ferne war Orgelmusik und Mönchsgesang von einer CD zu hören – Johann Sebastian Bachs »Komm oh Tod du Schlafes Bruder!«.

Den »Schwarzen Krug« an der Monschauer Laufenstraße bevölkerten zu diesem Zeitpunkt nur wenige Gäste: Während ein älteres Ehepaar »Kassler mit Sauerkraut« und »Monschauer Senfrahmschnitzel« bestellte, bestand eine achtköpfige Gruppe Niederländer darauf, lediglich viermal den Beilagenteller »Pommes Frittes mit Majonäse« mit acht Gabeln zu bekommen. Die Kellnerin erfüllte auch diesen Wunsch.

Gottfried Zimmermann saß mit Helga Preim, der schönen Wirtin der Traditionsgastwirtschaft, in einem Erker mit Blick auf die Rur. Das Fenster stand weit offen, da die März-Sonne ihr erstes Kraftpaket geöffnet hatte. Der Kommissar hatte, während er die Hand seiner Freundin schweigend streichelte, einen Tagtraum: Gemeinsam mit Charly Muhamed Huber, der schon vor zig Jahren beim alten »Alten« als ZDF-Seriendarsteller ausgestiegen war, nahm er unter den Augen des Aachener Polizeipräsidenten Klaus Oelze einen gefährlichen Mörder fest.

Der Polizeibeamte wurde aus seinen Träumen gerissen, da in der Rur ein Angler einer frisch gefangenen Forelle mit einem Gummiknüppel auf den Kopf prügelte.

Der Kommissar und die Wirtin hielten weiter Händchen und bemerkten Nusselein erst, als dieser sich laut und vernehmlich auf einen Stuhl fallen ließ:

»Ich störe das junge Glück nur ungern, aber die Staatsmacht hat mich hierhin beordert.«

»Ich lass euch mal«, sagte Helga Preim und hob verständnisvoll die Hände, ehe sie in der Küche verschwand. Dabei blies sie sich eine Locke aus der Stirn.

Gottfried Zimmermann kam sofort zur Sache:

»Also, wie immer: Offiziell arbeiten wir nicht zusammen, sonst machen die mir in Aachen im Präsidium wieder einen Affentanz. Wir treffen uns, falls erforderlich, in deinem Wohnwagen, sonst nur Kontakt übers Handy.«

Nusselein hob beschwörend den Kopf und flüsterte:

»Da hört ja nur der Schäuble mit! Aber jetzt will der Meister der flinken Feder erst einmal wissen, was überhaupt los ist.«

»Ich weiß nicht viel mehr als du. Im Rosenthal ist an dem Wehr ein Kopf gefunden worden …«

»Von wem gefunden?«

Zimmermann griff in seine Jacke und holte das bunte Notizbuch mit dem Aufdruck »Made in Rajasthan – 100% Recycled Hand Made Paper« hervor:

»Von einem Rentner namens Hans Nießen gegen 7.30 Uhr beim Bernhardiner-Ausführen …«

»Und der Bernhardiner hört auf den Namen ›Barry vom Schlummerwölkchen‹. Die haben doch schon bei unserem letzten Fall die erste Leiche gefunden.«

»Ich weiß! Kann ich dafür, dass Krimi-Autoren so einfallslos sind. Auf jeden Fall können wir noch nicht einmal sagen, ob es sich um eine Frau oder um einen Mann handelt, so zermatscht war der Kopf. Ich tippe allerdings auf eine Frau, da an einem Ohr ein Loch war.«

»Das heißt nix. Captain Jack Sparrow hatte auch einen Ohrring.«

»Die letzten Piraten sind aber schon seit Jahrhunderten auf der Rur verschwunden.«

»Weiß mer's?«

Zimmermann schaute Nusselein genervt an:

»Können wir uns darauf einigen, dass du in Zukunft nicht durch überflüssige Randbemerkungen unsere Gespräche unnötig in die Länge ziehst?«

»Mit mir kannst du reden wie mit einem Idioten!«

»Genau das meinte ich. Also, der Kopf wird in Aachen untersucht. Gleich kommt eine Hundestaffel und dann suchen wir die Rur und das Ufer ab. Die Spurensicherer meinen nämlich, dass die schlimmen Verletzungen an dem Kopf von den Steinen im Fluss verursacht wurden und nicht durch einen möglichen Täter.«

»Und was ist meine Aufgabe, oh Herr?«

»Das weiß ich im Augenblick auch noch nicht. Immer in der Nähe sein und Augen und Ohren offen halten.«

»Von meinem Mund sagst du nichts. Ich habe nämlich Hunger.«

»Dann bestell dir was auf meine Rechnung. Ich treffe jetzt im Rosenthal unsere Hundeleute.«

Nusselein winkte der Kellnerin:

»Einmal die Sachertorte. Aber wie gewienert.«

»Genau das meinte ich«, wiederholte sich Gottfried Zimmermann, als er den »Schwarzen Krug« verließ.

Abseits aller Straßen, tief in den französischen Ardennen, befindet sich das Dorf Signy-Le-Petit im Arrondissement Charleville-Mézières.

Die beiden Männer trafen fast zeitgleich gegen Mittag aus der Provence sowie aus Brüssel ein und checkten in dem kleinen, aus rotem Ziegel erbauten Hotel »La Hulotte au Lion d'Or« an der Place de l'Eglise ein.

Nachdem sie ihre Zimmer im ersten Stock bezogen hatten, trafen sie sich gegen 13 Uhr im Restaurant. Sie bestellten zunächst eine Flasche »Beaujolais«, anschließend das »Menu chouette« sowie das »Menu Grand Duc«. Dann rückten sie näher zusammen und flüsterten. In der Gaststube nahm außer dem Kellner kaum jemand Notiz von den beiden Männern, die immer ernster wurden. Der jüngere, den man auf Anfang vierzig schätzen konnte, war von schlanker Statur und fiel durch etwas längeres, leicht ergrautes lockiges Haar auf, das er nach hinten gekämmt trug. Der zweite Mann, sicherlich schon Mitte fünfzig, hatte etwas Rattenartiges an sich: Das linke Auge hielt er fast immer nur einen Spalt geöffnet, auf seinem Gesicht hatte das Leben einige tiefe Spuren hinterlassen.

Der leicht Graumelierte flüsterte:

»Das ist jetzt alles so lange her ...«

»Stopp! Sie haben immer gute Geschäfte mit mir gemacht«, unterbrach ihn der Ältere und sein Gesicht verfinsterte sich.

»Das räume ich durchaus ein. Wobei es auch nie zu Ihrem Schaden war. Ich habe immer zuverlässige Arbeit abgeliefert. Ich kann es mir aber jetzt, Sie kennen die Gründe, einfach nicht mehr erlauben, dass nach all den vielen Jahren in der Sache rumgestochert wird.«

»Meinen Sie, ich will das?«, raunzte das Rattengesicht.

»Gut, dann sorgen Sie bitte dafür, dass es so bleibt.«

»Dafür habe ich schon gesorgt.«

»Verschonen Sie mich mit Details.«

Das Rattengesicht lehnte sich etwas zurück:

»Da ist allerdings noch etwas ...«

Die ondulierte Silberlocke schaute erschrocken auf:

»Quasi als Abschiedsgeschenk erwarte ich noch einmal Ihre Dienste.«

»Das ist nicht Ihr Ernst?«

»Mein völliger Ernst! Und diesmal geht es nicht um Peanuts. Daher muss ich ganz sicher sein, dass die Ware unversehrt aus Frankreich rauskommt. Und das kann nur einer: Nämlich Sie mit Ihrem hübschen Diplomaten-Aufkleber am Wagen. Bisher – das war nur unbekannter Tand, quasi für die Kellerbar von ein paar Neureichen. Doch nun geht es um, wie soll ich sagen, eine recht kostspielige Bestellung.«

»Ich verstehe nicht.«

»Marie Louise Élisabeth Vigée-Lebrun.«

»Das ist nicht Ihr Ernst!«

»Mein völliger Ernst«, nickte das Rattengesicht.

»Hören Sie: Das ist Erpressung!«

»Genau, das ist es, mein Freund. Ab morgen sind doch auch wieder Sitzungen in Straßburg … Wir treffen uns da.«

Die Nachmittagssonne machte sich in den Ardennen bemerkbar. Sie war aber zu schwach, um Wärme in Signy-Le-Petit aufkommen zu lassen.

Gottfried Zimmermann stand in hohen Anglerstiefeln in der Rur und teilte die Polizeibeamten ein: Zwölf Beamte, ebenfalls alle mit hohen Schaftstiefeln bekleidet, schritten in einer Kette die Rur hinauf, die wegen des milden Winters weniger Wasser als sonst im Frühjahr führte. Trotzdem reichte den Polizisten das Wasser bis an die Kniegelenke. Dadurch kamen sie nur mühevoll voran.

Von der zentralen Diensthundführerstaffel in Aachen, die über zwölf Tiere verfügte, hatte man zwei deutsche Schäferhunde sowie einen Bouvier und einen Dobermann in die Eifel geschickt. Während die Beamten im Wasser aufmerksam den Fluss beobachteten, suchten an jedem Ufer zwei Hundeführer das Gelände ab. Als die Häuser der Altstadt näher an die Rur rückten, umgingen die Hundeführer den Fluss und stießen erst wieder hinter der Monschauer Bebauung zu den Kollegen.

»Nichts!«, informierte Gottfried Zimmermann. »Wir sollten aber die Rur auf jeden Fall ab Dreistegen durch das Waldgebiet bis zur belgischen Grenze absuchen.«

»Das sind bestimmt noch zwei Stunden«, meuterte ein jüngerer Beamter, der sich offensichtlich auskannte.

»Wollen Sie morgen wiederkommen?«, schnauzte Zimmermann.

»Ist ja schon gut, ist ja schon gut«, beschwichtigte dieser.

Als die Polizisten die letzten Häuser der Stadt hinter sich gelassen hatten, konnten auch die Hundeführer wieder direkt am Ufer ihre Suche aufnehmen. Vorbei an den verfallenen Fabriken, die ein hohles Lied der industriellen Vergangenheit der Eifelstadt singen, erreichte der Suchtrupp bald unwegsames Gelände. Wenige Kilometer hinter dem Jugendzeltplatz, unweit der ehemaligen Fischerhütte, in deren Nähe eine kleine Gedenktafel im Fluss an einen tödlich verunglückten Kanuten erinnert, schlugen die Hunde plötzlich an. Im Ufergestrüpp, das an dieser Stelle von keinem der Wanderwege rechts und links des Flusses einsehbar war, hing eine Leiche:

Kopflos.

Ein junger Polizist übergab sich in den Fluss, was den Unmut eines rotbesockten Wanderers in Eifelvereinsuniform, der die Leiche nicht sehen konnte, erregte:

»Als deutscher Beamter sollten Sie wissen, dass dies der Zufluss zu einer Trinkwassertalsperre ist.«

»Fick dich mit deinem Trinkwasser«, rief aufgebracht ein anderer Polizist.

»Unverschämtheit! Das wird ein Nachspiel haben!«

Gottfried Zimmermann mischte sich ein:

»Hier sind sechzehn Zeugen, die alle nichts gehört haben. Und nun verpiss dich Richtung Monschau. Das ist ein Tatort!«

Der Kommissar war sicher, dass Charly Muhamed Huber genau so gehandelt hätte. Fluchend und strammen Schrittes entfernte sich der Wanderer. Dabei schmiss er zackig seinen mit Andenken-Nägeln versehenen Spazierstock regelmäßig in die Höhe.

Mittels Handy, da sein Funkgerät in ein tiefes Funkloch gefallen war, verständigte der Monschauer Kommissar Cornelius Damm und Berthold Ott von der Spurensicherung. Beide waren erst gar nicht nach Aachen zurückgefahren, sondern hatten es sich in Zimmermanns Büro an der Laufenstraße gemütlich gemacht:

»Arbeit für euch. Ich schätze, wir haben die Leiche zum Kopf gefunden.«

Dann ließ er sich mit Polizeihauptwachtmeister Breuer verbinden:

»Bring die beiden Kollegen über Mützenich zum Kloster Reichenstein. Dort könnt ihr parken. Den Rest müsst ihr zu Fuß gehen.«

»Als wäre ich heute nicht schon genug gelaufen«, meckerte Benno Breuer, nachdem er das Gespräch beendet hatte.

Es dämmerte bereits, als eine silberne Limousine der Mercedes C-Klasse wenige Meter vor der Rohrener Lourdes-Grotte, die vor über hundert Jahren erbaut worden ist, am Wegrand geparkt wurde. Ein kahlköpfiger, breitschultriger Stiernacken bezog vor der lokalen Pilgerstätte Stellung und beobachtete den Weg, der von Rohren zur Sägemühle am Kluckbach führt. Da kein Mensch zu sehen war, nickte der stiernackige Unsympath, der vor jeder Dorfdisco für Angst und Schrecken gesorgt hätte. Erst nach diesem Zeichen verließen zwei Männer den Wagen und betraten die Grotte. Der erste Mann, den man auf Mitte sechzig schätzen würde, trug ein winziges goldenes Kreuz am Revers seines schwarzen Anzugs. Sein Begleiter hatte einen schmucklosen schwarzen Anzug an und ging mit Sicherheit stramm auf die achtzig zu.

In der Grotte fielen die Männer auf die Knie, schlugen mehrmals hart mit dem Kopf gegen einen Stein, bis sich bei beiden auf der Stirn ein kleiner Blutstrom bildete.

»Herr, vergib uns«, rief der Jüngere und riss dabei theatralisch seine Arme in die Höhe.

»Christus, vergib uns«, antworte der Ältere.

»Die Sünder sind gekommen«, schrie der Jüngere.

»Die Sünder sind unter uns«, wiederholte der andere Mann.

Die beiden Männer standen auf und berührten mit ihrem Blut zwei mitgebrachte Kerzen, die sie anschließend in einem Kerzenständer der Grotte entzündeten.

Danach fielen sie wieder auf die Knie.

»Herr, vergib uns!«

»Christus, vergib uns!«

Erneut richteten sie sich auf und lehnten sich, sichtlich erschöpft, gegen eine Wand mit Votivtäfelchen, auf denen gläubige Eifeler Menschen dem Herrn, der Gottesmutter oder irgendeinem Heiligen für dies und das dankten.

Der Jüngere hob die Hand:

»Wir haben es nicht verhindern können. Wir wollten unsere Mutter Kirche rein halten, wir wollten treue Diener des Papstes sein, wollten jede Sorge von unserer Kirche und der Eifel fernhalten. Und nun sind die falschen Mönche des exkommunizierten Bischofs Lefebvre in unser Kloster Reichenstein eingezogen.«

»Und Bischof Mussinghoff unternimmt nichts«, rief der Ältere erbost aus. »Seit ewigen Zeiten haben wir im Aachener Dom am Ostersonntag eine feierliche Vesper nach römischem Ritus gefeiert.«

»Und nun feiert dieser Verräter eine Ökumenische Vesper mit der griechisch-orthodoxen Gemeinde.«

»Sollten uns da nicht sogar die sündigen Benediktiner des Bischofs Lefebvre näher sein? Immerhin kämpfte er bis zu seinem Tode für eine traditionelle Kirche.«

»Auch ich habe mir darüber Gedanken gemacht. Stehen uns Dienern Gottes die Mönche von Reichenstein nicht doch näher als der Bischof in Aachen?«

Die Männer fielen wieder auf die Knie:

»Herr, lass uns nicht vom Wege abkommen, Rom hat uns einen Auftrag gegeben. Wir zweifeln, wir haben den Weg zu dir verloren, erleuchte uns. Wir bitten dich …«

»… erhöre uns.«

»Was wir tun werden, werden wir für den Glauben tun.«

Nach diesem wohl eher privaten Ritus begannen die beiden Männer ein Gespräch. Bei dem älteren Mann schwangen Zweifel mit:

»Aber auch Papst Benedikt XVI. hielt seine erste Predigt als Papst in lateinischer Sprache. Müsste er nicht auch exkommuniziert werden?«

Schroff antwortete der Jüngere:

»Schweig! Der Papst ist unfehlbar. Jahrelang hat Gott mir die Gnade gegeben, an der Seite von Joseph Ratzinger in Rom zu arbeiten. Wenn er die sündigen, falschen Mönche von Reichenstein dereinst wieder in den Schoß unserer Mutter Kirche holen sollte, so ist unser Tun zu einem anderen Zeitpunkt passiert. Das Jetzt ist entscheidend.«

»Wir müssen es tun!«

»Ja, wir müssen es tun.«

»Allerdings«, so begann der Ältere, als er sich mühsam dem Ausgang zuwandte, »müssen wir auch ...«

Weiter kam er nicht, da der Stiernacken die Grotte betrat: »Da kommen Leute!«

Schnell wischten sich die beiden Männer mit ihren Taschentüchern das Blut weg, dann verließen sie – anscheinend harmlos plaudernd – den religiösen Ort.

Singend kam ihnen der Stamm »Albert-Schweizer« der Deutschen Pfadfinderschaft St. Georg aus Mönchengladbach entgegen:

»Auf dem Donnerbalken saßen zwei Gestalten,
und sie schrien nach Klopapier, Klopapier!
Und dann kam der dritte, setzt sich in die Mitte,
und sie schrien nach Klopapier, Klopapier!
Und dann kam der vierte, der sich gleich beschmierte,
und sie schrien nach Klopapier, Klopapier!
Und dann kam der fünfte, der die Nase rümpfte,
und sie schrien nach Klopapier, Klopapier!
Und dann kam der sechste, der sich gleich bekleckste,
und sie schrien nach Klopapier, Klopapier!
Und dann kam der siebte, als der Balken wippte,
und sie schrien nach Klopapier, Klopapier!
Und dann kam der achte, als der Balken krachte,
und sie schrien nach Klopapier, Klopapier!
Und dann kam der neunte, als die Scheiße schäumte,
und sie schrien nach Klopapier, Klopapier!
Und dann kam der zehnte, brachte das ersehnte,
Klo – pa – pier !!«

Die Pfadfinder hörte man noch lange singen, während der Mercedes Richtung Rohren davonfuhr.

Gegen 17 Uhr gab die Pressestelle der Polizei in Aachen eine Meldung in Umlauf:

»**Monschau**. – Nach einer groß angelegten Suchaktion haben Polizeibeamte der zentralen Diensthundführerstaffel, die organisatorisch in der Direktion für Zentrale Aufgaben, Zentralinspektion 1, angesiedelt ist, am späten Nachmittag des heutigen Tages in der Rur zwischen Kalterherberg und Monschau den kopflosen Körper einer ca. 30 bis 35 Jahre alten Frau gefunden. Ausgelöst wurde die Aktion durch den Fund eines Kopfes in den Morgenstunden in einem Wehr bei Monschau. Hinweise auf die Identität des Opfers könnten Buchstaben geben, die auf dem linken Unterarm das Wort ›Ненависть‹ – Hass auf Russisch – bilden. Die Tote hatte keine Ausweispapiere bei sich. Polizei und Staatsanwaltschaft haben Ermittlungen zur Todesursache und zur Identität der Toten aufgenommen. Die Frau ist schwarzhaarig und hat braune Augen. Sie war bekleidet mit einer blauen Jeanshose, einer weißen Kapuzenjacke und einem schwarzen T-Shirt mit einer auffälligen Applikation des Eiffelturms. Hinweise nimmt die Leitstelle der Aachener Polizei unter 0241-95770 sowie jede andere Polizeidienststelle entgegen. Die Umstände der Tat sind völlig unklar. Staatsanwaltschaft und Polizei rufen die Bevölkerung zur Mithilfe auf. Eine DNA-Analyse wurde angeordnet. ›Das Ergebnis dieser Analyse wird jedoch frühestens in einigen Tagen vorliegen‹, sagte Polizeisprecher Paul Kemen.«

Abend über dem Hohen Venn.

In Ruitzhof herrschte eine göttliche Ruhe, die an diesem Abend ausnahmsweise mal nicht von Nusselein mit lautstarker Rock'n'Roll-Musik gestört wurde. Nur ein Motorengeräusch, von Küchelscheid hochkommend, kratzte den Frieden in der Enklave an. Mit seinem neuen Dienstwagen, einem dunkelblauen VW Passat TDI, der allerdings schon einige kupplungsverschleißende Zeit von den städtischen Kollegen im urbanen Aachen genutzt worden war, fuhr Zimmermann vor Charlys Wohnwagen und parkte in Kuhdung.

Incitatus saß auf einem Zaunpfahl und schaute den Polizeibeamten missbilligend an. Er vermutete für diesen Abend Liebes- und Aufmerksamkeitsentzug und so etwas kann ein Kater im mittleren Alter nun wirklich nicht verknusen.

Der Kommissar stellte wortlos einen »Regent Halbtrocken Rheinhessen« auf den Tisch, den er schon vor längerer Zeit bei »Aldi« in Imgenbroich »für alle Fälle« gekauft und im Kofferraum seines Dienstwagens eingekellert hatte.

Nusselein warf einen kurzen Blick auf das Etikett:

»Fuchtig, etwas marmeladig, leichte Säure, relativ langer Nachhall.«

»Dummschwätzer«, antworte Zimmermann.

»Du sagst es.«

Nusselein hatte auf dem Küchentisch bereits mit Heftzwecken ein großes Blatt Packpapier befestigt, der Edding lag griffbereit. Nachdem der entkorkte Rheinhesse für erste kreisrunde Flecken gesorgt hatte, starteten die beiden ihre Arbeit – oder wenigstens den Versuch.

Zimmermann begann:

»Also, was haben wir? Zuerst einmal einen stark geschundenen Frauenkopf …«

»… der zu allem Überfluss auch noch tot war«, warf Nusselein ein.

»… in einem Wehr in der Rur hinter der Stadt.«

Zimmermann malte recht untalentiert den Lauf der Rur sowie einen großen Kreis, in den er »Altstadt Monschau« schrieb, auf das Packpapier. Dann fuhr er fort:

»Den übrigen Körper fanden wir in einem Gestrüpp vor der Stadt, nicht weit vom Kloster Reichenstein entfernt.«

»Reichenstein? Heißt das was, könnte das eine erste Spur sein, Herr Chefermittler?«

»Das heißt überhaupt nichts. Die Tote ist so ungefähr Mitte dreißig, vielleicht slawischer Herkunft, was wir aber nicht durch das Aussehen begründen …«

»Matschgesicht ist nicht unbedingt slawisch«, warf Nusselein ein.

»Schnauze! … sondern durch eine Tätowierung in kyrillischen Buchstaben.«

»Ich liebe Putin?«

»Nein, im Präsidium meinte jemand, dass das ›Hass‹ heißen würde.«

»Das kommt fast aufs Gleiche raus«, nickte Nusselein.

»Das ist im Augenblick alles. Zur Todesursache, ob die Frau geköpft oder der Kopf von der Rur abgerissen wurde, vielleicht auch Tierbiss, können wir erst nach dem Befund der Pathologie etwas sagen. Ich hoffe, der liegt morgen im Laufe des Tages vor.«

»Sehr geschwollen gesprecht, fast beamtengerecht. Gibt es denn eine passende Vermisstenanzeige?«

»Nein, nix. Schlimm wäre natürlich, wenn die Frau irgendwo im Osten umgebracht und dann in den Westen geschafft worden wäre. Dann hätten wir die Arschkarte gezogen.«

»Wieso umgebracht?, frage ich die trappsende Nachtigall. Du hast doch selbst gesagt, dass der Kopf auch vom Fluss oder von Tieren abgerissen worden sein könnte. Kann sich Swetlana nicht einfach in die Rur gesetzt und selbst in den Orkus befördert haben?«

»Möglich ist alles, aber das ist jetzt erst einmal die Sache der Gerichtsmedizin. Wieso eigentlich Swetlana?«

»Ich kenne keinen anderen russischen Frauennamen.«

»Wenn dieser Abend auch nichts bringen wird, jetzt habe ich wenigstens den Namen für die SOKO: SOKO Swetlana.«

»Hab Dank, kreatives Nusselein-Köpfchen«, jubelte der Journalist und blickte dabei gen Himmel, wo er seinen persönlichen Gott, den er »Herr Schlüter« nannte, wähnte:

»Und jetzt darf ich Schleiden zerstören.«

Gottfried Zimmermann trank sein Glas nicht aus und verabschiedet sich schnell:

»Morgen habe ich bestimmt einen langen Tag.«

»Und in der Nacht eine schöne Wirtin!«

»Der Neid der Besitzlosen!«, knurrte der Kommissar, als er den Wohnwagen verließ:

»Ich melde mich morgen bei dir, ab zehn Uhr bist du ja bestimmt in der Redaktion.«

»Um 8 Uhr sitze ich jeden Tag am Schreibtisch und schaffe«, konterte Nusselein ungehört.

Der Kommissar schimpfte noch über den Kuhdung, dann stieg er in seinen Wagen und fuhr davon. Tatsächlich zu der schönen Wirtin? Wir wissen es nicht …

»Wurde aber auch Zeit«, soll Incitatus gedacht hatte, ehe er sich durch die Katzenklappe drängte und vor dem Kühlschrank den sterbenden Schwan imitierte – allerdings in einer Fassung von Schlingensief …

Der Schlussdienst der »Aachener Zeitung« hatte sich kurz nach 23 Uhr verabschiedet, als eine Meldung der »Deutschen Presseagentur« einlief, die aber an diesem Abend sowieso nicht mehr ins Blatt gehoben worden wäre:

> »Mehrere maskierte und bewaffnete Männer raubten am heutigen Dienstag das Gemälde ›Marie Antoinette‹ der französischen Malerin Élisabeth Vigée-Lebrun, 1755 bis 1842, aus dem Musée des Beaux-Arts in Straßburg. Die Räuber waren am späten Nachmittag in die Ausstellung eingedrungen und hatten das Personal gezwungen, sich auf den Boden zu legen. Zwei Täter entwendeten das Bild aus einem Ausstellungssaal und flohen anschließend in einem weißen Fahrzeug. Das Museum geht von einem Auftragsdiebstahl aus. Nach den Räubern wird gefahndet. Für Hinweise zur Ergreifung der Kunsträuber wurde eine Belohnung von 10.000 Euro ausgesetzt.«

Der WDR streute diese Nachricht um Mitternacht in den Beritt der angeschlossenen Sendeanstalten – als vorletzte Meldung vor einem 0:0 von Olympiakos Piräus gegen den FC Chelsea.

Vor den riesigen Hallen des Zeitungsverlages Aachen machten sich derweil die ersten Auslieferungsfahrer bereit. Mit dicken Balken stand »Grausiger Mord in der Eifel« als Aufmacher auf der ersten Seite der »Aachener Zeitung«, während die »Aachener Nachrichten« neben einem Bild mit Leichenwagen und vielen Polizisten »Opfer wurde geköpft« titelten.

Ein Auslieferungsfahrer startete seinen Lastwagen und biss in ein Butterbrot mit Leberwurst: Innereien, Speck und Muskelfleisch.

Zweiter Tag – Mittwoch, 5. März

Rolf-Dieter Klees, SPD, wollte immer Oberbürgermeister von Aachen werden: »Karlspreis« umhängen und den damit Ausgezeichneten mit einem »Alaaf« belästigen, beim »Orden-wider-den-tierischen-Ernst« eine flammende Rede auf Europa halten und beim Reitturnier Tore der Alemannia bejubeln. Kurzum: Rolf-Dieter Klees wünschte sich in den Mittelpunkt von Aachen.

Da seine Partei aber seit Jahren regelmäßig einen anderen Kandidaten aufs Schild und in den Sessel des Oberbürgermeisters gehoben hatte, musste man den braven Parteisoldaten und Mitwisser vieler kleiner politischer Nickeligkeiten anderweitig aus dem Verkehr der Lokalpolitik ziehen. So sitzt Klees nun schon seit 1999 im Europäischen Parlament, darf seinem Namen das Kürzel MdEP anhängen und fällt sonst in der sozialistischen Fraktion neben den Vertretern von »Socialdemokratiska Arbetareparti« aus Schweden, »Panellínio Sosialistikó Kínima« aus Griechenland, »Partido Socialista Obrero Español« aus Spanien sowie »Magyar Szocialista Párt« aus Ungarn – um nur einige zu nennen – nicht weiter störend auf.

Doch nun war der große Tag von Rolf-Dieter Klees gekommen. Da im fast leeren Plenarsaal im Brüsseler Leopold-Viertel bereits um acht Uhr morgens die Beratung über die Entscheidung der Kommission »… gemäß der Richtlinie 92/43/EU des Rates zur Verabschiedung einer ersten aktualisierten Liste von Gebieten von gemeinschaftlicher Bedeutung in biogeografischen Regionen« anstand, hatte die Fraktion ihren erfahrenen Hinterbänkler ans Rednerpult geschickt.

Rolf-Dieter Klees schaute kurz auf, konnte aber weder das Kamerateam einer bedeutenden TV-Anstalt noch einen der führenden Köpfe der europäischen Politik ausmachen. Die meisten saßen um diese nachtschlafende Zeit wohl noch in ihren Hotels am Frühstückstisch. Dann blickte er lange in sein Redemanuskript und ließ den Blick in eine unbekannte internationale Weite schweifen:

»Der Ball liegt im Spielfeld des Europäischen Parlaments, das heute in diesem federführenden Ausschuss seine Empfehlungen für die zweite Lesung im Plenum abgeben muss. Das Thema wird von der sozialistischen Fraktion bereits seit Jahren auf einer ambivalenten Interpretations-Ebene behandelt. Bei unserer gesicherten Koalitions-Flexibilität und einer daraus resultierenden funktionellen Fluktuations-Phase werden wir im Zuge einer integrierten Drittgenerations-Programmierung, da können Sie sicher sein, zu qualifizierten Aktions-Tendenzen auch in dieser Frage kommen. Die Bundesregierung hat daher den gemeinsamen Standpunkt als ausgewogenen und unterstützenswerten Kompromiss bewertet und begrüßt. Es ist uns gelungen, ein vernünftiges Gleichgewicht zwischen der Wettbewerbsfähigkeit der Industrie und dem Schutz der menschlichen Gesundheit und der Umwelt zu wahren. Dafür hat sich unsere Fraktion nachdrücklich eingesetzt und tut es auch in den anstehenden abschließenden Beratungen. Ich danke Ihnen für Ihre Aufmerksamkeit.«

John Attard-Montalto, Fraktionskollege von der »Partit Laburista« aus Malta klatschte begeistert, obwohl sein Simultandolmetscher während der Ausführung aufgrund von resorbierter Gallensäure auf der Toilette war.

Nach seiner Rede begab sich Rolf-Dieter Klees gleich in sein Büro im 14. Stock, wo sein persönlicher Sekretär Oliver Bardenberg bereits den schwarzen Pilotenkoffer mit den Unterlagen für die Sitzungswoche in Straßburg gepackt hatte. Bardenberg strich sein leicht ergrautes Haar hinter die Ohren und begrüßte seinen Chef:

»Gute Rede. Habe ich über die Hausanlage mitgehört. Wir müssen mit dem Auto nach Straßburg fahren. Ich habe ausnahmsweise bei unserem Fahrdienst einen Wagen bestellt. Sagen wir in zehn Minuten, dann sind wir, wenn wir gut durchkommen, pünktlich zur Ausschusssitzung um 14.30 Uhr in Straßburg.«

Rolf-Dieter Klees nickte nur und fragte eher aus Höflichkeit:

»Wie war es in den Ardennen?«

»Wie immer bei diesen Jagdgesellschaften«, antwortete Bardenberg ausweichend.

»Und? Was geschossen?«

»Wahrscheinlich einen kapitalen Bock«, murmelte sein Sekretär ungehört, da der Europa-Parlamentarier das Büro bereits wieder verlassen hatte.

Der schwarze Dienstwagen »Passat BlueMotion« mit luxemburgischem Kennzeichen und CD-Aufkleber (Corps Diplomatique) am Heck stand zu dieser Zeit bereits abfahrbereit in der Tiefgarage des Parlamentsgebäudes.

Draußen roch es nach Pommes frites – aber das bildete man sich in Brüssel oft auch nur ein. Vor allen Dingen am frühen Morgen.

Nusselein hatte die Nacht nicht alleine verbracht. Sein Bettgefährte war der halbtrockene Rheinhesse gewesen, der sich im Abgang allerdings als leicht komaverdächtig erwies. Entsprechend waren am Morgen die Kopfschmerzen, zumal Charly auch noch geträumt hatte, dass er beim Sportexamen eines Klitschko-Bruders an der Pädagogischen Universität »Hryhory Skovoroda« im ukrainischen Perejaslaw-Chmelnyzkyj als Sandsack missbraucht worden war:

»Gibt es da nicht etwas von Ratiopharm?«, waren seine letzten Worte, bevor er aufwachte.

Incitatus interessierten die Leiden des jungen C. nicht sonderlich, und so mischte Nusselein zunächst einmal eine Hand voll Haferflocken mit Thunfisch, ehe er mit den Worten »Zu Risiken und Nebenwirkungen« seine Arzneikiste suchte. Als er diese unter dem Bett fand, schluckte er gleich drei Tabletten, ehe er ein opulentes Frühstück aus älterem Brot und Schokoladenpaste aus der Tube mit einem mörderischen belgischen Kaffee zu sich nahm. Incitatus war zu diesem Zeitpunkt bereits durch die Katzenklappe in die Freiheit von Ruitzhof geflohen, da er seinen Wohngefährten – Incitatus würde nie von »Mein Herrchen« sprechen – im nachtrunkenen Zustand nur schwer ertragen konnte. Lieber legte er sich unter eine Buche zum zweiten Frühschlaf und hoffte insgeheim, dass irgendein »Vogel des Jahres« seinen Dunstkreis tangieren würde. Aber dieser Wunsch blieb an diesem Morgen unerhört, zumal Wunsch und Realität sowieso weit auseinander lagen: Incitatus hatte sich einen fetten Spatzen vorgestellt, er hätte sich aber mit einem Turmfalken auseinandersetzen müssen.

Nusselein hatte sich inzwischen tagfertig gemacht, zumal Elli Breuer bereits viermal aus der Redaktion angerufen und die aktuelle Uhrzeit durchgegeben hatte. Um genau 9.25 Uhr verließ er Ruitzhof und fuhr über Kalterherberg, Perlenau und Dreistegen nach Monschau.

Als er die Redaktion betrat, teilten Chefredakteur Alex Kufka und Elli Breuer gerade eine Hefeschnecke auf. Nusselein griff ungefragt ins pralle Schneckenleben und ergatterte zielgenau das Stück mit den knusprigsten Rosinen.

»Hatte dich einer eingeladen? Nein, dich hatte keiner eingeladen«, schimpfte Elli, während Alex Kufka seinen Mitarbeiter mit einer leichten Kopfbewegung in sein Zimmer bat.

»Ist ja ne ekelhafte Sache, da im Rosenthal«, begann er das Gespräch in der stillen Hoffnung, dass Nusselein bei seinen beliebten Ausschweifungen und Ausmalungen unter fünf Minuten bleiben würde.

Nusselein schaffte dies knapp, hob an der einen und anderen Stelle seine bisherige Mitarbeit an dem Fall etwas wahrheitskonträr hervor und schloss:

»Wie immer hat mich die Polizei angefordert und lässt mich im Hintergrund ermitteln.«

Im Hintergrund des Chefzimmers tauchte Elli auf und ließ nur ein »Pa, dieser nackte Angeber« vernehmen. Nusselein ging auf diesen Einwurf nicht ein und entschuldigte sich Richtung Polizeigewalt:

»Ich renne mal schnell zu dem Zimmermann hoch, wir müssen den Tag besprechen und ich habe da auch schon so einen Verdacht, über den ich aber nicht sprechen möchte.«

»Ich habe den Verdacht, dass du dich vor der Arbeit drücken willst!«, rief Elli ihrem Kollegen hinterher, doch der hatte bereits die Tür der Redaktion hinter sich zugeschlagen.

Draußen blieb er kurz stehen und murmelte:

»Kraft meines Amtes als Vorgesetzter der Dame Breuer könnte ich die zur Post schicken. Vielleicht ist ja schon Columbos Mantel da.«

Dann malte er sich Ellis Reaktion auf diese Dienstanweisung aus und verwarf mit schmerzverzerrtem Gesicht den Gedanken:

»Eher wird Schleiden zerstört.«

Entgegen seiner sonstigen Angewohnheit war Charly Nusselein die wenigen Meter von der Redaktion des »Hammer« bis zur Polizeiwache zu Fuß gegangen, einige Meter sogar trabend gelaufen.

Doch dieser ungewohnte Bewegungsablauf hatte sofort zu einer spontanen Erschöpfung geführt, sodass er wie ein Fußballspieler kräftig ausspuckte. Da er dies zufälligerweise neben einem Schild mit der Aufschrift »Bratwurst mit belgischen Fritten« tat, hielt ein niederländischer Tourist dies für eine rassistisch begründete Aktion und nickte verständnisvoll:

»Ik ben van plan, het zelfde te doen, maar in de andere richting!«

Nusselein verstand die Welt und den Niederländer nicht.

Als er sich keuchend in Zimmermanns Büro in den wackeligen Bürosessel fallen ließ, raunzte ihn der Kommissar erst einmal an:

»Ich habe dir doch gesagt, dass man uns nicht zusammen sehen soll. Und dann kommst du Idiot in mein Büro.«

»Das kleine Adlerauge hat doch sofort gesehen, dass kein beamtetes Fahrzeug vor diesen heiligen Hallen steht, und somit der große Kommissar die Weiten des Raumes alleine bevölkert.«

»Kleines Adlerauge? Kleines Arschloch würde ich sagen.«

»Na, na, immer die Contenance wahren …«

»Aber, wenn du schon einmal hier bist …«

»Wird kein Gebäck gereicht?«, forderte Nusselein.

»Da vorne in der Kanne ist Kaffee. Eine Tasse liegt im Becken neben dem Klo.«

»Sieh an, sieh an. Wahrscheinlich immer noch die Tasse der ›Gewerkschaft der Polizei‹. Unser strammer beamteter Klassenkämpfer …«

Nusselein verschwand aus dem Zimmer und kam tatsächlich mit einer GdP-Tasse zurück, auf der neben der Karikatur eines Polizeibeamten eine Sprechblase stand: »Guten Morgen. Polizeikontrolle! Die Filterpapiere und den Brüherschein, bitte.«

Während Nusselein sich Kaffee eingoss, schaute er die Tasse ungläubig an:

»Ich mache gleich unter mich vor Lachen.«

»Setz dich! Es gibt Neuigkeiten.«

Nusselein verbrühte sich zunächst einmal leicht, ehe er wieder Platz nahm.

Zimmermann schlug sein Notizbuch auf:

»Also, die Pathologie ist noch mittendrin. Man hat mir aber schon erste Erkenntnisse mitgeteilt: Frau, Mitte dreißig, slawische

Herkunft, wahrscheinlich zwei bis drei Tage tot, der Kopf wurde wohl mit einem sehr scharfen Messer abgetrennt, kein Sexualdelikt und nun kommt die Todesursache: Genickschuss. Die Frau wurde regelrecht hingerichtet! Danach trennte man ihr den Kopf genau an der Einschuss-Stelle ab.«

»Ekelhafte Angelegenheit. Das sieht mir ehrlich gesagt nicht nach Eifel aus. Vielleicht wurde die Frau ja hergeschafft.«

»Heimatpatriot. Auch Eifeler können gefährliche Killer sein.«

»Aber nicht so.«

»Aber das ist noch nicht alles. In der Scheide der Frau ...«

»Jetzt kommt's!«

»Schnauze ... fand man ein Röhrchen ...«

»Rauschgift?«

»... das die in der Pathologie nicht öffnen konnten, da man nichts zerstören wollte. Da muss nun das Labor ran. Aber die sind noch dran.«

Nusselein lehnte sich weit zurück, setzte sein schönstes Durchblickergesicht auf und verkündete:

»Klarer Fall für mich: Heroinschmuggel als Auftragsjob, Prostituierte machen das gerne, Grenze in der Nähe, die Dame wollte das Geschäft alleine erledigen, Auftragsgeber sauer. Paff. Aus die Maus.«

»Wenn alles nur so einfach wäre. Wobei ich zugeben muss, dass ich auch genau in diese Richtung gedacht habe.«

»Sag ich's doch.«

»Das hieße dann aber, dass du mit deiner Eifelmeinung richtig liegst. Das alles hat hier mit unserer Gegend nichts zu tun und eine Aufklärung wird so gut wie unmöglich sein.«

»Du solltest den Sand nicht in den Kopf stecken, um den heiligen Matthäus zu zitieren.«

»Wo fangen wir also an?«

»Bei dieser klaren und eindeutigen Beweislage fange ich nirgendwo an. Da ziehe ich mich lieber zu meiner dickbusigen Sekretärin zurück, schreibe spannende Terminhinweise über Mitgliederehrungen beim TuS Lammersdorf und denke erst einmal in meiner stillen Redaktionsstube über alles nach.«

»Gut«, nickte Gottfried Zimmermann, »keine schlechte Idee. Und ich putze derweil die Kaffeespur weg, die du hinter dir hergezogen hast.«

»Für Spurensicherung ist ja auch die Polizei zuständig«, nickte Nusselein und verabschiedete sich gen Elli.

Der Bote kam über den Rhein nach Kehl. Aus dem nur zwei Kilometer entfernten Hauptquartier der französischen Polizei in Straßburg erreichte der unauffällige Zivilbeamte in einem Dienstwagen der kleinsten Ausführung das deutsch-französische »Zentrum der Polizei- und Zollzusammenarbeit« in der ehemaligen »Großherzog-Friedrich-Kaserne« auf der deutschen Seite.

In einem Rundschreiben an die »Gendarmerie Nationale, Police Nationale und Zollbehörden in den Departements von Moselle, Bas-Rhin und Haut-Rhin, die Polizei des Saarlandes, von Rheinland Pfalz und Baden-Württemberg, Bundespolizei und Zoll« teilte die französische Polizei mit, dass die Spur der Kunsträuber von Straßburg nach Deutschland führen könnte. Daher seien ab sofort die Kontrollen an der Grenze zu verstärken. Eine halbe Stunde später lag diese Anweisung mit einem Foto des gestohlenen Bildes »Marie Antoinette« von Élisabeth Vigée-Lebrun allen beteiligten Behörden sowie dem Bundeskriminalamt vor.

Alex Kufka, Chefredakteur des »Hammer«, saß auf der Elektroheizung und schilderte seiner sichtlich gelangweilt dreinschauenden Sekretärin den Ablauf einer Sitzung bei den »Anonymen Luftpolsterzerdrückern«:

»Also, im Falle einer tiefenpsychologischen Therapie wurde zunächst einmal die Biographie des Patienten, also die von mir, erfragt und die Art meiner Beziehungsgestaltung versucht zu rekonstruieren …«

»Muss ich das begreifen?«, maulte Elli.

Alex Kufka ging auf den Einwurf nicht ein, da er zu vertieft in seine eigenen Ausführungen war.

»… und es wird der Umgang des Patienten, also von mir, mit seinen Gefühlen beim Luftpolsterumschlagzerdrücken beobachtet. Danach wird der Patient, also ich, nach seinen Vorstellungen über den Grund seines Problems befragt.«

»Ah ja«, bemerkte Elli und fügte leise hinzu:

»Einfach einen an der Hacke.«

Kufka holte weiter aus:

»Dann bietet der Therapeut dem Patienten, also mir, so genannte Probedeutungen an, das heißt, eine Idee, ein Modell zur Krankheitsgeschichte des Patienten.«

Krachend flog die Eingangstür zur Redaktion auf:

»Einmarsch der Nationen«, verkündete Nusselein.

»Hab mich noch nie so über das Erscheinen dieses Vollidioten gefreut, da brauche ich mir den Quatsch nicht weiter anzuhören«, murmelte Elli kaum hörbar.

Alex Kufka war der therapeutische Faden gerissen und er stotterte nur:

»Em ja, ach so, nun dann. Was gibt es Neues in Sachen Rurmord?«

Charly Nusselein entschied – nach kurzer Überlegung – ausnahmsweise einmal eine wahrheitsnahe Auskunft zu geben:

»Wenn ich ehrlich bin, weiß man nicht viel: Die Tote ist eine Frau …«

»… sonst hieß es ja auch – der Tote«, warf Elli ein.

»… ist so Mitte dreißig und hat eine Tätowierung mit kyrillischen Buchstaben, die wohl ›Hass‹ bedeuten, auf dem Arm stehen. Vermisst wird in der ganzen Region niemand, auf den diese Beschreibung auch nur annähernd passen könnte. Ach, und noch etwas: In der Scheide der Toten hat man ein Röhrchen gefunden …«

»Rauschgift!«, riefen Alex Kufka und Elli Breuer wie aus einem Munde.

Da noch eine Hefeschnecke auf dem Schreibtisch lag, wollte Nusselein sich mittels Streichel- und Einschleimeinheiten an das Backwerk ranmachen.

»Eine interessante These, die ihr da vertretet. Da sind wir noch gar nicht drauf gekommen …«

Weiter kam er nicht, da Elli ihm kräftig auf die Finger schlug:

»Du hast schon seit über zwei Wochen nichts mehr in die Kaffeekasse getan. Also: Griffel weg!«

»Ist ja schon gut«, beschwichtigte Charly und ließ einige Münzen aus seinem Portemonnaie in die Gemeinschaftskasse gleiten. Dann griff er blitzschnell nach der Hefeschnecke …

»Wetten, das war noch nicht mal ein Euro!«, schimpfte Elli.

Nusselein wandte sich seinem Chefredakteur zu:

»Wir machen das wie gehabt. Ich arbeite eng mit der Polizei zusammen …«

»Pah«, war Elli zu vernehmen.

»… und werde dann täglich in einem regen Gedankenaustausch mit den Ermittlern stehen.«

»Übersetzt heißt das: Du stellst in der Redaktion die Arbeit völlig ein«, schnauzte Elli Breuer.

»Aber mitnichten, mitnichten, euer Gnaden. Erst vor wenigen Minuten sagte ich zu dem Chefermittler: Jetzt muss ich aber dringend in die Redaktion, da wartet Arbeit auf mich.«

»Wer dat glaubt, sein Bett verkauft, der liegt mit'm Arsch im Heu!«, nickte Elli.

Auf der Laufenstraße beschimpften sich die Fahrer zweier Schulbusse, nachdem beim so genannten Begegnungsverkehr ihre Fahrzeuge einige Schrammen davontragen mussten. Da die Wortwahl der beiden Fahrer einerseits ganz tief in der Eifeler Zornessprache verwurzelt war, anderseits der Aachener Bronx entsprang, sorgte dieses Aufeinandertreffen zweier rheinischer Sprachkulturen für große Begeisterung bei den Schülern, die eine Traube um die beiden Männer bildeten:

»Ja leckes am Arsch jefälligst, kannst du Tuppes nit fahren?«

»Au Fottloch, Pimelskop, hure Jong, zu doof, um en Kurv zu kriejen.«

Da Polizeihauptwachtmeister Benno Breuer inzwischen strammen Schrittes auf die Unterhaltungsveranstaltung für Schüler zuschritt, sah Gottfried Zimmermann den Fall als erledigt an. Er schloss das Fenster und rief bei der Aachener Gerichtsmedizin an:

»Zimmermann, Kripo Monschau, ich rufe wegen …«

Dr. Reinhard Weixler war aktuell mit dem Fall beschäftigt und brauchte daher keine langen Erklärungen. Während des Gesprächs mit dem Mediziner schüttelte der Eifeler Kommissar immer wieder ungläubig den Kopf:

»Was? Das kann doch wohl nicht wahr sein! Dann führt diese Spur doch in die Eifel! Und ich hatte gedacht, dass wir hier überhaupt nichts mit der Toten zu tun hätten. Und jetzt das! Das ist der Hammer. Und wieder mitten rein in die feine Gesellschaft der Eifel. Scheiße!«

Zimmermann beendete das Gespräch, während Benno Breuer die beiden Busfahrer auf der Straße mit leichter körperlicher Gewalt trennen musste. Die Eifeler Jugendlichen schlugen sich dabei eindeutig auf die Seite des Beamten und sangen:

»Haut 'se, haut 'se, haut 'se auf die Schnauze!«

Am nächsten Tag kam es zu erheblichen Verspätungen im Schulverkehr, da die beiden Busfahrer an allen Haltestelle jeden Schülerausweis akribisch unter die Lupe nahmen. Nur so …

Nusselein überflog seine Mails. Mit einer beschäftigte er sich etwas länger:

»Original Qualität: 100% wirksam: Spezialangebot: Viiiaaaggra 10 Tab. 100 mg + Ciiiaaaaaallis 10 Tab. x 20 mg 53,82 Euro
- Diskrete Verpackung und Zahlung
- Kein langes Warten – Auslieferung innerhalb von 2-3 Tagen
- Kein peinlicher Arztbesuch erforderlich
- Bequem und diskret online bestellen
- Kostenlose, ärztliche Telefon-Beratung

Bestellen Sie jetzt und vergessen Sie Ihre Enttäuschungen, anhaltende Versagensängste und peinliche Situationen.«

Kurz überlegte er, ob er auf dieses Angebot eingehen sollte, ließ dann aber sein Privatleben Revue passieren und verwarf den Gedanken.

Als Alex Kufka das Büro betrat, löschte Nusselein die weiteren Angebote für falsche Rolex-Uhren, gefälschte Designer-Shirts und Happy-Shopping-Rabatte auf Last Minute-Reisen nach Sizilien »mit imposantem Blick auf den Ätna«.

»Ich habe da einen Wunsch, dienstlich«, begann Kufka. »Anzeigenmäßig lassen uns die Monschauer Gastronomen wieder kräftig hängen. Kannst du denen nicht einmal eine kräftig vor den Latz ballern? So eine deiner typischen Geschichten: Beleidigend, im Ton vergriffen, für Aufregung sorgend. Du darfst alles schreiben, es darf sich bloß keine Gerichtsgeschichte daraus ergeben. Meinetwegen aber viele, viele Leserbriefe. Wir sind etwas aus dem Gespräch der Nordeifel gekommen.«

»Und da soll die goldene Feder des mit Arbeit überschütteten Charly Nusselein wieder für Abhilfe sorgen?«

Kufka nickte und wurde etwas schärfer im Ton:

»Wir können auch über deine letzte Spesenrechnung sprechen, wo du mir mit dem Hinweis ›Journalistische Recherche‹ eine Rechnung für den ›Playboy‹ aus einer Aachener Buchhandlung ...«

»So was kaufe ich doch nicht in der Eifel. Da kennt mich doch jeder. Übrigens Recherche: Ich habe nur nachgesehen, ob das Playmate aus der Eifel kam, wäre ja eine dicke Meldung wert gewesen.«

»Und?«

»Was und?«

»Kommt Sie aus der Eifel?«

»Nein, nicht direkt. Aus Guatemala.«

»Das ist keine Meldung wert, dann ziehe ich das von den Spesen ab.«

»So wird Journalismus im Keim erstickt.«

»Schreibe den Artikel über die Gastronomie, dann sehen wir weiter.«

»Elender Leistungszwang.«

Als Kufka das Büro verließ, rief ihm Nusselein noch hinterher:

»Und dann bin ich noch der Meinung, dass Schleiden zerstört werden muss, wie Cato, der alte Sack, immer sagte.«

Der Wunsch verhallte ungehört.

Für Rolf-Dieter Klees, Europaabgeordneter aus Aachen, stand an diesem Nachmittag in erster Linie »Missbilligen« auf dem Straßburger Arbeitsplan. Bereits die erste Abstimmung forderte den ganzen Mann. Der Politiker missbilligte, dass »die Regierungen vieler Mitgliedstaaten einer zügigen Umsetzung der Rechtsvorschriften über Energieeffizienz nicht Vorrang gegeben haben«. Danach missbilligte er noch »Unterstützungen, die die Rekrutierung von Terroristen begünstigen« und den »Machtmissbrauch durch große Supermarktketten«. Als sich nach weiteren Missbilligungen erste Ermüdungserscheinungen bei dem Politiker einstellten, durfte er dann aber auch etwas »begrüßen« und zwar eine »durch die internationale Gemeinschaft überwachte Souveränität des Kosovo«. Dies tat Rolf-Dieter Klees nicht nur durch den Druck auf die Abstimmungstaste, sondern auch durch ein dreimaliges:

»Bravo! Bravo! Bravo!«

Sein Sekretär Oliver Bardenberg hatte den Politiker bereits am frühen Nachmittag nach einer vierstündigen Fahrt von Brüssel nach Straßburg zum Parlament gebracht. Dann war er gen Innenstadt gefahren, wo er das Fahrzeug unweit des Rheins in einem Villenviertel parkte. Anschließend ging er die wenigen Meter bis zur Mimram-Brücke, die ausschließlich für Fußgänger und Radfahrer gebaut wurde. In der Mitte der Brücke schaute er lange in den Fluss, auf dem sich gerade ein Lastkahn Richtung Ruhrgebiet schleppte. Dann meldete sich sein Handy:

»Ja!«

»Treffpunkt Parking de la Madelaine. Wie immer.«

»Aber …«

Der Anrufer hatte das Gespräch bereits unterbrochen.

Oliver Bardenberg ging zu seinem Wagen zurück und steuerte das Parkhaus unweit der Kirche »Saint-Pierre-le-Jeune Catholique« an. Damit seine Spur nicht zurückverfolgt werden konnte, zog er eine Karte statt mit der Kreditkarte einzuchecken und parkte auf einem Frauenparkplatz neben einem breiten Pfeiler. Wenige Minuten später hielt ein dunkelblauer Citroen C 4 picasso neben ihm. Der Fahrer, bei dem es sich um das Rattengesicht aus Signy-Le-Petit handelte, machte eine schnelle Kopfbewegung. Oliver Bardenberg öffnete seine Fahrertür und wollte in den anderen Wagen steigen. Mit einer eindeutigen Kopfbewegung untersagte der Ältere das. Vielmehr sprang er aus dem Citroen und vergewisserte sich, dass weder ein Passant noch eine Überwachungskamera in der Nähe waren. Dann öffnete er den Kofferraum und holte ein großes, in Packpapier eingewickeltes Paket hervor. Dies wurde schnell in dem Diplomatenwagen verstaut. Der Mann nickte einmal kurz, drückte Oliver Bardenberg einen Zettel in die Hand, setzte sich wieder in seinen Citroen und fuhr davon.

Der Parlamentssekretär bezahlte an einem Parkscheinautomaten und verließ das Parkhaus Richtung Rhein, Richtung Grenze, Richtung Deutschland …

Nusselein lehnte sich zufrieden zurück, nahm einen kräftigen Schluck Kaffee und begutachtete noch einmal sein Pamphlet, in dem er unter der Überschrift »Der Weg, auf dem Barthel den Most holt« kräftig gegen Preise, Service und Ausstattung der Monschauer Gastronomiebetriebe gepoltert hatte. Sein Artikel gipfelte in dem Satz: »Während in südlichen Ländern die Touristen gerne mit vorgehaltener Pistole ausgeraubt werden, erscheinen in Monschau die Räuber mit der Speisekarte unter dem Arm.«

»Die Frau Kommissarin in spe wird mich dafür hassen«, murmelte er zufrieden und stellte sich dabei Helga Preim bei der Lektüre vor.

Als er sein Tageswerk gerade seinem Chefredakteur vorlegen wollte, erklang Ellis Stimme:

»Nusselein, du Tropf, hörst du das Telefon nicht? Als hätte ich nicht schon genug zu tun.«

Bei schwierigen Denkprozessen – und jeder Artikel ist für Nusselein ein schwieriger Denkprozess – hatte sich der Lokalredakteur angewöhnt, das Sofakissen, das er von seiner Mutter zum Geburtstag bekommen hatte, über das Telefon zu legen. Über den aufgestickten Satz »Wo Fried' und Einigkeit regiert, da ist das ganze Haus geziert« machte er sich allerdings keine Gedanken.

»Nusselein, bei der Arbeit«, meldete er sich.

»Gottfried hier, in unserem Fall gibt es eine Wahnsinnssache. Komm sofort in mein Büro. Ich erlaube es ausnahmsweise.«

»Können wir das nicht am Tele…???«

Doch Gottfried Zimmermann hatte schon aufgelegt. Nusselein sprang auf, rannte in das Zimmer seines Chefs, knallte diesem seinen Artikel auf den Tisch:

»Ich muss dringend zur Polizei, da gibt es eine ganz, ganz heiße Spur.«

Als er aus der Redaktion stürmte, verfehlten ihn nur knapp einige Büroklammern, die Elli nicht ganz zielsicher geworfen hatte:

»Der faule Sack drückt sich doch nur vor der Arbeit. Das hat der mit dem Zimmermann bestimmt abgesprochen. Wetten: In ein paar Minuten fressen die sich im »Krug« den Arsch voll.«

Alex Kufka kam mit Nusseleins Artikel aus seinem Büro:

»Ordentliche Arbeit, doch, ordentliche Arbeit.«

»Davon wüsste ich was«, eiferte Elli, während der Chefredakteur noch immer anerkennend nickte.

Beamte der französischen »Police nationale« hatten mit Unterstützung der lokalen »Police municipale« die Zufahrt zur Europabrücke nach Kehl abgeriegelt. Schnell bildete sich eine lange Schlange. Jedes Auto wurde zur Seite gewunken und von den Beamten akribisch untersucht. Dazu wurden auch Hunde eingesetzt. Wütende Fragen zum »Warum?« dieser Aktion beantworteten die Beamten mit einem Schulterzucken oder mit »Routine«.

Auch Oliver Bardenberg musste auf den Seitenstreifen. Ruhig wartete er, bis ein Polizist an seinen Wagen trat, dann öffnete er das Fahrerfenster, zeigte kurz den Hausausweis des Europaparlaments und sagte mit wichtigem Gesichtsausdruck:

»Diplomat, Attaché.«

Der Polizeibeamte nickte, ging um den Wagen, sah sich das luxemburgische Kennzeichen und das CD-Schild genau an. Dann winkte er Bardenberg aus der Schlange:

»Peut passer!«

Leise schob der Polizist in elsässischem Dialekt nach:

»Fer unseri Sproch: Frankrich na Ditschland.«

Oliver Bardenberg nickte gönnerhaft und fuhr über die Europabrücke nach Deutschland.

Im Radio lief »Message in a Bottle« von »Police«, ohne jede Spur von »nationale«.

Wie der letzte Dodo, auf jeden Fall stellte Nusselein sich den Laufstil des seit 1681 ausgerotteten Vogels so vor, trabte der Journalist schon wieder die Laufenstraße zur Polizeistation hoch. Völlig außer Atem kam er nach nur vier Minuten dort an und verging sich zunächst einmal am Wasserhahn der Beamtentoilette. Dann betrat er, den Mund abwischend, das Büro von Gottfried Zimmermann:

»Was gibt's, der Herr, zu solch ungünstiger Stunde? Und warum darf ich plötzlich hier erscheinen, euer Gnaden? Das wurde mir doch untersagt.«

»Hinsetzten, schweigen!«, sagte Zimmermann nur.

Nusselein kam dieser Aufforderung tatsächlich ohne Einschränkungen nach und plumpste in den Sessel.

Zimmermann faltete die Hände und versteckte sein Gesicht dahinter, dann schüttelte er mehrmals den Kopf und begann:

»Ob du es glaubst oder nicht. Daher darf ich dich jetzt auch offiziell hier einladen ...«

»Mach es nicht so spannend.«

»Du hängst in der Geschichte drin.«

»Ich!?! Etwa unter Mordverdacht?«, schrie Nusselein auf.

Zimmermann beruhigte ihn:

»Quatsch! Das ist aber eine total verrückte Sache. Ich hatte dir doch gesagt, dass man in der Scheide der Toten ein kleines Röhrchen gefunden hatte ...«

»Rauschgift!«

»Nicht die Bohne«, erwiderte Zimmermann, »unsere Spurensucher haben das Röhrchen geöffnet und – ich halte es im Kopf nicht aus – was finden sie?«

»Kein Rauschgift, schlussfolgere ich.«

»Ob du es glaubst oder nicht: Ein Bild von dir.«

Nusselein fielen so ziemlich sämtliche Gesichtszüge, die er noch beieinander hatte, Richtung Tischkante. Er stotterte:

»Bibibbibbababab, Bibibibibild von mir?«

»Ja, ein Bild von dir. Genau.«

»Aber, aber, aber, das, das«, stammelte er weiter, sichtlich bemüht, seine Fassung wieder zu gewinnen, »dasdasdasdas hätte die Dame doch auch anders haben können, können, können – an dieser Stelle, an dieser Stelle: Statt eines Bild den ganzen Kerl.«

Zimmermann schüttelte den Kopf:

»Nein, Idiot, du denkst in eine falsche Richtung. Kein Bild von dir, sondern ein Bild von dir.«

»Hast du sie noch alle?«, fragte Nusselein, der sich langsam fing. »Was denn nun?«

»Was ich sagen will: Kein Bild, das dich zeigt, sondern ein Bild, das du für dein Käseblatt geknipst hast. ›Foto Nusselein‹ steht auf jeden Fall fett und breit darunter, und so einen beknackten Namen hat ja wohl in der gesamten Medienlandschaft keiner mehr.«

»Ah, ich dachte schon ... Und dann verbiete ich mir das Käseblatt und dann knipse ich auch nicht, sondern liefere künstlerisch hochwertiges Bildmaterial ab. Und mein Name ist auch nicht beknackt, sondern nur selten. Einer der ersten Nusseleins hat an der Schlacht bei Worringen als Landsknecht ›Georg von Nüseklein‹ teilgenommen.«

»Meinetwegen ...«

Nusselein beruhigte sich langsam wieder:

»Und was ist auf meinem Bild drauf?«

Zimmermann drehte seinen Bildschirm rum, so dass Nusselein sein stark vergrößertes Foto sehen konnte. Der Journalist schüttelte den Kopf:

»Jetzt verstehe ich überhaupt nichts mehr. Ein stinknormales Pressefoto. Habe ich aufgenommen, als ... wie heißt der Knabe noch mal?«

»Nach Bildtext Eugen Reinartz ...«

»Genau. Also, als der Reinartz zum Ehrenbürger von Roetgen ernannt wurde. Den kannte ich vorher gar nicht. Der andere auf dem Foto ist der Manfred Eis, der Bürgermeister, und dann noch die Frau von dem Reinartz ...«

»Wahrscheinlich Frau Reinartz!«

»Genau. Der Mensch war damals krank, sodass man die Feier in seinem Wohnzimmer veranstaltet hat und nicht im Roetgener Rathaus. Aber warum steckt man sich so ein Bild in die Scheide?«

»Das ist es, was ich von dir wissen will«, nickte Gottfried Zimmermann.

»Bin ich etwa Anwalt für Scheidenrecht?«, fragte Nusselein.

Der Stiernacken lehnte an der silbernen Limousine der Mercedes C-Klasse auf dem Parkplatz »Nahtsief« im Hohen Venn und rauchte ein Zigarillo, dessen Spitze offensichtlich mit Alkohol getränkt war. Anders war das genussvolle Grunzen bei jedem Zug nicht zu erklären. Nachdem der Mann noch einmal einen tiefen Zug genommen hatte, schmiss er den Stummel in eine Pfütze. Ein belgischer Förster hätte ihn – mitten im Naturschutzgebiet – dafür festgenommen, doch es war weit und breit keiner zu sehen. Wieder hatte der Stiernacken die beiden Alten an einen Ort gebracht, an dem sie sich unbeobachtet fühlten. Sie waren über die Straße Eupen-Mützenich gegangen und lehnten an dem Zaun der Aussichtsplattform. Das goldene Kreuz am Revers des Jüngeren glänzte in der Sonne:

»Die Wege des Herrn sind nicht ergründbar. Da schenkt er uns diese schöne Landschaft, schenkt uns Frieden in der Eifel. Und dann lässt er es zu, dass aus dem Französischen Mönche in die Eifel kommen, die mit Rom gebrochen und unsere Kirche verraten haben: Ungläubige.«

Der ältere Mann nickte zustimmend:

»Aber wir werden es nicht verhindern können.«

»Wer sagt das?«, raunzte der Jüngere. »Ich habe da eine Idee: Sie haben doch heute bestimmt in der Zeitung von diesem Mord gelesen …«

»Ja, schreckliche Sache. Aber, was hat das mit den exkommunizierten Mönchen von Reichenstein zu tun?«

Der Jüngere mit dem Kreuz am Revers tat geheimnisvoll.

»Noch nichts, mein Guter. Aber Sie haben das doch gelesen. Wo hat man die Leiche der Frau gefunden …?«

»In der Rur bei … ja genau: Reichenstein.«

»Sie sagen es: Bei Reichenstein. Und ich glaube, Sie denken auch schon in meine Richtung. Wenn wir den Verdacht, den Mordverdacht, Richtung Reichenstein lenken könnten …«

»Sie meinen, dann …

»Genau! Natürlich muss es nicht sein. Aber vielleicht ist denen dann zuviel Unruhe hier in der Eifel und sie verschwinden wieder nach Frankreich.«

»Und wie wollen Sie den Verdacht in Richtung der Mönche lenken?«

»Das weiß ich auch noch nicht. Aber lassen Sie mich nur mal machen.«

Am Himmel flog ein Falke über das Moor in Richtung Reichenstein.

Selbst in einer Kleinstadt wie Kehl kommt man zur Rushhour nur gemächlich voran, sodass Oliver Bardenberg nervös auf die Uhr schaute. Bereits mehrmals hatte er das Radio ein und ausgeschaltet, sich »Love is all around« von den »Troggs« verweigert und landete nun bei einer Magazinsendung des »SWR«:

»Laut Interpol rangiert Kunstraub nach Drogenhandel, Geldwäsche und Waffenhandel an vierter Stelle der kriminellen Aktivitäten. Die meisten gestohlenen Bilder gelten aufgrund ihres Bekanntheitsgrades als unverkäuflich. Meist wird Kunst daher geraubt, um damit Drogengeschäfte zu begleichen oder Lösegelder zu erpressen: Artnapping, in Anlehnung an Kidnapping.«

Bardenberg schluckte und schaltete das Radio wieder aus. Dann steuerte er das Parkhaus am Kehler Markt an und suchte den dunkelblauen Citroen C 4 picasso. Der stand in einer nur schwer einsehbaren Nische. Bardenberg hielt direkt daneben. Der Fahrer des Citroen hob gebieterisch die Hand, stieg aus und öffnete selbst den Kofferraum des Diplomatenfahrzeugs. Er schaute sich noch einmal nach allen Seiten um, nahm das Paket und verstaute es in seinem Wagen. Dann trat er an die Fahrertür, machte Bardenberg mit einer Handbewegung klar, dass dieser lediglich das Seitenfenster öffnen sollte. Über den Parlamentssekretär warf er einen Umschlag auf den Beifahrersitz und deutete mit einer weiteren Handbewegung an, dass Bardenberg verschwinden solle. Fast zeitgleich verließen beide das Parkhaus, nachdem sie die Parkgebühr an einem Automaten entrichtet hatten. Auf keiner Kreditkarten-Abrechnung würde dieser Parkhausbesuch registriert werden …

Bardenberg fuhr direkt über den Rhein zum Europa-Parlament und konnte hinter der Europabrücke feststellen, dass die Polizeikontrolle inzwischen aufgehoben worden war.

Er lächelte und verstaute den Umschlag ungeöffnet in seiner Jacke.

»The Who« spielten »Pictures of Lily«.

Bruce Springsteen beschwor »Better Days« durch den einsam gelegenen Wohnwagen in Ruitzhof – hundert Meter weiter schloss ein Nachbar wütend die Fenster:

»De kann se nicht alle haben!«

Nusselein bereitete umständlich im Wasserbad ein Fertiggericht, das laut Packung als »Schlemmerland Zwiebelfleisch« firmierte:

»Das ist bestimmt ganz schön inflatulinär, bei den ganzen Zwiebeln«, erklärte er seinem Kater, »stell dich also auf eine heiße Nacht ein.«

Draußen fuhr Zimmermann vor. Incitatus verdrehte die Augen, wenigstens behauptete Nusselein das, und verschwand durch die Schwingklappe Richtung Waldrand, wo eine Katzendame namens »Lola« bereits seit einer halben Stunde neben einem Mauseloch ausharrte.

Der Kommissar ließ sich in einen Sitzsack fallen und bemerkte zu spät die Incitatus-Haare, die darin fast schon eine Wolldecke bildeten:

»Kannst du nicht mal saugen!«

»Ich blase nur«, erwiderte Nusselein.

»Nachdem sich die Niveau-Grenze nun schon ganz unten angesiedelt hat, können wir ja mit der Arbeit anfangen. Hast du nichts zu trinken?«

Nusselein hatte diese Frage befürchtet und holte murrend aus seinem Geräteschuppen einen Flasche »Winzerhof's – halbtrocken – Ahr-Weinbau in der neunten Generation«. Er öffnete die Weinflasche:

»Von der Ahr, quasi Eifel, und nicht aus dem Supermarkt in Imgenbroich.«

Springsteen hatte mit »This hard land« das Ende der CD erreicht und Gottfried Zimmermann konnte endlich zur Sache kommen:

»Also, wir tappen ganz schön im Dunklen. Weder kennen wir die Tote, noch können wir wegen der schlimmen Kopfverletzung das Aussehen der Frau rekonstruieren. Den einzigen Hinweis, den wir bisher haben, ist das Foto von deiner Jubilarehrung in dem Röhrchen …«

»… in der Scheide«, fügte Nusselein hinzu.

»… das brauchen wir nicht jedes Mal zu erwähnen. Da wir also nichts haben, können wir nur hier ansetzen. Ich werde daher morgen nach Roetgen fahren und diesen Reinartz und den Bürgermeister besuchen. Vielleicht können die uns ja weiterhelfen.«

»Glaubst du, dass die was damit zu tun haben?«

»Quatsch, ein alter Mann und ein braver Sozialdemokrat.«

»Ich habe schon Sozialdemokraten vor ›Die Linke‹ kotzen sehen.«

»Aber immer seltener«, warf Zimmermann ein. »Hast du inzwischen eine Idee, warum die Tote dein Foto bei sich trug? Aber bitte ohne dummen Spruch.«

Nusselein überlegte nicht lange und nahm einen Gesichtsausdruck an, der Kommissar Columbo ähneln sollte:

»Wissen Sie, was mir aufgefallen ist …?«

Danach mutierte er wieder zu einem ganz normalen Eifeler Journalisten – nun ja, über die Formulierung »normalen« ließe sich streiten:

»Ich habe«, fuhr Nusselein fort, »mal in eine ganz andere Richtung gedacht. Da ich selbst nicht mehr wusste, wann ich das Foto gemacht habe, hat Elli vorhin im Archiv gewühlt. Also, das Foto ist aus unserer Januarausgabe. Und jetzt kommt die Überlegung des Genies, da ist euer blödes Labor nicht draufgekommen: Vielleicht spielt mein Foto überhaupt keine Rolle, sondern …«

Nusselein legte eine Kunstpause ein und fuhr dann fort:

»… sondern die Rückseite. Auf der Seite waren unsere Kleinanzeigen.«

Zimmermann nickte anerkennend: »Ja, verdammt, da habe ich gar nicht dran gedacht. Kompliment.«

»Elli hat die Seite gegen das Licht gehalten und konnte so die Anzeige auf der Rückseite sehen.«

»Mach es nicht so spannend!«

»Die göttliche Elli hat alles kopiert, ich habe es hier. Ich lese mal vor.«

Nusselein kramte aus seiner Jacke eine stark zerknitterte Kopie:

> »Ich, m, 26 Jahre, Handwerker, einfach treu, lustig, habe nichts gegen Raucher, lange Haare finde ich toll, wohne noch bei meiner Mutter. Ich arbeite in Simmerath. Tanze gerne, bin in einem Spielmannszug aktiv. Habe noch kein Bild von mir. Zuschriften an die Redaktion unter Chiffre 1269.«

Zimmermann nickte mehrmals:
»Das könnte eine Spur sein. Wer hat die Anzeige aufgegeben? Oder darfst du das nicht sagen?«
Nusselein schaute wichtig:
»Eine Chiffre-Anzeige ist mit dem Beichtgeheimnis zu vergleichen, aber der Chef meinte, in so einem Fall …«
»Der Name!«, sagte Zimmermann nur.
»Ralf Schütt, wohnt in Lammersdorf in der Waldsiedlung. Elli kennt den, weil der dauernd, wohl erfolglos, solche Anzeigen aufgibt. Arbeitet in Simmerath im ›Baumarkt Thelen‹. Elli meint, der sieht echt Scheiße aus.«
»Die muss es ja wissen.«
»Keine Anspielungen auf den werten Ehemann und deinen geschätzten Kollegen.«
Zimmermann rieb sich die Katzenhaare von der Hose und nahm einen kräftigen Schluck Rotwein:
»Lass dir irgendeinen Grund einfallen, spiel meinetwegen den Anzeigenvertreter von eurem Käseblatt, und fühl dem Schütt morgen mal auf den Zahn. Ich klappere Roetgen ab.«
Dann schlug er mit der flachen Hand auf den Tisch:
»Ich bin dann mal weg, wir telefonieren.«
Nusselein verkniff sich jede weitere Anspielung auf die schöne Wirtin, während Zimmermann bei Verlassen des Wohnwagens – für Nusselein ungehört – immer wieder murmelte:
»Warum bin ich da nicht drauf gekommen?«
Wenig später hörte man den Wagen davonfahren. Nusselein quetschte sein Zwiebelfleisch aus der Packung. Dann dinierte er – wie er es nannte – mit mehreren Gläsern Rotwein. Nach diesem Festmahl schaute er auf der ebay-Seite unter »Verkäufer: mensfashiontoll (2605*), Bewertung 99,8% Pos« noch einmal nach Columbos Mantel.
Es gab keine neue Mitteilung.

Dritter Tag – Donnerstag, 6. März

Gottfried Zimmermann hatte sich direkt nach Dienstantritt im Roetgener Rathaus angemeldet. Danach rief er bei Eugen Reinartz an und erklärte dessen Frau, dass er in »einer reinen Routinesache« ein paar Fragen an den »ehemaligen Herrn Landrat« habe. Maria Reinartz zeigte sich besorgt:

»Mein Mann darf sich aber nicht aufregen, wir sind immerhin nicht mehr die Jüngsten.«

Nur kurz dachte er über die Majestätsbedeutung des Wortes »wir« nach, ging zu seinem Wagen und fuhr über Imgenbroich und Konzen nach Roetgen. Während der Fahrt meldete sich Dr. Reinhard Weixler von der Gerichtsmedizin:

»Wir versuchen da etwas ganz Neues. Im Klinikum gibt es eine Frau, die kann von einem Schädel ein digitales und dreidimensionales Bild machen, das sehr viel Ähnlichkeit mit dem tatsächlichen Gesicht eines Toten haben soll. Noch arbeitet sie dran, aber am frühen Nachmittag soll das Ergebnis vorliegen. Kommen Sie dann doch einfach nach Aachen ins Klinikum, ich bin auch da. Ach so: Fragen Sie nach Frau Dr. Margarethe Dombusch, Anatomie.«

Zimmermann sagte den Termin zu und erreichte, nach einer Vollbremsung vor der Radarfalle, Roetgen. Da sich im unteren Teil des Rathauses in zwei Zimmern auch die »Polizeiinspektion Aachen Kreis, Bezirksdienst Südkreis« befindet, schaute er kurz bei Polizeioberkommissar Hermann Pauls rein und zeigte diesem das Foto. Doch auch Pauls konnte sich keinen Reim machen:

»Der Reinartz ist schon ewig aus der Politik raus und steinalt.«

Dann schaute sich der Beamte, der als begeisterter Hobby-Fotograf bekannt ist, das Foto lange an:

»Wie diese Journalisten immer die Fotos beschneiden: Links, rechts, oben, unten – alles überflüssig. Mit vier Schnitten kann man doch aus so einen Bild viel mehr rausholen.«

»Ich werd's mit Vergnügen weitergeben«, nickte Gottfried Zimmermann, als er sich von dem Kollegen verabschiedete und das Büro von Bürgermeister Manfred Eis aufsuchte. Der Kommissar erklärte dem Bürgermeister, dass man bei der Toten, von der natürlich die ganze Nordeifel wusste, einen Zeitungsausschnitt gefunden habe. Dabei ging er allerdings nicht auf Details ein.

Manfred Eis schaute sich das Foto lange an, schüttelte dann aber den Kopf:

»Wenn ich ehrlich bin, kannte ich den Reinartz nur vom Hörensagen. Als ich in die Eifel zog, war der schon aus der Politik raus. Bewusst gesehen und auch gesprochen habe ich den das erste Mal bei der Ernennung zum Ehrenbürger. Der hat viel für die Eifel getan: Talsperren, Wasserwerk, Monschauer Gymnasium, Straßenbau, Annäherung an Belgien, was damals nicht selbstverständlich war. Aber der hat sich schon vor Jahren aus allem zurückgezogen. Als der Ende der fünfziger Jahre Landrat wurde, war er für damalige Verhältnisse noch sehr jung, so etwas über dreißig. Der ist, glaube ich, so ungefähr Jahrgang 25 oder 26. Nein, da kann ich mir keinen Reim drauf machen. Was vermuten Sie denn?«

Gottfried Zimmermann nahm tief Luft:

»Wenn ich ehrlich bin, vermute ich gar nichts. Es ist bloß unser einziger Anhaltspunkt.«

»Sie sagten«, bohrte der Bürgermeister nach, »dass es sich um einen Zeitungsausschnitt handelt. Was stand denn auf der Rückseite?«

»Dem gehen wir auch nach«, sagte Zimmermann ganz leise und verabschiedete sich schnell. Im Vorzimmer murmelte er:

»Warum bin ich da nicht drauf gekommen?«

Elli fiel die Hefeschnecke aus der Hand, als Nusselein zu nachtschlafender Zeit – wenigstens für seine Verhältnisse – die Redaktion betrat:

»Wer hat dir denn den Arsch aus dem Bett gezogen?«

Nusselein ging auf die Bemerkung nicht ein und ließ sich auf den Besuchersessel gegenüber der Sekretärin fallen:

»Hör mal, Schätzchen ...«

»Noch so'n Spruch, dann Kaffee über den Kopf!«

»... du hast mir doch gestern dankenswerter Weise ...«

»Hattest du einen Unfall mit Hirnschaden?«

»... dieses Bild rausgesucht. Inzwischen glauben wir von der »SOKO Swetlana«, dass ...«

»Hörte ich da ›wir‹? Bist du zur Polizei gewechselt? Dass ich das noch erleben darf.«

»… dass das tatsächlich eine viel heißere Spur als diese Roetgener Jubilarehrung ist. Ich muss daher unbedingt an diesen Ralf Schütt rankommen. Du kennst den doch, der gibt doch oft Anzeigen auf.«

»Klar, der ist von der ganz schwach gepuderten Sorte, stottert nur rum und wird immer knallrot, wenn er die Kontaktanzeigen aufgibt. Also: Ein perverser Frauenmörder könnte das sein, muss aber nicht. Lass mich mal machen …«

Ellie suchte in dem zerfledderten Telefonbuch die Nummer des Baumarktes in Simmerath, dann rief sie an.

»Ja, schön guten Tag, den Ralf Schütt hätte ich gerne.«

Elli hob den Daumen:

»Ja, genau, sanitäre Kleininstallationen. Auf die Bezeichnung kam ich nicht.«

Sie wurde verbunden:

»Ja, hallo, Herr Schütt. Hier ist Elli Breuer vom ›Hammer‹. Unser Zufallsgenerator hat Sie aus dem Kreis unserer Stammkunden ausgewählt.«

Nusselein tippte sich an die Stirn.

»Für eine demoskopische Erhebung wollen wir die Meinung unserer besten Kunden einholen, damit unsere Zeitung noch besser wird. Und daher haben wir einige Fragen an Sie.«

Ralf Schütt hatte wohl eine Zwischenfrage gestellt – Elli lächelte:

»Ja, natürlich haben Sie was gewonnen. Sie erhalten den ›Hammer‹ ein Jahr kostenlos. Es ist nur so, unser Mitarbeiter müsste Sie heute noch treffen …«

Schütt sagte etwas und Elli fuhr fort:

»… das ist fein. Also in Ihrer Mittagspause, im ›Bierbaum‹ in Simmerath. Sagen wir ein Uhr. Geht das?«

Elli nickte mehrmals:

»Das ist ganz lieb von Ihnen. Dann kommt unser Herr Nusselein. Sie erkennen ihn …«

Die Sekretärin schaute Nusselein kurz an:

»… an einem unmöglichen Pullover mit einer dicken Ente drauf. Also bis dann.«

Elli legte auf:

»Na, wie war ich?«

Nusselein knurrte nur:

»Ja, ganz gut. Die dicke Ente ist übrigens Donald Duck, der Pullover ist ein Designerstück und nicht unmöglich und vor allen Dingen: Warum ein Jahr den ›Hammer‹ umsonst? Der ist doch sowieso umsonst.«

Elli schaute Nusselein lange an:

»Kluges Kerlchen. Ich habe dir doch gesagt, dass der ganz bescheiden gestrickt ist. Was anderes: Ich hätt' da noch eine Frage … Ist eigentlich Columbos Mantel schon da?«

Nusselein wollte auf diese Frage nicht näher eingehen.

Als Gottfried Zimmermann vor dem älteren, aber sehr gepflegten Fachwerkhaus an der Roetgener Neustraße vorfuhr, fielen Gardinen zurück. Noch ehe der Kommissar klingeln konnte, hatte Maria Reinartz die Tür geöffnet und warf schnell einen kritischen Blick auf die Nachbarhäuser:

»Sie sind der von der Polizei?«, fragte sie und schob Zimmermann in den Flur. »Mein Mann ist im Wintergarten. Aber, wie ich am Telefon schon sagte, wir dürfen uns nicht aufregen, meinem Mann geht es nicht besonders.«

Gottfried Zimmermann erwartete einen Greis, eingeschlagen in eine Decke, der mit zitternden Händen eine Teetasse hielt. Um so verwunderter war er, als ihm ein rüstiger älterer Herr mit schnellen Schritten entgegenkam und offensichtlich vor Gesundheit nur so strotzte:

»Der Herr Kommissar, Sie hatten angerufen. Els am Morgen vertreibt Kummer und Sorgen. Mutter, bring doch ens die Flasche. Sie trinken doch einen mit. Jetzt kommen Sie mir nicht mit ›im Dienst‹. Els ist in der Eifel Medizin, ein Grundnahrungsmittel.«

Zimmermann nickte:

»Aber nur einen.«

Dann beschwor der Kommissar den Gott des Beamtenethos, dass ein Eifeler Schnaps zur Erleichterung des Gesprächs aus ermittlungstechnischen Gründen erforderlich sei.

»Prost«, sagte Reinartz: »Aber jetzt sagen Sie mal, junger Mann, was ein alter Mann wie ich für Sie noch Interessantes wissen kann.«

Zimmermann holte die Kopie des Zeitungsbildes hervor:

»Sie haben bestimmt von der Toten in der Rur gehört. Wir haben keinerlei Anhaltspunkte, wer die Tote ist, woher sie kommt, slawische Herkunft wird vermutet, lediglich diesen Zeitungsausschnitt fanden wir bei ihr.«

Er reichte dem ehemaligen Landrat das Foto. Dieser setzte sich, während seine Frau von der Tür zum Wintergarten rief:

»Wir vertragen keine Aufregung, hatte ich doch gesagt.«

Reinartz machte eine beruhigende Handbewegung:

»Lass, Mutti, das ist doch keine Aufregung. Wenn wir dem Kommissar helfen können.«

Eugen Reinartz sah sich das Bild lange an:

»Ja, das war in der Zeitung. Ich weiß aber nicht, in welcher, da die Fotos alle so ähnlich waren: Die ›Volkszeitung‹, die jetzt anders heißt, der ›Wochenspiegel‹ und dann dieses Blättchen, dessen Name ich immer vergesse.«

»›Der Hammer‹, genau daraus ist der Ausschnitt.«

»›Hammer‹? Genau, wie Hammer bei Dedenborn. Das war bei meiner Ehrung, als ich Ehrenbürger hier in Roetgen wurde, das ist jetzt drei Monate her. Nix besonderes, das Bundesverdienstkreuz haben sie mir schon vor zwei Jahren verliehen. Wenn man mit Ehrungen überhäuft wird, weiß man, dass die anderen glauben, man geht bald in die Kiste. Denen werde ich aber was husten.«

»Wir wollen uns doch nicht aufregen«, rief Maria Reinartz von der Tür, während ihr Mann den Kopf schüttelte:

»Nee, junger Mann, da kann ich mir keinen Reim drauf machen. Aus unserem Bekanntenkreis wird niemand vermisst, ein Verhältnis mit einer jungen Frau hatte ich zuletzt vor 65 Jahren mit meiner Frau …«

Laut hustend verschwand Maria Reinartz in der Küche.

»… und jemand mit slawischer Herkunft kennen wir noch nicht einmal aus dem größeren Bekanntenkreis. Ich würde Ihnen ja gerne helfen, aber … keine Ahnung.«

Zimmermann reichte dem ehemaligen Politiker seine Karte und hoffte, dabei wie Charly Muhamed Huber zu wirken:

»Falls Ihnen doch noch etwas einfallen sollte, rufen Sie mich an. Am besten die Handynummer. Das habe ich fast immer an.«

Dann verabschiedete er sich. Beim Rausgehen rief ihm Reinartz noch hinterher:

»Vielleicht dreht sich ja alles um die Rückseite. Da steht doch auch immer was drauf.«

»Dem gehen wir auch nach«, sagte Zimmermann ganz leise und murmelte:

»Warum bin ich da nicht drauf gekommen?«

Beim Rausgehen flüsterte Maria Reinartz:

»Er darf sich nicht aufregen. Sie haben ja selbst gesehen, wie angeschlagen mein Mann ist.«

»Polizeiinspektion Bezirksdienst Südkreis in Monschau«, meldete sich Polizeihauptwachtmeister Benno Breuer. Er war der einzige Beamte, den man an diesem Morgen in den Büros an der Laufenstraße antreffen konnte. Der Anrufer sagte nur einen Satz:

»Die Mönche vom Reichenstein haben die Frau umgebracht. Ritualmord!«

Dann knackte es in der Leitung:

»Hallo, hallo«, rief Benno Breuer, sah dann aber doch ein, dass sein lautes Rufen in den Büroräumen verhallte. Sofort wählte er die Handy-Nummer von Gottfried Zimmermann an. Dieser meldete sich:

»Was gibt's?«

»Hier ist der Benno. Da gab es gerade einen anonymen Anruf, nur ein Satz: ›Die Mönche vom Reichenstein haben die Frau umgebracht. Ritualmord!‹. Das ist doch ein dickes Ding.«

Zimmermann blieb unaufgeregt:

»Bleib im Büro. Ich komme gerade aus Roetgen und bin schon vor Konzen im Venn. Das kann natürlich Bullshit sein, kann aber auch was dran sein.«

»Mein Reden«, sagte Benno Breuer und legte auf.

»Der Herr Kommissar hält mich doch nur für einen blöden Streifenbullen.«

Nusselein hatte auf der Fahrt nach Simmerath die Abkürzung über die Eschbachstraße genommen. Irgendein Lokalsender, der sich die Musik der alternden Generation auf die Sendemasten geschrieben hatte, dröhnte »Satisfaction« – und Nusselein dröhnte begeistert mit. Er verfehlte Gottfried Zimmermann nur um wenige Meter, da dieser über die Serpentinen nach Monschau fuhr. Beide schalteten fast gleichzeitig auf die Regionalnachrichten des WDR-Aachen um. Moderatorin Susanne Bode hatte die Eifel an die erste Stelle gesetzt:

> »**Monschau:** Noch keine Spur im Rurmord: Völlig im Dunkeln tappt die Polizei bisher im Falle der unbekannten Toten in der Rur. Wie berichtet, war in dem Fluss zunächst der Kopf, später dann auch der Rumpf einer unbekannten Frau gefunden worden. Es wird vermutet, dass die Getötete slawischer Herkunft ist.
> **Aachen/Düren:** Leichter Anstieg der Jugendarbeitslosigkeit: Die Jugendarbeitslosigkeit ist in der Region saisonbedingt leicht gestiegen …«

Die beiden schalteten ihre Radios aus. Nusselein erreichte wenige Minuten später Simmerath und parkte in unmittelbarer Nähe des »Bierbaum«. Als er das Bistro betrat, winkte ihm eine allein an einem Tisch sitzende Person zu. Nusselein beugte sich leicht vor:

»Sind Sie Ralf Schütt?«

»Nein«, sagte der Angesprochene und schüttelte den Kopf, »ich bin doch der Mittelstürmer von Germania Eicherscheid, den du neulich geknipst hast: 150 Spiele in der ersten Mannschaft, du erinnerst dich. Der Ralf Schütt sitzt übrigens da drüben.«

Nusselein nickte und machte dabei ein Gesicht, das er selbst als »dankbar« bezeichnen würde. Er ging zu Ralf Schütt und kam »ohne Umschweife« (auch so eine Nusselein-Formulierung) zur Sache:

»Ich bin Charly Nusselein vom ›Hammer‹. Das ist nett, dass Sie bei unserer Umfrage mitmachen.«

Nusselein nahm Platz, bestellte einen Kaffee »aber mit zwei Döschen Milch und vier Stückchen Zucker« und wandte sich dann wieder Ralf Schütt zu, bei dessen Beschreibung Elli wohl eher untertrieben hatte. Charly schätzte den mit tiefen Aknenarben überzogenen sanitären Kleininstallateur auf Mitte Zwanzig. Nusselein stellte zunächst einige allgemeine Fragen nach Namen,

Geburts- und Wohnort sowie Ausbildung und Beruf und tastete sich dann an das Thema Kontaktanzeige ran:

»Sie schalten doch – wie viele andere auch – Kontaktanzeigen bei uns, erst vor ein paar Monaten …«

Ralf Schütt winkte ab, dabei wurden seine Aknenarben noch röter:

»Dat bringt et doch nit. Ich habe bisher für das viele schöne Geld …«

Nusselein überschlug das Anzeigenaufkommen durch den Baumarktler und kam auf eine Summe zwischen dreißig und vierzig Euro.

»… für das schöne Geld nur einmal eine Zuschrift bekommen. Soll ich mal vorlesen?«

»Ja, gerne. Dadurch können wir das Bild, das wir uns mit dieser Umfrage vom Leser machen wollen, ja nur noch vervollständigen.«

Ralf Schütt zog einen Brief aus der Tasche:

»Habe ich immer dabei – also:

> »Kesse Mittvierzigerin, 164 cm groß, überall viel dran. Ich such' einen ehrlichen, unkomplizierten Mann um gemütliche Stunden zu verbringen. Bist du mein Traum-Mann? Du solltest dunkelhaarig, über 170 cm sein. Ich bin unkompliziert, humorvoll, braunäugig und genieße auch gerne die erotische Seiten des Lebens. Ich bin gespannt auf dich.«

Schütt steckte den Brief sorgfällig ein:

»Dat is doch nur ne jeile Dicke. Da habe ich noch nicht mal geantwortet.«

Nusselein sah langsam eine Spur versickern, wollte aber noch nicht aufgeben:

»Und sonst gab es nie Reaktionen? So wie Sie schreiben, das klingt doch nach einem interessanten Mann.«

»Dat schreib ich doch gar nicht, dat schreibt doch immer Ihre Sekretärin.«

Nusselein sah seine Felle endgültig davonschwimmen:

»Und Sie haben sich auch noch nie mit einer Frau, die geantwortet hat, getroffen?«

»Ich sag doch: Nur die jeile Dicke hat jeantwortet.«

»Und sonst niemand?«

»Nee, niemand. Krieg ich jetzt das Zeitungs-Abo umsonst?«

Charly winkte die Kellnerin ran, zahlte seinen Kaffee und nahm wieder einen gewichtigen Gesichtausdruck an:

»Ab sofort finden Sie den ›Hammer‹ jeden Monat kostenlos in Ihrem Briefkasten. Sie haben uns sehr geholfen, Herr Schütt. Schönen Tag noch. Und dann bin ich noch der Meinung, dass Schleiden zerstört werden muss, wie Cato, der alte Sack, immer sagte.«

»Wie bitte?«, fragte Ralf Schütt.

»Das war nur unser neuer Werbeslogan.«

Nusselein ließ einen nachdenklichen Ralf Schütt zurück. Dessen Gedanken kreisten allerdings nicht um Frauen oder das zerstörte Schleiden, sondern vielmehr um die Frage, warum er den »Hammer« bisher auch immer kostenlos bekommen hatte. Ratlos schüttelte er den Kopf und murmelte:

»Wahrscheinlich haben die 'se nicht alle.«

Als Gottfried Zimmermann die Monschauer Polizeistation erreichte, bastelte Benno Breuer gerade aus mehreren Teefiltern einen Kaffeefilter und murrte:

»Hat wieder keiner neue gekauft.«

Zimmermann hob ratlos die Hände:

»Ich bringe gleich welche aus dem ›Krug‹ mit. Aber was war nun mit dem Anruf?«

»Wie ich dir gesagt habe: ›Die Mönche vom Reichenstein haben die Frau umgebracht. Ritualmord!‹ Mehr nicht. Dann sofort aufgelegt.«

»Was war das für eine Stimme?«

»Völlig ruhig, kein Dialekt, kein Akzent. Auf jeden Fall ein Mann, kann zwanzig sein, kann aber auch sechzig sein.«

»Ich halte normalerweise nicht viel von so anonymen Anrufen.«

»Meinste ich? Kannst du dich noch an den Hirsch erinnern, der angeblich mit dem ehemaligen Ortsvorsteher von Mützenich auf den Hörnern …?«

»Geweih!«

»Ich bin kein Jäger! ... Also auf dem Geweih durch den Ort laufen sollte? Bin ich mit der vollen Kavallerie und großem Orchester hingerast und dann waren da nur paar Jugendliche, die vor einer Pommesbude standen. Denen habe ich vielleicht den Marsch geblasen.«

Zimmermann wollte die Erinnerung an diesen Vorfall nicht weiter vertiefen und sagte:

»Auf jeden Fall fahre ich bei den Mönchen mal vorbei. Die sind ja erst ein paar Monate da. Ich habe das nur am Rande mitbekommen. Die sollen doch nicht so ganz echt sein.«

»Weiß ich nicht, ob man das so nennen kann«, antwortete Benno Breuer und schürzte die Lippen nach vorne, »also, die nennen sich wohl Benediktiner oder Pius-Bruderschaft ...«

»Zwei Katholen-Vereine?«

»Keine Ahnung, aber eher ein Verein. Und die haben mit der katholischen Kirche, Papst und Rom, auch nichts zu tun, weil die alle exkommuniziert sind.«

»Warum denn das?«

»Das weiß ich auch nicht so genau, wohl mehr so eine Prinzipsache. Die lesen die Messe auf Lateinisch und stehen mit dem Rücken zum Publik..., also zu den Kirchenbesuchern. Und die Mönche sollen mehr so traditionell, also konservativ sein.«

»Die übrige katholische Kirche schäumt dagegen über vor Progressivität. Und für so ein Kinkerlitzchen werden die exkommuniziert?«, fragte Zimmermann.

»Scheint so.«

»Aber der Papst hat doch groß verkündet, dass er das Lateinische wieder einführen wird.«

»Dann wird der auch exkommuniziert«, kombinierte Benno Breuer trocken, »und zieht nach Reichenstein. Und wer kann dann für den Personenschutz hier sorgen? Ich natürlich.«

Gottfried Zimmermann winkte ab:

»Gut, das ist mir im Augenblick auch alles ziemlich egal. Ich fahre auf jeden Fall mal nach Reichenstein raus, ob ich das heute schaffe, weiß ich allerdings nicht. Soll nämlich dringend nach Aachen kommen. Die haben da so eine neue Methode, um ein Gesicht zu rekonstruieren. Dann können wir ein Foto an die Presse geben. Vielleicht erkennt ja jemand die Frau.«

»Wer kennt schon eine Frau?«, nickte Benno Breuer, während einen Kilometer weiter die Stimme seiner Elli bis vor die Tür der Redaktion zu hören war:

»Wo bleibt schon wieder dieser Nusselein, dieser Arsch?«

Die schwere Eisentür zu dem versteckt liegenden Bunker öffnete sich. Dahinter befand sich ein klimatisierter Raum, in dem der Unbekannte aus dem Citroen das Paket abstellte. Ein weiterer Mann – Typ »Ich-scheiße-jeden-mit-meinem-Geld-zu« – zerschnitt mit einem Taschenmesser die Schnur. Dann stellte er das Gemälde auf eine der Staffeleien. Lange betrachtete er das Bild, prüfte mit einer Lupe den Farbverlauf und nickte dann:

»Keine Zweifel: ›Marie Antoinette – die Königin von Frankreich‹ von Élisabeth Vigée-Lebrun. Ein Wunder, herrlich.«

»Dann können wir jetzt zum Geschäft kommen«, nickte der Mann aus dem Citroen.

»Einen Augenblick. Drehen Sie sich rum!«

Der Überbringer des Gemäldes kam dieser Aufforderung nach, während der andere Mann einen Wandtresor öffnete und einen schwarzen Aktenkoffer hervorholte:

»Wie verabredet. Die volle Summe. Bis auf den letzten Cent.«

»Sie werden ein gutes Geschäft damit machen. Wie ich Sie kenne, haben Sie doch schon lange einen Kunden an der Hand. Ich habe gelesen, dass das Bild unverkäuflich ist. Nun lebe wohl, du schönes Bildchen, man wird dich nie mehr sehen. Dein neues Zuhause wird eine sichere Burg sein. Nachzählen brauche ich bei Ihnen doch nicht.«

Der Angesprochene nickte nur, während der unbekannte Mann den Bunker verließ:

»Immer zu Ihren Diensten!«

Auch der Käufer verließ bald den Bunker, nachdem er das Bild zärtlich berührt hatte:

»Von wegen Käufer …«

Gottfried Zimmermann überholte auf der Monschauer Straße Richtung Aachen zunächst einen älteren Golf mit dem Schriftzug »Abi 2008« auf dem Heckfenster und dann einen Nissan Qashqai mit dem Hinweis »Mittlere Reife 1971«. In Höhe von Oberforstbach rief er Nusselein an, der sich gerade mit Elli heftig über die Frage stritt, ob man Papier-Taschentücher auch als Filtertüten nutzen könne. Da Nusselein seinen Selbstversuch mit einem Menthol-Taschentuch durchgeführt hatte, schmeckte der Kaffee recht gewöhnungsbedürftig. Elli tobte:

»Das schmeckt so etwas von Scheiße!«

Die aufgebrachte Sekretärin unterlegte das Gespräch mit einer Dauerbeschimpfung (»Schwachkopf«, »Esel«, »Kaffeevergifter« usw.) – Nusselein verzog sich daher in sein Büro:

»So, jetzt können wir ungestört reden.«

»Du zuerst!«, legte Zimmermann fest. Nusselein nickte:

»Jawohl, Herr Brigadegeneral. Also: Ich war in Simmerath. Den Typ vom Baumarkt können wir knicken. Da müsste ich mich schon sehr täuschen. Der ist so etwas von harmlos gestrickt.«

»So harmlos wie der Würger von Ipswich.«

»Nein, nein, glaube mir. Ganz blasses Jüngelchen.«

»Dann können wir also bei dem Zeitungsausschnitt die Rückseite als Spur vergessen, da haben wir dann doch keinen so entscheidenden Fehler gemacht«, stellte Zimmermann mit einer gewissen Befriedigung fest.

»Und was war bei dir?«, fragte Nusselein.

»Ich war beim Bürgermeister und diesem Ex-Landrat in Roetgen. Die können sich keinen Reim machen.«

»Und als Täter?«

»Die beiden? Nein, nein. Ausgeschlossen. Beide sehr offen für die Zusammenarbeit. Auch unser Mann vom Bezirksdienst kann sich keinen Zusammenhang vorstellen.«

»Aber irgendeine Bedeutung muss das Bild doch haben. Kein Mensch steckt sich doch grundlos ein Röhrchen mit einem Zeitungsfoto in die Möse.«

»Kannst du dich vielleicht etwas gesitteter ausdrücken!«, raunzte Zimmermann und fuhr dann fort – im Gespräch und Richtung Aachener Klinikum:

»Ich fahre jetzt mal in die Uni-Klinik, da gibt es eine Wissenschaftlerin, die von Schädeln mit Computern ein mögliches Bild von Toten machen kann. Das kann ich vielleicht heute noch an die Presse geben. Ach, noch was: Es gab einen anonymen Anruf bei uns: Hinweis auf die Mönche von Reichenstein, Ritualmord und so. Darum kümmere ich mich morgen. Kannst du mal rauskriegen, was es mit den angeblich falschen Mönchen da draußen so auf sich hat?«

»Nun denn, dann ist für mich jetzt ›Im Namen der Hose‹ angesagt«, beendete Nusselein das Gespräch.

Nusselein stürzte sich ins Internet, rief ein bisschen in Rathäusern und Pfarrämtern an und kontaktierte einige Politiker des Monschauer Stadtrats. Schließlich rief er noch Heiner Schepp von den »Eifeler Nachrichten« an, der bereits mehrere Artikel zum Thema Reichenstein geschrieben hatte. Schepp wunderte sich über das Interesse an diesem Thema:

»Seit wann interessierst du dich denn für kirchliche Themen?«

Nusselein log:

»Ich mache daraus einen Ausflugstipp für den Sonntagnachmittag. Das soll eine neue Rubrik bei uns werden.«

Heiner Schepp sagte nichts, nahm sich aber fest vor, einmal bei der Polizei nachzufragen, ob es einen Zusammenhang zwischen der Toten in der Rur und dem Kloster geben könnte. Denn Nusseleins stille Zusammenarbeit mit Zimmermann war natürlich in der Eifel keinem verborgen geblieben. Dann gab er ihm aber kollegial eine Internetadresse:

»Schau mal auf ›www.pius.px.info‹ – da findest du alles über das Weltbild dieser Brüder.«

Nusselein beschäftigte sich danach noch ungefähr eine Stunde mit dem Thema, dann erstellte er für Zimmermann ein Dossier:

> »25 Mönche aus dem französischen Kloster Notre-Dame de Bellaigue, Anhänger des exkommunizierten Bischofs Marcel Lefebvre, wohl auch Anhänger von Le Pen, lehnen alle Beschlüsse des Konzils ab: Sprechen bei Reformen in der Kirche von ›Neuerungswahn‹, keine Laien am Alter, keine Ökumene, Messe in Latein, wie früher. Nettes Zitat: ›Handkommunion ist wie die Austeilung von Keksen‹.

Geht selbst katholischer Kirche zu weit: Sollten Hochzeiten oder Taufen in Reichenstein durchgeführt werden, dann ungültig. Brüder halten im Internet dagegen: Mönche trauen und taufen sowieso nicht, nur Panikmache. Und noch ein Zitat: ›Von Anfang an war man sich in der Kirche bewusst, dass der Dienst am Heiligtum sich nicht mit ehelichem Verkehr vereinbaren lässt.‹«

»Bestimmt wollen die auch Schleiden zerstören«, murmelte Nusselein, während er Zimmermann den Text ins Büro mailte.

Kommissar Zimmermann war inzwischen am Aachener Klinikum angekommen. Nachdem er rund fünfzehn Minuten einen Parkplatz gesucht hatte, konnte er endlich bei der »Information« nach Dr. Margarethe Dombusch fragen:

»3. Etage, Anatomie, dann noch mal fragen.«

Auch dort schickte man ihn weiter:

»Zimmer 364 – Forensische Anthropologie.«

Zimmermann hatte sich natürlich ein Bild der Wissenschaftlerin gemacht: Mitte bis Ende fünfzig, graustrümpfig, ein Dutt auf dem Kopf, etwas knurrig in den Ausführungen, blutverschmierter Kittel. Den Gedanken an ein Fleischermesser in der rechten Hand verwarf er. Er war überrascht, als er auf einen ganz anderen Typ von Frau traf – Richtung Andrea Ypsilanti ohne Beck im Rücken. Dr. Reinhard Weixler war auch schon anwesend und begrüßte den Kommissar fachkundig:

»Na, auch keinen Parkplatz gefunden?«

»Dann wollen wir mal«, nickte Dr. Dombusch und wies Zimmermann einen Stuhl vor ihrem Schreibtisch zu. Sie verdunkelte das Zimmer:

»Die Details über die Vorbehandlung des Schädels erspare ich Ihnen. Fakt ist, dass wir danach den blanken Schädel der Frau einscannen konnten. Dann war alles Arbeit des Computers. Das Alter konnten wir auf ungefähr Mitte dreißig schätzen. Dass die Frau wahrscheinlich osteuropäischer Herkunft ist, ließ sich mit der Swansonschen Tabelle …«

»Der was, bitte?«, unterbrach Zimmermann die Wissenschaftlerin.

Diese schaute ihn entschuldigend an:

»Sorry, wir Fachidioten. Ein amerikanischer Kollege namens Arthur Swanson hat in jahrelanger Arbeit eine Tabelle erstellte, nach der man die Dicke von Muskelmasse und Fettgewebe der unterschiedlichsten Völker in den verschiedensten Lebensphasen festgehalten hat. Ich habe also die slawischen Werte gewählt und dann mit diesen Angaben am Computer die Muskelschichten, dann die Augenhöhlen und zuletzt die möglichen Fettschichten simuliert.«

»Und wie genau ist so eine Untersuchung?«

»Wir gehen davon aus, dass das Computerbild rund 70 Prozent dem Gesicht zum Zeitpunkt des Ablebens ähnelt.«

Zimmermann war beeindruckt:

»Und warum machen wir das nicht immer so?«

Dr. Reinhard Weixler schaltete sich ein:

»In Europa ist diese Methode noch sehr jung: Zunächst waren das, Sie entschuldigen Frau Kollegin, wissenschaftliche Spielereien: Ramses II., römische Soldaten, Johann Sebastian Bach. Doch mit dem Kosovo-Krieg fing man an, auch mit, ich nenne es mal so salopp, normalen Toten zu arbeiten, um Gefallene zu identifizieren.«

Margarethe Dombusch unterbrach ihren Kollegen:

»Zunächst arbeitete man nur im schottischen Dundee mit dieser Methode, doch seit knapp einem Jahr machen wir auch in Aachen erste Versuche in dieser Richtung. Gott sei Dank gibt es nur wenige Fälle wie diesen.«

Dr. Dombusch drehte ihren Computer und präsentierte mit gewissem Stolz das Gesicht einer slawischen Frau Mitte dreißig:

»Ich drucke es Ihnen aus. Wenn Sie es an die Presse geben, wird es Ihnen vielleicht hilfreich sein.«

Dr. Reinhard Weixler nickte mehrmals anerkennend:

»Großartige Arbeit, Frau Kollegin. Ich würde vorschlagen, dass Herr Zimmermann sofort zur Dresdener Straße, zum Zeitungsverlag, fährt, damit das Bild morgen in den Blättern ist.«

»Nun denn, 70 Prozent lassen hoffen«, nickte Gottfried Zimmermann und verabschiedete sich von der Wissenschaftlerin. Nach wenigen Metern drehte er sich allerdings noch einmal um:

»Und warum wird das ausgerechnet hier in Aachen gemacht?«

Dr. Dombusch lachte auf:

»Wir hoffen immer noch, den Kopf Karls des Großen zu finden.«

Nusselein hatte – sehr zur Verwunderung von Kufka und Elli – den Nachmittag in der Redaktion verbracht und tatsächlich einige Arbeiten erledigt. So hatte er bereits den Terminkalender für April erstellt und einen Artikel über die mögliche Schließung des Simmerather Krankenhauses verfasst. Allerdings war dabei wieder seine Faulheit durchgeschlagen. Er hatte sich einfach aus dem Internet einen Artikel der »Neuen Züricher Zeitung« über die Schließung des »Nokia«-Werkes in Bochum »ausgeliehen« und mit einigen geschickten »Ersetzen durch ...«-Eingaben daraus das Simmerather Krankenhaus gemacht. Kufka wunderte sich deshalb auch mehrmals über einige Formulierungen seines Mitarbeiters. So hatte dieser Bochum durch Simmerath ersetzt, Handy durch Krankenhaus, Nokia durch Malteser, Werk durch Hospital und Finnland durch Himmel.

> »Rund 6.500 Personen haben in Simmerath gegen die geplante Schließung der Krankenhaus-Fabrik des himmlischen Malteser-Konzerns protestiert. Dazu bildeten sie eine Menschenkette. Später schlossen die Demonstranten mit Fackeln und Lichtstäben einen symbolischen Ring um das Malteser-Hospital – ›damit denen in Himmel ein Licht aufgeht‹, wie es hieß.
> Bei Protestkundgebungen in der Stadt hatten zuvor mehrere Vertreter der IG Metall und des Malteser-Betriebsrats gesprochen.
> Die Malteser hatten vor wenigen Wochen verkündet, das Simmerather Hospital mit mehr als 2.300 Mitarbeitern schließen zu wollen und die Produktion nach Osteuropa zu verlagern. Die nordrhein-westfälische Landesregierung fordert an Malteser gezahlte Subventionen zurück.«

Kufka schüttelte mehrmals ungläubig den Kopf:

»Das verstehe ich nicht. Wo kommen denn in Simmerath 6.500 Menschen her? Was hat der Himmel damit zu tun? Die IG-Metall ist doch nicht für Krankenhäuser zuständig? 2.300 Mitarbeiter, das ist doch Blödsinn. Und vor allen Dingen: Was soll nach Osteuropa verlegt werden? Etwa die Patienten?«

Fragen über Fragen, die unbeantwortet blieben, da Gottfried Zimmermann anrief:

»Um 18 Uhr sendet der WDR das Bild, da will ich in Monschau im Büro sein. Fahre sofort zu dir nach Hause, du hast doch so einen tragbaren Fernseher rumstehen. Bis dann. Und denke an die Satellitenschüssel, in Monschau ist sonst kein Empfang.«

Da Zimmermann aufgelegt hatte, konnte er Nusseleins Fluch nicht mehr hören:

»Noch nicht einmal einen Fernseher haben die Bullen.«

Dann griff er seine Jacke und stürmte aus der Redaktion:

»Neue Erkenntnisse der ›SOKO Swetlana‹. An dem Simmerath-Artikel muss ich morgen noch ein paar winzige Änderungen vornehmen.«

Er ließ einen ratlosen Chefredakteur zurück:

»Was wollen die nach Osteuropa verlegen? Die Patienten? Meine kranke Mutter vielleicht nach Rumänien? Soweit ist es also schon gekommen mit unserem Gesundheitssystem …«

Fluchend trug Nusselein das winzige Fernsehgerät und die riesige mobile Satellitenanlage in die Polizeistation. Gottfried Zimmermann wartete, die Füße auf dem Schreibtisch liegend, auf ihn. Diese bequeme Bürohaltung hatte er einmal bei Charly Muhamed Huber gesehen. Nusselein grummelte:

»War es nicht der Herr Kommissar, der noch vor zwei Tagen groß und breit erzählt hat, dass wir uns nicht zusammen sehen lassen dürfen? Aber beim Schleppen gilt das wohl nicht. Hätten wir das nicht bei mir gucken können?«

»Idiot«, sagte Zimmermann nur, »die blenden doch gleich die Telefonnummer von hier ein, hätte ich dem WDR etwa deine Handy-Nummer geben sollen? Wenn die ersten Anrufer kommen, muss ich doch an meinem Schreibtisch sein.«

Nusselein war immer noch nicht überzeugt und äffte:

»Muss ich doch an meinem Schreibtisch sein ... – Wenn die Menschen da draußen Monschau hören, rufen die doch lieber ›jede andere Polizeidienststelle‹ an.«

Umständlich verband Nusselein das Winz-TV-Gerät mittels abenteuerlichen Zwischengeräten mit der Satellitenschüssel. Diese quetschte er in einen Blumenkasten am Fenster und richtete sie lange aus.

Endlich war ein Bild zu sehen und nach weiteren fünf Minuten war auch der Ton zu hören. Pünktlich zu den 18-Uhr-Nachrichten starrten »Der Kommissar und das Nusselein«, wie Benno Breuer das Duo immer nannte, auf den Bildschirm.

Moderatorin Sonja Fuhrmann erschien, hinter ihr bereits die Computer-Arbeit der forensischen Anthropologie.

> »**Monschau:** Computerbild zum Rurmord. Im Falle der unbekannten Toten aus der Rur, über die wir mehrfach berichteten hatten, ließ die Polizei nun ein Computer-Bild erstellen, das – so ein Sprecher – starke Ähnlichkeit mit der Ermordeten hat. Die Polizei fragt: Wer kennt eine Person, die der dargestellten Person ähnelt und seit einigen Tagen vermisst wird? Sachdienliche Hinweise an die Polizei in Monschau unter 02472-5001 oder jede andere Polizeistation.«

Nusselein schaltete das Gerät aus und fluchte:

»Habe ich es doch gesagt: jede andere Polizeistation.«

»Du hast Polizeidienststelle gesagt«, verbesserte Zimmermann.

Dann starrten beide drei Stunden auf das Telefon.

Nichts tat sich.

Mehrmals rief Zimmermann auch im Aachener Polizeipräsidium an. Doch auch da hatte sich lediglich ein Irrer gemeldet, der behauptete, bei der Toten handele sich um Lady Di, die gemeinsam mit Dodi Fayed den Unfall in Paris überlebt, sich dann einer Gesichtsoperation unterzogen und nun vom britischen Geheimdienst MI6 in ihrem geheimen Wohnsitz in Kalterherberg aufgespürt worden sei.

Nusselein ging aufgeregt im Zimmer auf und ab, während Gottfried Zimmermann mit einer Büroklammer den Dreck unter seinen Fingernägeln entfernte. Mehrmals trat Nusselein wütend gegen einen Stuhl:

»Keinen Millimeter, keinen Millimeter sind wir weitergekommen.«

Als eine Gruppe niederländischer Touristen an der Polizeistation vorbei Richtung Busparkplatz zog, riss Nusselein das Fenster auf und schrie:

»Ruhe, hier arbeiten Menschen: Farsoen ligt bij Aldi in de uitverkoop.«

»Was hießt das denn?«, fragte Zimmermann.

»Habe ich auswendig gelernt: ›Anstand liegt bei Aldi im Ausverkauf‹. So einen Satz braucht man einfach in Monschau, um sich gegen die Überfremdung zur Wehr zu setzen.«

»Bisher habe ich dich für einen Linken gehalten, aber du bist ja ein richtiger Rassist«, raunzte Zimmermann, während Nusselein entschuldigend die Hände hob:

»Wir reden von Holländern, nicht von Ausländern. Das kannst du einfach nicht vergleichen.«

Zimmermann tippte sich an die Stirn, ließ es aber dabei bewenden. Gegen 21 Uhr beendeten die beiden ihre erfolglose Sitzung. Der Kommissar fasste die Planungen für den nächsten Tag zusammen:

»Morgen ist das Foto in den Tageszeitungen. Vielleicht passiert dann etwas. Ich werde auf jeden Fall mal zum Kloster Reichenstein fahren, auch wenn ich glaube, dass an dem anonymen Anruf nix dran ist.«

»Ich habe schon Mönche in die Rur kotzen sehen«, warf Nusselein ein.

»Deine Phrasen werden auch immer dünner und dümmer. Den Spruch hattest du gestern schon mal in leicht abgeänderter Form drauf. Auf jeden Fall: Ich schaue mal ins pralle Klosterleben rein.«

»Amen! Und ich?«

»Hast du nichts in der Redaktion zu tun?«

»Ein wahrer Freund bis du. Ich werde mich mal um Columbos Mantel kümmern. Der muss ja bald kommen.«

»Ich glaube, darin siehst du völlig beknackt aus.«

»Du wirst von den Socken, den stinkenden, sein.«

Vor der Tür der Polizeistation trennte sich der Weg der beiden. Während Gottfried Zimmermann bei seiner neuen Freundin Helga Preim in Monschau übernachtete, fuhr Nusselein nach Ruitzhof, wo niemand auf ihn wartete.

Doch halt! Einer erwartete ihn voller Katzenfuttersehnsucht: Incitatus, der Kater. Für den gab es an diesem Abend: »Whiskas Senior mit zartem Hühnchen«.

»20 Prozent auf alles – außer Tiernahrung«, fluchte Nusselein.

Der Stiernacken parkte seinen dunkelblauen Renault Kangoo im Wald – oberhalb des Kloster Reichenstein. Als er sicher war, dass niemand in der Nähe war, holte er einen klobigen Gegenstand, der ein wenig an ein Ofenrohr erinnerte, aus dem Wagen und schleppte das Teil auf die Brücke der stillgelegten Vennbahn. Nach zehn Minuten kam er zurück und wiederholte dieses Tun, indem er drei weitere dieser geheimnisvollen Geräte an den See neben dem Kloster, ins Rurtal und in den nahen Wald trug. Nachdem alle vier Rohre platziert waren, schlich er vorsichtig mit einem Topf Leuchtfarbe zur großen Wand neben dem Kloster-Eingang. Dort schrieb er, während er immer wieder den ihm offensichtlich unbekannten Text von einem Blatt ablesen musste, mit riesigen Lettern »Mene mene tekel u-pharsin« auf das Mauerwerk.

Danach verschwand der Stiernacken für längere Zeit, um noch einmal die vier seltsamen Geräte aufzusuchen. Zuletzt kehrte er zur Klostermauer zurück und stellte eine starke Lampe so auf einem Stein, dass die Wand hell angestrahlt und die Leuchtschrift bereits von Weitem zu sehen war. Er nickte zufrieden, ging die wenigen Meter bis zu seinem Kastenwagen und verschwand in der Dunkelheit Richtung Mützenich.

Wenig später erschütterte ein lauter Knall das Rurtal – drei weitere Schüsse fielen in kurzen Abständen. Danach knallte es alle dreißig Sekunden. Bereits nach kurzer Zeit gingen überall im Kloster die Lichter an, erste Mönche rissen das Tor auf und sahen die hell erleuchtete Schrift auf der Klosterwand. Da die Brüder nicht wussten, ob gezielt auf sie geschossen würde, liefen sie in geduckter Haltung in den Innenhof zurück. Mehrere Stimmen schrieen wild durcheinander:

»Gendarmerie, Police, la police allemande!«

Draußen knallte es weiter. Die Schüsse waren bis weit nach Kalterherberg zu hören. Erste Neugierige kamen bereits aus dem Ort, um in sicherem Abstand, von der Norbertus-Kapelle aus, das Kloster zu beobachten. Zu dieser Zeit trafen auch schon ein Streifenwagen und mehrere Wagen der Freiwilligen Feuerwehren aus Kalterherberg und Mützenich ein. Auch Gottfried Zimmermann war zu diesem Zeitpunkt bereits in Reichenstein angekommen, da ihn die Nachtstreife alarmiert hatte. Weil niemand wusste, ob Lebensgefahr von Heckenschützen ausging, brachten sich alle im Innenhof des Klosters in Sicherheit, während die Schüsse weiter durch das Tal hallten und bestimmt auch bis Ruitzhof zu hören waren.

Doch dort schlief Nusselein in seinem Wohnwagen tief und fest.

Im Traum ging er mit Columbos Mantel durch die Monschauer Innenstadt, während eine frühreife Mädchenklasse von »St. Ursula« auf der anderen Straßenseite laut sang:

»We love you Nusselein oh yes we do/
We don't love anyone as much as you/
When you're not with us we're blue/
Oh Nusselein we love you!«

Incitatus pisste derweil in den Flokati.

Der Renault Kangoo des Stiernackens parkte neben dem silbernen Mercedes auf dem Hof des Hauses, das im Aachener Stadtteil Sief im Volksmund »Das Klösterchen« heißt. Der Name rührte daher, dass das Gebäude früher einmal als Pfarrhaus diente, aber bereits in den dreißiger Jahren des vorigen Jahrhunderts zum Mietshaus wurde. Da »Das Klösterchen« eine Immobilie des Aachener Bistums ist, wird es meistens an Priester im Ruhestand vermietet. Derzeitiger Mieter ist Monsignore Herbert Lüder, 67, der über zwanzige Jahre im Vatikan gearbeitet hat und erst vor einem Jahr aus Rom in seine Aachener Heimat zurückgekommen ist. An der päpstlichen Universität »Regina Apostolorum« hielt er über viele Jahre Seminare zu den Themen Exorzismus und Satanismus. Zu seinen bekanntesten Veröffentlichungen gehört das Werk »Dämonische Besessenheit oder psychische Störungen«. Gerne ließ er bei Erzählungen einfließen, dass er ein enger Mitarbeiter des heutigen Papstes gewesen sei.

Monsignore Lüder war in dieser Nacht, als der Stiernacken Vollzug meldete, nicht allein. Bei ihm war der 82-jährige Joseph Mandler, immer noch Besitzer der Eilendorfer Druckerei »Mandler & Co.« Der Druckereimeister ist fanatischer Katholik und hatte in den sechziger Jahren das Gelübde abgelegt, nach dem sein einziger Sohn Geistlicher werden sollte. Als dieser sich – wie sein Vater – für das Druckerhandwerk entschied, hatte Mantler ihn zu seinem »& Co.« ernannt, die näher liegende Lösung »& Sohn« wurde von dem Senior aus Schuldgefühlen wegen des nicht eingehaltenen Gelübdes abgelehnt. Joseph Mandler und der Monsignore kannten sich seit der letzten Aachener Heiligtumsfahrt. Damals schilderte der Druckereibesitzer dem Priester seine große Verzweiflung über den Zustand der Welt im Allgemeinen und über seinen missratenen Sohn im Speziellen. Seit diesem ersten Zusammentreffen hatte sich zwischen den beiden fanatischen Katholiken eine Art Zweckfreundschaft entwickelt. Der Monsignore hielt sich für Roms Vertreter im Aachener Raum und hatte sich den Kampf gegen die »sündigen Mönche von Reichenstein« auf die Fahne geschrieben. Mandler war ihm dabei ein willfähriger Erfüllungsgehilfe. Vor jedem Zusammentreffen mit dem Priester fiel der Unternehmer auf die Knie, während der Monsignore über seinem Kopf das Kreuz in die Luft zeichnete:

»Ego te absolvo – ich vergebe dir deine Sünden.«

An jenem Abend warteten die beiden Männer schon lange auf die Rückkehr des Stiernackens, bei dem es sich um den 48-jährigen puertoricanisch-oberforstbacher Ernesto Ramos Wegner handelt, der vor der Aachener In-Disco »La Casa Salsa« als Rausschmeißer arbeitet. Er hatte dem Monsignore auf die Anzeige »Nebenverdienst: Fahrer gesucht. Auch kleine Tätigkeiten« im »Supersonntag« geantwortet und arbeitete seit dieser Zeit für den Geistlichen, ohne Fragen zu stellen.

Auch an diesem Abend war Wegner sehr wortkarg:

»Alles ist so gelaufen, wie Sie es angeordnet haben, Monsignore.«

Während der Priester nur wohlwollend nickte, stand Joseph Mandler auf und steckte dem Stiernacken einen Umschlag zu. Dieser nickte ebenfalls und verließ »Das Klösterchen«.

»Ego te absolvo« flüsterte Herbert Lüder, als man den Kastenwagen vom Hof fahren hörte.

»Old Dan Tucker« meldete sich in dieser Nacht aus einem Cowboystiefel mit abgelaufenen Absätzen. Nusselein schreckte hoch, während Incitatus einen Satz aus dem Bett vor den Kühlschrank machte. Charly musste nur kurz überlegen, dann griff er in den Stiefel und förderte neben einer geringelten Socke mit dem Schriftzug »Tuesday« sein Handy zu Tage, pardon: zur Nacht. Er erkannte Zimmermann als Anrufer, zögerte wenige Sekunden und meldete sich dann:

»Frau Wirtin liebte einen Bullen, der wollte auch nachts nur mit mir mullen.«

Zimmermann konterte:

»Dein Versmaß ist wie immer Scheiße. Los, schwing dich in deine Kiste und komm zur Norbertus-Kapelle. Auf das Kloster Reichenstein wird von vier Seiten geballert. Warte dort auf dem Parkplatz, bis ich mich wieder melde. Ich will ja nicht, dass du vor der Klosterpforte erschossen wirst.«

Ohne einen der gefürchteten Nusselein-Sprüche abzuwarten, hatte Zimmermann aufgelegt.

Der Lokaljournalist entschied sich in Sachen Ausgehkleidung unter Lebensgefahr für eine »Wrangler«, ein blaues John-Wayne-Hemd, eine Jeans-Jacke »Modell VEB-Mauerfall – stone-washed-DDR« und ausnahmsweise für zwei gleiche Schuhe.

Gottfried Zimmermann zog sich mit den beiden Streifenbeamten Joachim Metzen und Udo Schiffler in eine Ecke des Klosterhofs zurück.

»Was haltet Ihr davon?«, fragte er in die grüne Runde.

Udo Schiffler schüttelte den Kopf:

»Nein, da schießt keiner, das hört sich irgendwie komisch an ,und dann ist das auch zu regelmäßig. Vielleicht sogar ein Tonband oder so was. Gebt mir Feuerschutz, falls da doch vier Verrückte rumballern. Dann schleiche ich mich runter zur Rur. Ich gebe euch über Funk Bescheid.«

Joachim Metzen hatte Bedenken:

»Das Tor ist hell erleuchtet, da kannst du nicht raus, aber ich kenne einen Hinterausgang, da war früher die Terrasse von dem ehemaligen Besitzer.«

Udo Schiffler ließ sich von einem der Mönche zum Hinterausgang führen und verschwand am See vorbei Richtung Rurtal. Bereits nach wenigen Minuten meldete er sich:

»Entwarnung! Das ist irgendwie so eine komische Maschine, die regelmäßig knallt. Ich sehe ein kleines Flämmchen, das mache ich mal aus. Schwirrt ihr doch in die Richtung der anderen Schüsse aus.«

Gottfried Zimmermann und Joachim Metzen schlichen durch das riesige Tor und spurteten in die schützende Dunkelheit, da sie immer noch nicht sicher waren, ob nicht doch ein Heckenschütze an der Knallerei beteiligt war. Innerhalb von fünf Minuten gab es dreimal Entwarnung:

»Zimmermann, auch so ein Ding.«

»Metzen, so ein komisches Rohr.«

»Schiffler, bei mir auch schon wieder, genau so eine Maschine wie vorhin.«

Zehn Minuten später schleppten alle drei Beamten Konstruktionen an, die aus Autobatterien, alten Mikroständern und einem Rohr mit winzigem Gasbehälter bestanden.

Gottfried Zimmermann rief im Aachener Polizeipräsidium an:

»Schickt mal die Spurensicherung raus. Nein, keine neue Leiche. Hier wird mit Kanonen auf Mönche geschossen.«

Dann ging er etwas zur Seite und rief Nusselein an:

»Keine Gefahr, komm zum Kloster und misch dich unter die Feuerwehrleute.«

Wenig später gab es Bewegung am Klostertor. Ein eifriger Wehrmann wollte Nusselein nicht in den Hof lassen. Dieser wedelte mit einem roten Ausweis auf dem »International Press Card – International Federation Of Journalists« stand.

»Kann passieren, Presse!«, rief Zimmermann. Als Nusselein in seine Nähe kam, raunzte er ihn an:

»Musst du immer so einen Tanz machen? Kannst du nicht den kleinen deutschen Presseausweis zeigen.«

»Den habe ich nicht mehr. Habe vergessen, meinen Gewerkschaftsbeitrag an den Journalistenverband zu zahlen«, entschuldigte sich Nusselein.

Zimmermann stellte sich auf die kleine Anhöhe vor der Klosterkirche und rief laut in den Hof:

»Die Feuerwehren können abrücken. Danke, das ist jetzt reine Polizeiarbeit. Lasst uns nur die zwei Strahler im Hof stehen, die können morgen wieder abgeholt werden. Die Brüder oder Mönche, oder wie die auch heißen mögen, sollen sich zur Verfügung halten.«

»Das war jetzt aber leicht unglücklich formuliert«, maulte der Journalist den Kommissar an. Zimmermann fluchte:

»Die Brüder gehen mir doch am Arsch vorbei!«

»Eine so genannte Arsch-Prozession also«, schlussfolgerte Nusselein.

Ernesto Ramos Wegner, der Stiernacken, parkte seinen Wagen unweit des Aachener Marktes in der Kleinkölnstraße. Genüsslich ließ er die 1.200 Euro in kleinen Scheinen, die er für seinen nächtlichen Auftrag von Joseph Mandler erhalten hatte, durch die Finger gleiten.

Dann ging er ins nahe Bordell:

»Jetzt lass ich es aber mal richtig knallen«, murmelte er.

Aus dem Hauptgebäude des Klosters näherte sich ein Bruder und trat an Gottfried Zimmermann heran:

»Sie sind der zuständige Polizeibeamte?«

»Ja, bin ich, Zimmermann, Kommissar. Wer ist eigentlich der Boss hier?«

Der Mönch sah den Kommissar finster an:

»Wir sprechen nicht von – wie sagten Sie? – Boss. Ich bin der zuständige Prior, Pater Bernard. Ich bin übrigens Deutscher.«

Und nach einer Pause, bei der er den Blick über den Klosterhof schweifen ließ:

»Hat das alles nicht bis morgen Zeit? Ich meine, es hat sich doch herausgestellt, dass das alles eine Farce ist. Gott wird die Sünder schon strafen, denn Gott ist ein gerechter Richter, der das Gute belohnt und das Böse bestraft, entweder bald oder mit der Zeit, wenn nicht in diesem, so doch im künftigen Leben.«

»Geschenkt!«, unterbrach ihn Gottfried Zimmermann aggressiv, »ich bin für die Ermittlungen in diesem Leben zuständig und daher möchte ich die Geschichte hier gerne so schnell wie möglich abschließen, da ich auch noch einen Mord an der Backe habe.«

Der Pater, der die Angewohnheit hatte, beim Sprechen die Lippen nach oben und nach unten zu ziehen und dadurch seine Zähne freilegte, antwortete fast angeekelt:

»Ich habe von der Sache gehört.«

»Wegen der Sache, wie Sie sagen, wollte ich sowieso morgen zu Ihnen kommen, dann können wir das auch gleich erledigen.«

Der Prior stutzte:

»Was haben wir mit diesem Mord zu tun?«

»Na ja«, sagte Zimmermann, »immerhin wurde die Leiche nur ein paar hundert Meter von hier gefunden …«

»Seit unsere Bruderschaft hier ist, hat keine Frau mehr das Kloster betreten.«

»Wir haben einen anonymen Hinweis bekommen …«

Der Prior wurde ärgerlich:

»Ja, ja und dann hat man Ihnen wahrscheinlich auch noch hintertragen, dass wir glauben, dass Frauen, die sich zu Lebzeiten dem Teufel verschrieben haben, vom Herrn des Todes unterstützt, auf Besen nach Reichenstein zurückkehren, um jene Seelen zu sammeln, die ins Jenseits gezogen werden sollen.«

Zimmermann schaute den Prior lange an:

»Von Verstößen gegen das Zölibat haben Sie wahrscheinlich auch schon mal gehört. Wäre es nicht denkbar, dass eine Frau …?«

Pater Bernard machte eine wegwerfende Handbewegung:

»Niemals! Nie! Schon im Alten Testament bestand das Gesetz der temporären Enthaltsamkeit. Christus war ehelos und der Priester ist ein zweiter Christus!«

»Sie sind nicht gerade unbescheiden.«

Der Prior ging darauf nicht ein:

»Die Priesterweihe bedeutet, sich Gott ganz hinzugeben. Somit wird der Mann mit der Weihe ganz Eigentum Gottes und ist somit nicht mehr frei!«

»Gut, auf dieses Thema komme ich vielleicht noch mal später. Dann erklären Sie mir mal das, was heute Nacht hier vorgefallen ist«, schnauzte Zimmermann.

»Ich vereinfache es für einen Laien.«

»Der Laie dankt«, warf der Kommissar ein.

»Gewisse Kräfte in der katholischen Kirche, die selbst auch nicht unbedingt progressiv sind, sind gegen uns: Man wirft uns vor, eine Widerstandsbewegung gegen das Konzil zu sein, man hat uns exkommuniziert, man spricht von Schisma, Spaltung, alles nicht tragbar und und und ... Dabei wollen wir hier nur dem Herrn dienen. Wir freuen uns über die Perspektive eines der Tradition der Kirche verpflichteten neuen Männerklosters hier in der Eifel – im inzwischen, das muss ich so hart sagen, neuheidnischen Deutschland.«

»Gut, den Heiden von der Kripo interessiert der hausinterne Krach in Ihrer Kirche nicht. Ich habe einen Mord aufzuklären und am Rande auch dieses Theater hier. Lassen Sie uns vor das Kloster gehen, da hat jemand etwas an die Wand geschrieben.«

Die beiden Männer gingen durch das Tor und betrachteten den Schriftzug »Mene mene tekel u-pharsin«, der immer noch angestrahlt wurde.

Gottfried Zimmermann zeigt auf die Klosterwand:

»So, das wäre schon mal ein erster Hinweis. Ich lasse morgen jemand kommen, der mir das übersetzt und erklärt.«

»Das kann ich auch! Da brauchen Sie niemand bemühen. Also: Diese Worte sind aus dem Alten Testament, Buch Daniel, Kapitel 5. Darin erscheint eine geisterhafte Schrift an der Wand im Palast des babylonischen König Bel azar. Dieser lässt einen Schriftgelehrten rufen, der die Worte aber nicht versteht.«

»Genau wie ich«, warf Zimmermann ein.

»Erst der Prophet Daniel kann die Schrift deuten: ›Gott hat dein Königreich gezählt und vollendet. Du wurdest auf einer Waage gewogen und für zu leicht befunden.‹ Das war die Voraussagung vom Untergang des babylonischen Reichs. König Bel azar wurde noch in der Nacht umgebracht. Die Worte haben übrigens Einzug in unsere Sprache genommen: Ein Menetekel ist ein Unheil verkündendes Warnzeichen.«

»Und wer warnt Sie und legt Ihnen eine tote Frau vor das Kloster?«

»Ich glaube fest, dass es da keine Verbindung gibt. Diese Schrift hier lässt sicher auf Theologen schließen, aber Mord. Nein …«

»Sie glauben also, dass jemand Ihnen nur mitteilen will, dass Ihre Tage hier gezählt sind oder dass Sie persönlich als zu leicht empfunden werden.«

Der Prior zeigte wieder Zähne:

»Das kann schon sein. Aber wir lassen uns nicht vertreiben. Auch nicht durch solche albernen Knall-Maschinen. Wir blicken zuversichtlich in die Zukunft. Vierhundert Priester arbeiten derzeit weltweit in unseren Prioraten und Kapellen. Unsere Seminare haben ausreichend Zulauf. Die Situation ist stabil. Selbst Rom muss das anerkennen.«

»Amen«, sagte Zimmermann, »soweit die heiligen Worte. Es könnte sein, dass ich in Sachen der toten Frau noch einmal zu Ihnen komme. Und viel Glück für diese Nacht, dass es Ihnen nicht auch so ergeht, wie dem ›King of Babylon‹ dessen Namen ich schon wieder vergessen habe.«

»Ich werde mich über Sie bei Ihrem Vorgesetzten beschweren«, sagte der Prior, zeigte noch einmal seine Zähne und ging ins Kloster zurück.

Irgendwo krähte ein Hahn.

Um diese Stunde?

Nusselein hatte inzwischen auf klösterlichen Granit gebissen. Kumpelhaft hatte er mehrere Brüder angesprochen:

»Läuft hier was mit Weibern, also heimlich und so, meine ich?«

Mehre Mönche hatten ihn einfach stehen lassen, einige antworteten nur knapp:

»Je parle uniquement français.«

Als Nusselein merkte, dass Zimmermann alleine am Hoftor stand, schlenderte er langsam zu dem Kommissar:

»Na, die Mönche haben wohl die Kirmes eröffnet mit dieser Knallorgie.«

Zimmermann zuckte die Schultern:

»Ich weiß auch nicht, was der Quatsch soll. Wohl eine Abrechnung unter Katholiken.«

»Schau doch mal nach, ob einer fünfundneunzig Prothesen an das Tor genagelt hat.«

Zimmermann hob hilflos eine Hand:

»Heute arbeitet man mit Leuchtfarbe: Babylon ist am Ende – soll das da bedeuten.«

»Da habe ich mich doch glatt verfahren«, spottete Nusselein und schlug sich vor die Stirn: »Ich dachte das wäre hier Reichenstein. Und den Euphrat habe ich Dummerchen doch glatt für die Rur gehalten. Nicht nur Schleiden, auch Babylon muss zerstört werden.«

»Halt einfach die Schnauze«, bellte Zimmermann.

»Ist ja schon gut, ist ja schon gut. Was sagt der Chefkasper der Mönche denn zu der toten Frau?«, fragte der Journalist nach einer gewissen Zeit.

»Ja, was wohl?«, fragte der Kommissar zurück und hob hilflos die Schultern. »Seit der Gründung des Klosters sei keine Frau mehr innerhalb der Mauern gewesen, er sehe keinen Zusammenhang, seine Jungs leben brav im Zölibat …«

»… und lesen den ›Playboy‹, natürlich die französische Ausgabe, unter der Bettdecke. Die müssen ja nicht unbedingt selbst was mit der Toten zu tun haben. Da hätte ich doch noch die Überlegung parat, dass jemand die Frau hier hingeschafft hat, um den Verdacht auf die Mönche zu lenken.«

Zimmermann schüttelte den Kopf:

»Habe ich auch gefragt. Aber der Abt, oder wie das heißt, traut das sogar seinen innerkatholischen Feinden nicht zu. Die sitzen wohl eher in Rom, als in der Eifel.«

»Rom ist nicht weit, wenn es um Schweinereien geht«, spottete Nusselein und hob die Arme gen Himmel. Dann schob er nach:

»Roma locuta, causa finita.«

»Hä?«, fragte Zimmermann.

»Rom hat gesprochen, die Sache ist erledigt.«

»Gibt's einen neuen Asterix, aus dem du diese Bildung beziehst?«

»Ich habe das kleine Latinum!«, maulte Nusselein.

Zimmermann zeigte mit Daumen und Zeigefinger eine Länge von rund zehn Zentimetern:

»Das ist so klein.«

»Das, das ist etwas anderes«, flüsterte Nusselein kleinlaut.

Das gemeinsame Nachtprogramm des West- und des Norddeutschen Rundfunks dudelte »Dreamer« von Ozzy Osbourne.

Cornelius Damm von der Aachener Spurensicherung fluchte wie ein Rohrspatz, als er in Mützenich Richtung Reichenstein abbog:

»Ich hasse, ich hasse diese Eifel. Ewige Anfahrt, Arsch der Welt, komische Todesfälle, wochenlange Ermittlungen. In Aachen kommt einer ins Zimmer, ersticht brav seine Freundin und ruft dann von einer nahe gelegenen Telefonzelle die Polizei an. Nach zwei Tagen ist der Fall erledigt und zehn Minuten vom Tatort entfernt steht mein Bett. Aber nein, es muss ja dauernd diese verdammte Eifel sein.«

Als er hinter dem Viadukt auf den Feldweg nach Reichenstein einbog, winkte ihm Zimmermann in dem Lichtkegel, der immer noch »Mene mene tekel u-pharsin« anstrahlte, freundlich zu. Damm knurrte:

»Wenn der mir jetzt auch noch einen schönen guten Morgen wünscht, gibt es hier einen weiteren Toten.«

»Einen schönen guten Morgen«, begrüßte Zimmermann den Kollegen aus Aachen und konnte dessen finsteren Blick nur schwer deuten.

»Wo ist die Leiche?«, frage Damm nur kurz.

Zimmermann schüttelte den Kopf, während Nusselein im Hintergrund vorsichtig in die Dunkelheit schlich:

»Keine Leiche, wir haben hier vier Schussapparate gefunden.«

»Das hätte doch bis morgen Zeit gehabt«, raunzte Damm.

»Nein«, sagte Zimmermann bestimmt, »morgen muss ich mich wieder um die Tote aus der Rur kümmern. Man schickt mir ja keine Verstärkung aus Aachen.«

»Heiße ich Polizeipräsident?«, schnauzte Damm und fragte: »Wo sind die Apparate? Was muss ich mir da ansehen?«

Zimmermann ging mit dem Kollegen der Spurensicherung in den Klosterhof. Dort standen die Streifenbeamten bei den seltsamen Geräten. Damm schaute sich die vier Teile lange an:

»Das sieht mir nach irgendwelchen Scherzkeksen aus. So Dinger bauten die Bauern früher selbst, um den Fuchs, das Wild, zu erschrecken. Sind heute wegen ruhestörendem Lärm aber wohl nicht mehr erlaubt. Könnte ich mir wenigstens vorstellen. In dem Kanonenrohr wird eine winzige Menge Gas elektrisch mit einer Zeitschalte gezündet, dann gibt es einen gewaltigen Knall. Ich habe neulich etwas über die Dinger gelesen, als Jugendliche am Bodensee damit ihr Internat beballerten. Die Teile werden in der Schweiz noch hergestellt, im Gebirge stören sie ja nur den Almöhi und ein paar Murmeltiere. Die heißen da? Gleich habe ich es … em, Räbekanone, ja genau.«

»Also Rabenkanone«, schlussfolgerte Zimmermann.

»Kluges Kerlchen«, nickte Damm, »wäre ich in deinem Alter nicht draufgekommen, weil Räbe klingt ja eher wie Amseldrosselfinkundstar.«

Sprach's, tippte sich an die Stirn und ging zu seinem Auto – dann schrie er:

»Und wenn Ihr durchgeknallten Eifeler morgen eine Stinkbombe finden solltet, ruft mich bitte nicht mehr mitten in der Nacht an. Wegen so einer Knallmaschine fahre ich nachts achtzig Kilometer! Wisst Ihr was: Ihr Eifeler habt alle einen Knall!«

Dann verließ er den Klosterhof. Kurze Zeit später hörte man einen Wagen Richtung Aachen davonfahren. Nusselein streute später das Gerücht, dass das gemeinsame Nachtprogramm des Nord- und des Westdeutschen Rundfunks das Lied vom »Knallroten Gummiboot« gespielt haben soll.

Als Nusselein spät in der Nacht zu seinem Wohnwagen in Ruitzhof zurückkehrte, fand er seinen Kater Incitatus in einem erbärmlichen Zustand vor.

»Sollen wir reden?«, fragte er, doch der Kater zog sich nur beleidigt unter die Bettdecke zurück. Nusselein mag es nicht, wenn es seinem Kater schlecht geht, und daher durchforstete er sofort per Teletext das Fernsehprogramm der letzten drei Stunden. Der Journalist fand sehr schnell die Lösung für die Depression seines Katers. Bis vor wenigen Minuten war »Frühstück bei Tiffany« gelaufen, ein Film, den Incitatus zwar hasste, sich aber immer wieder ansah. An der Stelle, an der Audrey Hepburn ihren Kater aussetzt, verlässt er jedes Mal durch seine Katzenklappe den Wohnwagen.

Nusselein setzte sich auf sein Bett:

»Wie oft habe ich dir gesagt, du musst den Film bis zum Ende gucken. Da holt sie den Kater zurück und es gibt ein richtig schönes Happyend mit viel, viel Liebe und Umarmungen.«

Incitatus hörte die Worte nicht, er war bereits eingeschlafen.

Bei dem Wort »Liebe« bekam Nusselein plötzlich ganz glasige Augen. Er musste an seine große Liebe, Hildegard Jansen-Mutzkuss denken – doch diese war weit, weit weg – kaum noch in Monschau.

Hildegard Jansen-Mutzkuss war als Nachrückerin für die »Grünen« in den Bundestag eingezogen. Und der ist bekanntlich in Berlin – unweit der polnischen Grenze.

Vierter Tag – Freitag, 7. März

Gottfried Zimmermann war bereits gegen 7.30 Uhr – nach nur wenigen Stunden Schlaf bei Helga Preim in deren Wohnung über dem »Schwarzen Krug« – in sein Büro gegangen. Da alle Streifenbeamten bereits unterwegs waren, befand er sich ganz alleine im Gebäude. Als er gerade Kaffeewasser aus dem kleinen Becken neben der Toilette holen wollte, klingelte das Telefon – mitten in seinen Fluch:

»Hier hat heute schon einer gewaltig geschissen!«

Mit der Kanne in der Hand schlabberte er sich in Richtung Schreibtisch:

»Polizei Monschau, Zimmermann!«

Am anderen Ende war zunächst Schweigen, erst nach wenigen Sekunden meldet sich nach Zimmermanns energischem »Sagen Sie doch was!« jemand:

»Ja, Tag, das ist so …«

»Mit wem spreche ich?«, unterbrach der Kommissar sofort und zog einen kleinen Schreibblock mit dem Aufdruck »Ein schlagkräftiges Team: GdP – Gewerkschaft der Polizei« heran, während der Anrufer sich zunächst vorstellte:

»Ich sitze im Rollstuhl, Josef Paustenbach aus Paustenbach …«

»Jetzt treiben die Eifeler schon Inzucht mit ihrem eigenen Dorf«, dachte Zimmermann, während der Anrufer zögerlich fortfuhr:

»… also die Frau da, die heute in der Zeitung abgemalt ist, die kenn ich. Die war bis vor ein paar Wochen meine Polin.«

»Die Tote ist also aus Polen?«, fragte Zimmermann nach.

»Nein«, wunderte sich Josef Paustenbach und nach einer längeren Pause:

»Wie kommen 'se denn darauf?«

Zimmermann schaute genervt gen Himmel, genauer gesagt, gegen die seit Jahren nicht mehr gestrichene Zimmerdecke:

»Aber, Herr Paustenbach, Sie sagten doch gerade Polin?«

Der Anrufer hatte Mühe, der Logik des Polizeibeamten zu folgen:

»Nee, die war aus Russland, also auch nicht so jenau: Daher, wo die Kosaken herkommen, wo dieses Tscher…, dieses Kraftwerk explodiert ist.«

»Ukraine!«, warf Zimmermann ein.

»Jenau!«

Der Kommissar war immer noch leicht genervt:

»Ich muss noch mal nachfassen: Sie sagten vorhin aber Polin?«

Josef Paustenbach zweifelte leicht den Geisteszustand der deutschen Beamtenschaft an:

»Polin war die von Beruf.«

Zimmermanns Blick brannte sich an der Zimmerdecke fest:

»Das müssen Sie mir erklären.«

»Dat müssen 'se doch wissen: Aus dem Osten kommen doch immer Frauen, die uns Kranke hier so pflegen. Die kommen aus aller Herren Länder. Wir in der Eifel sagen zu denen aber Polen, weil die polnischen Frauen die ersten waren, die dat hier jemacht haben. Ich habe jetzt eine neue Polin aus Rumänien.«

»Irgendwann verzweifele ich am Schrägdenken dieser Eifeler«, dachte Zimmermann, fragte dann aber noch einmal nach:

»Und diese Pol…, also diese Ukrainerin hat bei Ihnen als Pflegerin gearbeitet?«

Josef Paustenbach hatte ganz andere Sorgen:

»Janz legal, janz legal. Da können 'se mir nix anhängen. Die hat sojar was irgendwie so von der Krankenkasse jekriegt.«

Zimmermann beruhigte den Anrufer:

»Keine Sorge: Ich will Ihnen überhaupt nichts anhängen. Ich weiß, dass das Pflegepersonal aus dem Osten legal ist.«

Dabei war ihm allerdings klar, dass dies nur in den wenigsten Fällen der Fall war.

»Janz legal, janz legal. Dat in der Zeitung ist hundertprozentig meine Polin«, wiederholte Josef Paustenbach noch einmal.

Gottfried Zimmermann sah ein, dass das Telefonat eine erste Spur sein könnte:

»Hören Sie, Herr Paustenbach, Sie sind uns eine große Hilfe. Ich würde sagen, ich komme sofort bei Ihnen vorbei. Wo wohnen Sie denn?«

»In Paustenbach!«

»Das sagten Sie schon. Welche Straße?«

»Lönsstraße 52 – dat is die Straße, wo dat Landschulheim ist.«

»Kenne ich«, nickte der Kommissar, »ich denke, dass ich in fünfundvierzig Minuten bei Ihnen bin.«

»Mit Blaulicht jeht dat aber schneller«, bemerkte der Rentner, ehe er auflegte.

Zimmermann nahm seine Jacke und verließ Büro und Wasser, das nicht zu Kaffee werden sollte. Beim Rausgehen murmelte er immer wieder:

»Polin aus Rumänien. Ich fasse es nicht. Die spinnen, die Eifeler.«

Charly Nusselein schlief fest und träumte, er sei ein Chinese, der in einem Spiegelsaal, der sich seltsamerweise in der Höfener Vereinshalle befand, eingeschlossen war. Als mehrere tibetanische Mönche mit winzigen Glöckchen in den Händen auf ihn einstürmten, wurde er langsam wach. Das letzte Traumbild war sein Blick in einen der unzähligen Spiegel – es war eindeutig:

Er war ein Chinese.

Der Wecker zeigte 8.45 Uhr. Nusselein sprang auf und überholte dabei sogar Incitatus, der vom Bett zur Kühlschranktür hechtete. Ein kurzer Blick in den Spiegel beruhigte ihn. Nusselein konnte seinem Kater, während er eine angebrochene Dose Katzenfutter »Variationen mit Geflügel in Gelee« aus dem Kühlschrank holte, Entwarnung melden:

»Ich habe gar keine Schlitzaugen.«

Incitatus interessierte dies überhaupt nicht, ihm stand der Kopf ausschließlich nach den Variationen.

Als Nusselein gerade seine Kaffeemaschine ansteuerte, meldete sich vom Esstisch sein Handy, immer noch mit »Old Dan Tucker«.

»Du schon wieder!«, meldete er sich.

»Keine Vorreden der überflüssigen Art«, stellte Zimmermann sofort klar, »es hat sich einer auf das Bild in der Zeitung gemeldet: Ein Josef Paustenbach aus Paustenbach …«

»Ein weit verbreiteter Name offensichtlich.«

»Schnauze! Also, der Mann will seine ehemalige Pflegerin erkannt haben: Eine Polin aus der Ukraine …«

»Hast du sie noch alle?«, fragte Nusselein.

»Quatsch, ich meinte eine Pflegerin aus der Ukraine, die bis vor ein paar Wochen hier gearbeitet hat.«

»Ich rieche zwar keinen Kaffeeduft, aber eine erste heiße Spur.«

»Manchmal kann einem dein Gerede ziemlich auf den Wecker gehen. Also: Ich bin schon Richtung Paustenbach unterwegs. Kannst du dich mal hinter das Thema ›Pflegepersonal aus dem Osten‹ klemmen, ich habe nämlich keine Ahnung, ob das alles so legal ist.«

»Wenn du wenigstens ein bisschen dement wärst, wüsstest du über das Thema Bescheid. Die betreuen nämlich in erster Linie Leute mit einem Ratsch im Kappes.«

»Dann ist das Thema bei dir bestens aufgehoben«, sagte Zimmermann und beendete das Gespräch.

Nusselein wählte Elli in der Redaktion an:

»Bin schon seit ewigen Zeiten am Recherchieren …«

»Mit dem Arsch im Bett bist du – und ›am Recherchieren‹ ist falsches Deutsch«, unterbrach ihn Elli.

Nusselein ging auf diese Art von Vorwürfen schon seit Jahren nicht mehr ein:

»Ich brauche dringend deine Hilfe: Du hast doch eine Tante in Höfen, die schon seit Jahren bekloppt ist. Die hat doch so eine Helferin aus dem Osten …«

»Ja, eine Polin aus Bulgarien«, warf Elli ein, ehe Nusselein fortfuhr:

»Ich muss dringend wissen, wie so was abläuft, wenn man so eine Frau verpflichtet.«

»Geht's bei dir jetzt richtig los? Aber bekloppt bist du doch schon seit Jahren.«

Auch darauf ging Nusselein nicht ein:

»Also, ich muss dringend wissen, ob das alles legal ist, ob da Menschenschlepper am Werke sind und so …«

»Und warum muss ich das rausfinden? Das ist doch dein Job«, schimpfte Elli Breuer.

Doch dies hörte Nusselein schon nicht mehr, da er das Gespräch unterbrochen hatte. Lange schaute er Incitatus an:

»Eine Polin aus Bulgarien. Die Elli ist auch schon bekloppt.«

In Reichenstein war nach den Vorfällen der letzten Nacht wieder Ruhe eingekehrt. Nur ein paar Reifenspuren vor dem Klostertor waren stummen Zeugen für die Aktivitäten, die erst vor wenigen Stunden dort stattgefunden hatten. Aus dem Schornstein über dem Haupthaus schlängelte sich weißer Rauch in den kühlen Morgenhimmel, hin und wieder waren französische Sprachfetzen aus dem Innenhof zu hören, während ein Entenpaar auf dem See vor dem Kloster seine Runde drehte. Der Erpel war sich der Vorherrschaft seines Geschlechts im Dunstkreis von Reichenstein bewusst – stolz reckte er seinen metallisch-grünen Hals in die Luft. Da er aber an diesem Morgen das einzige männliche Wesen war, das mit dem Zölibat nichts am Federhut hatte, ging er schon bald zu anderen Aktivitäten über, in deren Mittelpunkt das weniger prächtige Weibchen mit seiner braun-grau gesprenkelten Tarnfärbung stand.

»Geliebte Anas platyrhynchos«, schnatterte der Erpel.

Hubert Krings, Beamter des Bauamtes der Stadt Monschau, bemerkte von all dem nichts, als er seinen Wagen am See parkte und die wenigen Meter zur Klosterpforte zu Fuß ging.

Nur wenige Sekunden, nachdem er die so gar nicht zu einem Klostertor passende Hausklingel betätigt hatte, öffnete ein Bruder das Tor und nickte nur.

»Ich bin mit Bru…, Pri…, mit dem Herrn Bernard hier verabredet«, stotterte der Beamte. Der Mönch wies in Richtung des Priors, der in der Mitte des Hofes stand und mit einem Bauplan in der Hand das Dachwerk betrachtete. Krings ging auf den Vorsteher des Klosters zu, den er offensichtlich schon kannte. Der Prior begrüßte den Beamten mit Handschlag:

»Guten Tag, Herr Krings. Ich werde Ihre Zeit nur kurz in Anspruch nehmen. Sehen Sie da drüben die Innenwand in der ehemaligen Schmiede? Diese Wand möchten wir gerne einreißen, um dort eine großzügige Tür mit einem riesigen Fenster einzubauen. Dort soll nämlich unser Klosterladen hinkommen. Wir wollen eigene Produkte und Devotionalien verkaufen.«

Krings schaute sich das Mauerwerk länger an, klopfte an einigen Stellen, dann nickte er:

»Also, aus denkmalpflegerischen Gründen bestehen da keinerlei Bedenken. Nach meiner Ansicht ist die Mauer in diesem Teil keine zwei, drei Jahre alt. Ist wohl eine der letzten Arbeiten gewesen, die der alte Besitzer hat machen lassen. Sollte wohl den Raum verkleinern. Dahinter ist jetzt bestimmt noch ein Hohlraum, da gewinnen Sie sogar noch Platz. Also: Die Mauer können Sie einreißen lassen. Meinerseits gibt es keine Bedenken.«

Prior Bernard nickte zufrieden und steckte dem Beamten die Hand hin:

»Dann möchte ich Sie nicht länger aufhalten. Aber mir ist lieber, einmal zuviel gefragt. Wir wollen nämlich überhaupt keinen Ärger hier.«

Auf die nächtlichen Vorfälle, die offensichtlich noch nicht bis zur Stadtverwaltung durchgedrungen waren, ging der Prior allerdings nicht ein.

Hubert Krings nickte und verließ das Kloster. Wenige Minuten später fuhr er Richtung Mützenich davon.

Der Erpel hatte einen glücklichen Entenkopfausdruck.

Ein braun gekleideter Mann – offensichtliche Herkunft: Naher Osten – betrat die Redaktion. In der Hand hielt er ein pistolenartiges Gerät, unter dem Arm trug er ein Paket.

Kein Zweifel: Der Bote von UPS, seit Jahren für Monschau zuständig. Elli grüßte freundlich – ganz gegen ihre Art:

»Ah, der Herr Siniora. Was haben Sie denn Schönes für mich?«

»Für Herrn Nüsselchen, ah Nüsselein. Das dürfen Sie doch annehmen?«

»Ich darf alles«, stellte Elli klar.

Der Bote nickte wissend und reichte Elli das Paket, während diese – unbemerkt von dem freundlichen UPS-Mann – mit »Angenommen für den Vollidioten« auf dem Unterschriftsfeld des Handcomputers quittierte.

Emile Siniora bedankte sich und verließ die Redaktion:

»Bis die Tage, die Dame.«

Elli nahm das Paket und warf es auf die Heizung:

»Das wird Columbos Mantel sein.«

Eine viertel Stunde später kochte der Mantel.

Gottfried Zimmermann war über Konzen und Hoscheid nach Paustenbach gefahren. Dort bog er in die Lönsstraße ein. Er erinnerte sich an den Feld- und Wiesendichter und zitierte Haftengebliebenes aus seiner Schulzeit, das er damals auswendig lernen musste:

»Das Herz ist mir zersprungen vor lauter Liebesweh, ein Vogel hat gesungen in Eis und auch in Schnee – was für eine Scheiße.«

Der Kommissar hielt vor einem dieser schrecklichen Einfamilienhäuser aus den fünfziger Jahren, die er immer »Eifeler Eternitbunker« nannte.

Als er klingelte, öffnete ihm eine beleibte Frau, eindeutig osteuropäischer Herkunft. Zimmermann stellte sich vor, die Frau radebrechte:

»Ich wissen Policia, ich Afina Basarab. Ganz legal, Herr Paustenbach schon warten.«

Die Frau führte Zimmermann in ein akkurat aufgeräumtes Wohnzimmer, in dem Josef Paustenbach, bekleidet mit Anzug und Krawatte in seinem Rollstuhl saß und die Tageszeitung mit dem Bild der Toten vor sich liegen hatte. Unaufgefordert stellte die Rumänin dem Kommissar eine Tasse Kaffee hin:

»Milch und Zucker auf Tisch.«

Danach verließ sie leise den Raum.

Gottfried Zimmermann begrüßte den Rentner und nahm am Tisch Platz:

»So, Herr Paustenbach. Sie glauben also, die Frau zu kennen?«

»Dat jlaube ich nicht, da bin ich mir janz sicher. Ich sitze zwar im Rollstuhl, aber im Kopf bin ich völlig in Ordnung.«

Zimmermann wiegelte ab:

»Davon bin ich überzeugt. Ich wollte nur ganz sicher gehen.«

»Das ist meine Valja. Dat arme Ding, wie ist dat denn passiert?«

Zimmermann zog die Schultern hoch:

»Das wissen wir noch nicht. Ich muss Ihnen jetzt paar Fragen stellen. Wie ist, war der Name Ihrer Helferin?«

»Valja Timoschenko. Holen Sie mal da drüben auf dem Vertiko dat Fotoalbum.«

Zimmermann holte das Album und reichte es Josef Paustenbach. Dieser blätterte und schob dem Kommissar ein Bild hin, das den Rentner im Rollstuhl mit einer Frau vor seinem Haus zeigte. Die Frau legte einen Arm und den alten Mann und lächelte in die

Kamera. Zimmermann brauchte nur einen kurzen Blick auf das Bild zu werfen, dann war ihm klar:

»Tja, das scheint eindeutig zu sein. Wann haben Sie Frau Timoschenko denn zuletzt gesehen?«

Josef Paustenbach kratzte sich am Kinn:

»Dat war jenau vor 14 Tagen. Dat war ihr letzter Tag bei mir, dat stand aber schon lange fest, dass dann die Afina kommt. Die Valja war zwar aus der … – wo die Kosaken herkommen.«

»Ukraine!«

»Kann ich mir nie merken, dabei bin ich im Krieg da mal mit nem Transport durchjefahren. Die lebte aber schon seit ewigen Zeiten in Polen.«

»In Polen?«

»Ja, ja, die war ausjebildete Krankenschwester, arbeite aber in Früher-Breslau immer in Hotels und Restaurants und so …«

»Und warum machte die dann hier in Deutschland diese Pflegejobs?«

»Das hat die mir mal erzählt. Die wollte eine Kneipe aufmachen und brauchte Geld. Damit kann man wohl da drüben mehr verdienen, als im Hotel arbeiten.«

Zimmermann vermied es, Fragen zum genaueren Beschäftigungsverhältnis zu stellen, da er sicher war, dass dies nicht so ganz legal abgelaufen war.

Paustenbach schien ähnliche Gedanken zu haben:

»Dat war fast lejal. Meine Tochter, die wohnt gleich nebenan, die kriegt so Geld von der Krankenkasse und gibt dat immer den Polinnen. Sind ja arme Socken da drüben, die können wir ja auch etwas unterstützen. Und unsere Weiber sind sich meistens für so einen Scheißjob zu schade.«

Zimmermann sagte nichts und Josef Paustenbach fuhr fort:

»Ja, und vor vierzehn Tagen hat die sich dann verabschiedet, wir haben noch einen Els jetrunken und dann wollte die zurück nach Polen, aber nicht direkt, hat 'se auf jeden Fall jesagt. Die wollte vorher noch ein paar Tage jemand besuchen und wat Dringendes erledigen. Die war janz glücklich, sagte, dat sie von jemand noch viel Jeld kriegen und nie mehr nach Deutschland kommen würde.«

»Ach, die war nicht zum ersten Male bei Ihnen?«

»Nee, nee«, rief der Rentner, »vor ein, zwei Jahren war die schon mehrmals hier. Da hatte ich zum ersten Mal eine aus Polen bestellt, da kam die direkt von da, wo die Kosaken her sind. Hat die mir aber erst später jesagt. War mir aber ejal: Russe, Pole, dat is doch all dat Selbe.«

»Wie war der Kontakt entstanden?«

Josef Paustenbach kratzte sich wieder am Kinn:

»Ja, ich habe da einen Bruder von meiner verstorbenen Frau in Einruhr, dessen Frau war damals schon völlig weg, die ist inzwischen auch schon tot, und der hatte eine Polin, die hatte vorher bei einem Arbeitskollegen von dem Bruder meiner Frau jearbeitet und war davor schon bei einer Frau in Rurberg jewesen, die die wohl über eine Bekannte bekommen hatte. Und die kannte wohl meine Valja, weil die auch Kosake war. Alles lejal natürlich, also fast lejal.«

»Ganz klar«, nickte Zimmermann und dachte:

»Das war doch alles illegal, aber das ist eine Baustelle für eine andere Behörde, da halte ich mich raus.«

»Nen Els könnte ich jetzt vertragen. Wollen 'se auch einen?«

»Nicht im Dienst!«, wiegelte Zimmermann ab, während der Rentner neben seinen Rollstuhl griff und eine Flasche mit dem Eifeler Kräuterschnaps hervorholte.

Zimmermann sah auf seinen Notizblock:

»Hatte Frau Timoschenko Bekannte hier?«

»So direkt nicht. Die andere Kosakin war wieder nach Hause. Und Valja sprach ja jut Deutsch, die guckte meistens auf ihrem Zimmer, immer Fernsehen. Manchmal fuhr die nur mit dem Fahrrad nach Simmerath, in den ›Bierbaum‹ …«

»Oh ha«, dachte Zimmermann, »die Lieblingskneipe von Ralf Schütt.«

»… aber meistens war die hier. Hat viel jelesen, sogar Deutsches und die Zeitungen, alle.«

»Auch den ›Hammer‹?, frage Zimmermann.

»Hammer? Dat ist doch dat Scheißblättchen, dat Revolverblättchen von den Monschauern. Dat lese ich nie. Dat hat die sich immer direkt jenommen.«

»Es gab also keine Kontakte, keine Bekannte? Einen Freund hatte die auch nicht?«

»Auf jeden Fall zuletzt nicht, vorijes Jahr telefonierte die manchmal nach Belgien. Sojar auf Französisch, dat konnte die auch. Ich kann dat nicht, aber wie die Frauleute so reden, da merkt man ja, wenn da wat läuft. In Belgien hatte die damals bestimmt wat. War aber nur in unserem Belgien hier, weil die immer rechtzeitig zurück war. Damals holte die immer einer ab, an der Ecke hinten, konnte ich nix sehen. Und dann will man ja nicht fragen. Die sah jar nicht so schlecht aus. Wenn ich jünger wäre … die war erst fünfunddreißig Jahre.«

Paustenbach beugte sich vor und flüsterte:

»Also, die sah viel besser als die Afina aus, die ist aber auch ein jutes Mädchen. Macht alles hier im Haushalt. Sehr ordentlich. Sehr sauber.«

Zimmermann nickte nur:

»Frau Timoschenko ist also vor vierzehn Tagen nicht sofort nach Hause, also entweder nach Polen oder in die Ukraine, gereist?«

»Das glaube ich, die hatte noch wat zu erledigen. Die ist mit dem Bus nach Aachen jefahren. Dann habe ich auch nix mehr von der jehört, aber die meldete sich auch sonst immer nur Weihnachten, um ›Papa Paustenbach‹, wie die immer sagte, frohe Weihnachten zu wünschen.«

»Haben Sie eine Adresse in Polen oder der Ukraine?«

»Ne, ne. Die rief immer an, wenn die hier arbeiten wollte. Eine Adresse hat die mir nie jejeben. Einmal habe ich die jefragt: Hat die nur gesagt: ›Das Vögelchen hat viele Adressen, es hat viele Nester.‹ Da habe ich nicht mehr jefragt, dat jeht mich ja auch nix an.«

»Hatte Ihre Hilfe Kontakt zu den Mönchen nach Reichenstein?«

Paustenbach schüttelte den Kopf:

»Hab ich in der Zeitung von jelesen. Die sind wohl nicht janz echt katholisch. Aber nein, die Valja hatte mit Kirche nix am Hut. Wie hätte die auch nach Reichenstein kommen sollen? Da fährt doch bestimmt kein Bus hin.«

»Ja, Herr Paustenbach. Das wäre es erst einmal. Sie haben mir sehr geholfen. Jetzt wissen wir wenigstens, wer die Tote ist. Das Foto aus Ihrem Album nehme ich mal mit, bringe es Ihnen aber in den nächsten Tagen zurück. Denn ich habe bestimmt noch einige Fragen an Sie.«

»Dat war aber alles doch lejal, oder nicht. Ich krieg doch jetzt keinen Ärger?«, frage Josef Paustenbach noch einmal besorgt.

»Von meiner Seite gibt es keine Probleme«, versicherte Gottfried Zimmermann und verabschiedete sich. Im Hausflur stand Afina Basarab und öffnete ihm die Tür:

»Policia, alles legal hier!«, sagte sie zum Abschied.

»Du mich auch!«, dachte der Kommissar, sagte dann aber nur:

»Ja, ja.«

Ernesto Ramos Wegner, der »Stiernacken«, spazierte als harmloser Wanderer getarnt, angetan wie es Mitglieder der Eifelvereins gerne tun, über den Viadukt der ehemaligen Vennbahn-Trasse. Vorsichtig schaute er sich mehrmals um. Als er absolut sicher war, dass ihn niemand beobachtete, zog er ein winziges Fernglas aus der Tasche und richtete es auf das Kloster Reichenstein. Vier Mönche waren damit beschäftigt »Mene mene tekel u-pharsin« von der Außenwand zu entfernen.

Wegner lächelte zufrieden, dann schlenderte er weiter über die stillgelegte Bahnstrecke, bis ein kleiner Weg seitlich zu einem Parkplatz unweit des Klosters führte. Er setzte sich ins Moos und beobachtete lange die Gegend. Da weit und breit kein Mensch zu sehen war, öffnete er seinen Rucksack und holte einen gebrauchten Damenslip, einen roten Büstenhalter, sowie eine verschwitze Damenbluse hervor. Die Dessous hatte er in der vergangenen Nacht von der bulgarischen Prostituierten Ludmilla Catalar in der Aachener Antoniusstraße für dreihundert Euro gekauft. Ihm war es egal gewesen, dass die Frau ihn offensichtlich für einen Fetischisten hielt, wie ihr breites Grinsen verriet.

Wegner platzierte die Kleidungsstücke gut erkennbar seitlich in einem Gebüsch, dann ging er zu seinem Wagen und fuhr davon.

Vom Handy rief er Monsignore Herbert Lüder an, der im »Starbucks« am Aachener Markt vor einer »Caramel Macchiato« saß und auf den Anruf schon wartete:

»Jetzt«, sagte Wegner nur und beendete sofort das Gespräch.

Der Monsignore zog seine Sonnenbrille an, dann verließ er das Coffee-House und schlenderte zu einer nahen Telefonzelle. Dort wählte er die 02472-5001 an. Benno Breuer, der gerade seinen Dienst angetreten hatte, meldete sich:

»Polizei Monschau, Bezirksdienst, Breuer.«

»Auf dem Parkplatz neben den Schienen am Kloster Reichenstein vergewaltigen gerade zwei Mönche eine Frau«, flüsterte Lüder aufgeregt ins Telefon. Dann legte er sofort auf.

»Los, wir müssen raus«, schrie Benno Breuer seinem Kollegen Hermann Cremer zu, der sich gerade Tofu-Paste mit Paprika-Geschmack auf ein Brot schmieren wollte, »bei Reichenstein vergewaltigen zwei Mönche 'ne Frau!«

Sekunden später saßen die beiden Polizisten in ihrem Streifenwagen und rasten mit Blaulicht und Martinshorn über Mützenich in Richtung Reichenstein.

Am Ortsausgang von Mützenich hatte Hermann Cremer sein Tofu-Brot bereits aufgegessen.

Gottfried Zimmermann telefonierte auf der Rückfahrt nach Monschau ununterbrochen mit seinem Handy – ungefähr für den Gegenwert von drei Punkten in der Flensburger Verkehrssünderdatei. Zunächst hatte er Nusselein angerufen, der gerade in der Redaktion angekommen war und stolz wie ein Pfau in Columbos Mantel durch den Raum stolzierte.

Ausführlich schilderte der Kommissar den Besuch bei dem Rentner und schloss:

»Also die Tote heißt auf jeden Fall Valja Timoschenko.«

Dann fragte er:

»Hast du schon was über Pflegepersonal aus dem Osten rausbekommen?«

»Da ist Elli dran!«, versicherte Nusselein.

»An einem Scheiß ist Elli dran. Das kannst du gleich selbst machen. Und zieh den bekloppten Lodenmantel aus.«

»Das ist kein Lodenmantel, das ist der original Regenmantel von Kommissar Columbo.«

»Und du Idiot glaubst das!«

»Könnt Ihr mal aufhören!«, schrie Zimmermann ins Handy. »Die Paustenbach-Spur ist die erste brauchbare. Allerdings kommt nun auch wieder der Schütt ins Spiel. Zu den Mönchen sehe ich noch keine Verbindung. Und dann muss es im vergangenen Jahr noch ein Geschmusi in Ostbelgien gegeben haben. Ich würde sagen, wir treffen uns in einer Stunde zu einem Kaffee im ›Krug‹.«

Dann legte er auf. Sofort schnarrte sein Handy:

»Ja, Zimmermann.«

Er hörte Martinshorn im Hintergrund, als sich Benno Breuer meldete:

»Wir sind unterwegs nach Reichenstein. Da sollen Mönche auf dem Parkplatz eine Frau vergewaltigen. Vielleicht hat das etwas mit unserer Sache zu tun.«

Zimmermann stöhnte auf:

»Ich komme sofort.«

Dann rief er wieder in der Redaktion an, wo Elli sich kauend meldete:

»Sag Charly, der Termin gleich ist geplatzt. Ich melde mich.«

»Da kann der Arsch ja mal richtig arbeiten.«

Dann schrie sie Richtung Nusseleins Büro:

»Dem Zimmermann ist was dazwischen gekommen. Meldet sich. Dann kannst du ja jetzt den Artikel über den Nationalpark schreiben. Da habe ich schon fünf Anzeigen an Land gezogen. Einer muss ja hier das Geld verdienen.«

Nusselein nickte nur. Da er sich unbeobachtet fühlte, hüpfte er freudig erregt durch sein Büro:

»Ich habe Columbos Mantel, ich habe Columbos Mantel.«

Anschließend ging er zur Tür, drehte sich ganz langsam um, kratzte sich am Kopf und sagte mit verstellter Stimme, die allerdings an keinen der fünf deutschen Columbo-Synchronsprecher – Uwe Friedrichsen, Klaus Schwarzkopf, Claus Biederstaedt, Hans Sievers und Horst Sachtleben – erinnerte:

»Ich hätt' da noch ne Frage ...«

Im Mantel setzte er sich an seinen Computer, dachte länger angestrengt nach, lud von »Wikipedia« einen Artikel über den »Serengeti-Park« in Afrika und schrieb mit Hilfe seines ständigen treuen Mitarbeiters namens »Ersetze durch ...« eine recht gewöhnungsbedürftige Abhandlung über den »Nationalpark Eifel«.

»Der Nationalpark Eifel darf nicht sterben«

»Der Nationalpark Eifel ist eine baumarme Savanne, welche sich vom Norden Nideggens östlich des Rursees, bis nach Süd-Gemünd (noch nicht Afrika) erstreckt und eine Fläche von etwa 10.700 ha bedeckt.
Die Worte ›Nationalpark Eifel‹ sind abgeleitet aus dem Eifeler Dialekt und bedeuten ›Endloses Land‹. Das Gebiet des ›Nationalpark Eifel‹ gehört sicherlich zu den bekanntesten Nationalparks der Welt. Außerdem ist er seit 2006 Teil des Weltnaturerbes der UNESCO. Bis zur Kolonialisierung der Eifel war Natur- und Wildtierschutz hier nicht notwendig, weil die Einheimischen im Einklang mit der Natur lebten und nur für den Eigenbedarf jagten. Das änderte sich mit dem Eintreffen Aachener Siedler im 19. Jahrhundert. Diese gefielen sich als Großwildjäger, die mit modernen Waffen aus Angeberei oder Profitgier in großen Mengen Tiere schossen und die Bestände empfindlich dezimierten. Im 19. Jahrhundert war das Gebiet noch Weideland der nomadisch lebenden Eifeler. Ironischerweise wurden durch die Naturreservate die Eifeler, die selber keine Schuld an der Naturzerstörung trugen, in ihrer eigenen Heimat stark in ihrer Freiheit eingeschränkt. 2006 wurden die Regenzeitweiden der Kühe im Südosten des Nationalparks abgetrennt und lediglich zum Wildschutzgebiet (Conservation Area) erklärt, in dem auch Eifel-Hirten ihr Vieh weiden dürfen. Aus diesem Anlass entstand im selben Jahr der preisgekrönte Film ›Der Nationalpark Eifel darf nicht sterben‹ von Bernhard und Michael Grzimek. Die ursprünglichen Bewohner des ›Nationalpark Eifel‹ wurden rigoros umgesiedelt. In jüngster Zeit setzen Naturschützer deshalb auf eine neue Strategie. Die Einheimischen sollen Teile des geschützten Landes (›Wildlife Management Areas‹) werden und damit auch die Verantwortung dafür selber übernehmen.«

»So«, sagte Nusselein selbstzufrieden, »das müsste ja als Füllmaterial für die Anzeigenseite reichen. Liest sowieso kein Mensch.«

Er druckte den Artikel aus und schmiss ihn Elli Breuer auf den Tisch. Diese brauchte nur wenige Sekunden, um das Machwerk zu lesen. Dann schüttelte sie den Kopf:

»Kommt mir irgendwie alles echt Scheiße vor. Und wo waren Nomaden hier? Und Grzimek ist doch schon ewig tot …«

»Quatsch«, raunzte Nusselein beleidigt, »der heißt doch richtig Loriot. Und der lebt ja wohl noch. Aber jetzt muss ich weg, Recherche, Recherche.«

Nusselein ging zur Tür, dann nahm er einen Gesichtsausdruck an, den er für ein Minenspiel von Kommissar Columbo hielt, und sagte zu Elli:

»Wissen Sie, was mir noch aufgefallen ist …«

»Was?«, äffte Elli.

»Deine Bluse ist zu eng.«

In einem Hagel von Büroklammern verließ er die Redaktion, da in einem Imgenbroicher Supermarkt Katzenfutter im Angebot war.

Bereits hinter Mützenich hatte Benno Breuer Martinshorn und Blaulicht ausgeschaltet, da dies dort sowie nicht nötig war und er auch die möglichen Täter nicht vorwarnen wollte. Nachdem er hinter der Eisenbahnbrücke stark zurückgeschaltet hatte, beschleunigte er wieder und raste auf den Parkplatz. Mit gezogenen Pistolen stürmten Breuer und sein Kollege Hermann Cremer aus dem Wagen in Richtung Bahngleise. Benno schrie:

»Halt, wer da? Stehen bleiben!«

Es blieb keiner stehen, weil keiner da war.

An den völlig überwachsenen Gleisen blieben die beiden Beamten ratlos stehen. Benno Breuer schüttelte den Kopf:

»Ob uns da einer verarscht hat? Komm wir gehen zum Wagen zurück.«

Langsam gingen die beiden Polizisten zum Parkplatz, schauten sich dabei aber immer wieder links und rechts vorsichtig um. Plötzlich rief Hermann Cremer:

»Da ist was!«

Er hatte die Reizwäsche von Ludmilla Catalar entdeckt. Vorsichtig näherten sich die beiden Beamten den Dessous:

»Die liegen noch nicht lange hier«, stellte Cremer fest, während er sich bückte.

»Nichts anfassen«, schrie sein Kollege.

»Danke, der Herr. Ich bin doch auch kein Anfänger.«

Benno Breuer ging zum Streifenwagen und kam mit einer kleinen Zange und mehreren Plastikbeutelchen zurück. Dann ließ er jeweils ein Kleidungsstück in einer Tüte verschwinden:

»Will ich gar nicht anfassen«, murmelte er.

»Manche stehen darauf«, wusste Cremer.

Als die beiden gerade ihre Eintütungsaktion in Sachen Reizwäsche beendet hatten, fuhr Gottfried Zimmermann auf den Parkplatz.

Benno Breuer erstatte kurz Bericht und hielt dann die drei Tüten mit den Kleidungsstücken hoch.

»Und in welcher Tüte sind die Mönche?«, frage der Kommissar.

»Gleich krieg in 'nen Lachanfall«, kommentierte Benno Breuer.
Gottfried Zimmermann kratzte sich am Kopf:

»Wenn ich jetzt die Spurensicherung aus Aachen rufe, erschlagen die mich. Macht einfach ein Absperrband drum und guckt, ob ihr was findet.«

»Sperma?«, fragte Hermann Cremer.

»Ich wette, da ist nur Hasenspucke!«, versicherte der Kommissar und machte mit dem Kopf eine wegwerfende Handbewegung – eine körperlich fast unmögliche Spitzenleistung also. Dann nahm er die Tüten:

»Damit fahre ich jetzt zum Kloster. Nachfragen kann man ja mal. Und ihr beiden schaut euch hier mal um. Irgendwie glaube ich aber nicht an den ganzen Zauber.«

Zimmermann setzte sich in seinen Wagen und fuhr die wenigen Meter bis vor das Klostertor. Dort waren immer noch Mönche mit der Beseitigung der Spuren der letzten Nacht beschäftigt. Der Kommissar grüßte kurz, zwei der Mönche nickten zurück. Da das Tor zum Kloster offen stand, ging Zimmermann auf den Hof und sprach den ersten Mönch an:

»Prior Bernard?«

Der Mönch sagte nichts, sondern zeigte nur auf die Tür des Haupthauses. Zimmermann ging dorthin, Prior Bernard musste ihn aber schon gesehen haben, denn er öffnete die Tür:

»Sie schon wieder? Es ist doch alles klar.«

»Darf ich reinkommen? Ich komme nicht wegen letzter Nacht«, antwortete der Kommissar und drängte sich an dem Prior vorbei ins Haus. Hier hatte jemand bereits vor Jahren eine Zwischendecke mit kleinen integrierten Lämpchen eingezogen – das passte alles nicht zu dem alten Gemäuer. Zimmermann ließ sich in einen breiten Holzsessel fallen:

»Ich komme nicht wegen letzter Nacht, ich komme deswegen …«

Dabei ließ er genüsslich die Dessous auf den Schreibtisch des Priors fallen. Dieser schaute, als würde der Leibhaftige erscheinen:

»Tun Sie das weg, tun Sie das weg. Was soll das denn!?!«

Gottfried Zimmermann nahm die Dessous wieder an sich:

»Wir haben vorhin einen anonymen Anruf bekommen, dass zwei Mönche oben am Parkplatz eine Frau vergewaltigen. Eine Streife ist sofort losgefahren und hat das hier gefunden.«

Der Prior schaute entgeistert:

»Das ist doch völlig unmöglich! Ich brauche doch wohl nicht darauf hinzuweisen, dass gerade bei uns der seit 2000 Jahren gelebte Zölibat und das seit 2000 Jahren konstante Aufrechterhalten des Ideals trotz der großen menschlichen Schwächen und trotz der feindlichen Angriffe auf den Zölibat ein leuchtendes Beispiel ist für die Göttlichkeit und Wahrheit der Katholischen Kirche.«

»Ja, ja«, sagte Zimmermann, »ich gebe zu, dass ich auch so meine Bedenken ob des Wahrheitsgehalts des Anrufs habe. Aber ich muss jeder Spur nachgehen. Das verstehen Sie doch? Zumal in unmittelbarer Nähe des Klosters ein Mord an einer Frau passiert ist.«

Auch der Prior wurde nun merklich friedlicher:

»Das verstehe ich. Und ich sage Ihnen zu, dass Sie immer mit meiner Hilfe rechnen können. Aber ich glaube, hier will uns einfach jemand, wer auch immer, etwas anhängen. Diese Ballerei heute Nacht, die war doch auch eine Farce. Aber Gott ist ein gerechter Richter, der das Gute belohnt und das Böse bestraft.«

»Amen«, dachte Zimmermann und ergriff wieder das Wort:

»Trotzdem muss ich Ihnen einige Fragen stellen. Haben heute zwei Mönche das Kloster verlassen?«

Der Prior hob kurz die Hände:

»Soviel ich weiß, haben heute nur Mitbrüder das Haus verlassen, um die Fassade zu reinigen. Ich war mehrmals draußen, immer waren alle vier anwesend.«

»Nun gut, eine ganz andere Frage: Sagt Ihnen der Name Valja Timoschenko etwas?«

»Der sagt mir mit Sicherheit nichts. Wer ist das?«

»Das erste Mordopfer.«

Der Prior schwieg lange:

»Sie sagen ›das erste Mordopfer‹. Gibt es denn ein zweites?«

»Ich hoffe nicht«, antwortete Zimmermann und stand auf:

»Bestimmt komme ich noch einmal wieder.«

Der Prior lächelte gezwungen und reichte ihm die Hand:

»Wir waren in den letzten Stunden alle etwas aufgeregt. Natürlich können Sie mit jeder Unterstützung dieses Hauses rechnen. Aber ich wiederhole mich: Hier will uns jemand etwas anhängen. Wir haben nichts mit dem Mord und mit diesen, em, wie soll ich sagen, Gegenständen zu tun.«

Damit zeigte er mit dem Kinn auf die Tüten mit den Dessous.

»Ich hoffe es auch«, nickte Zimmermann und verließ das Kloster. Draußen schrubbten die vier Mönche noch immer die Wand.

Musik lag in der Luft – sagen wir zum Beispiel mal das »Concerto for Clarinet and Orchestra« von Wolfgang Amadeus Mozart – als Nusselein über die Serpentinen nach Imgenbroich fuhr. Sein Handy meldete sich aus einer Ritze des Beifahrersitzes. Da der Journalist kurzfristig seine Aufmerksamkeit von der Straße in die Ritze verlagerte, touchierte er leicht einen Bordstein, was einen hinter ihm fahrender Vertreter für Spritzlacke mit einem Heinsberger Kennzeichen zu einem wütenden Hupkonzert animierte. Als der Vertreter Nusselein überholte, kurbelte dieser sein Seitenfenster runter und schrie:

»HS – Huren-Sohn, HS – Huren-Sohn.«

Sein Ruf blieb ungehört. Daher konnte er das Gespräch entgegen nehmen:

»Gottfried, ich komme gerade aus Reichenstein …«

»Wieder ein Anschlag von Al-Qaida?«

»Ausreden lassen! Wir können uns jetzt treffen, da es doch einige Neuigkeiten gibt.«

»Bei mir auch«, verkündete Nusselein.

»Was denn?«, erkundigte sich Zimmermann gespannt.

»Columbos Mantel ist angekommen.«

»Das wollte ich nicht wissen.«

»Dann frag doch nicht.«

Man hörte Gottfried Zimmermann stöhnen:

»Pass auf Charly, es gibt Arbeit. Ich will mit dem Namen der Toten noch nicht an die Presse …«

»Ich bin die Presse.«

»Ich meinte die richtige Presse.«

»Danke.«

»Ich fahre jetzt erst einmal in mein Büro und telefoniere mit dem Präsidium. Dann melde ich mich wieder. Ich würde sagen, dass wir uns am späten Nachmittag bei dir im Wohnwagen treffen. Hast du was über die polnischen Krankenpfleger rausgekriegt?«

»Noch nicht.«

»Was machst du eigentlich?«

»Ich kaufe Katzenfutter.«

Zimmermann stöhnte abermals und beendete das Gespräch, während der Heinsberger Spritzlackvertreter vor Nusselein auf den Parkplatz einer ehemaligen Tankstelle abbog, in der sich jetzt ein Döner-Kebab-Haus befindet.

Das Rattengesicht steuerte mit seinem Citroen C4 picasso eines dieser typischen Luberon-Häuser in unmittelbarer Nähe des winzigen Provence-Dorfes Lacoste an – rund 40 Kilometer südöstlich von Avignon und 60 Kilometer nördlich von Marseille. Eingerahmt wird das Gründstück, auf dem sich das Haus befindet, von Weinreben, Olivenbäumen, Zypressen, Lavendel, Thymian, Eichen und zahlreichen Mandelbäumen. Zufrieden warf der Mann einen Blick auf die Ruinen der Burg, die über dem Dorf thront. Vor dem Verfall soll, so erzählt man sich, im 18. Jahrhundert der »Marquis de Sade« hier einmal gelebt haben.

Die rund 400 Dörfler kannten den Bewohner des abseits gelegenen Hauses kaum. Sie hielten ihn für einen Spinner, der hin und wieder auf einem der zahlreichen Flohmärkte der Gegend zu sehen war.

Bei Besorgungen im Dorf oder auf dem Markt grüßte der Mann mit dem markanten Gesicht immer freundlich, das genügte den Einheimischen, um sich weiter keine Gedanken zu machen. Den Namen des Neubürgers kannte niemand in Lacoste, man nannte ihn, den Deutschen: »L' Allemand«.

Das Rattengesicht parkte seinen Wagen vor dem Haus, öffnete die mit mehreren Schlössern gesicherte Eingangstür und die Verschläge vor den vergitterten Fenstern. Wenige Minuten später trat er mit einem Tablett, auf dem sich ein Glas, eine Kanne mit Wasser und Eisstücken sowie eine Flasche Pastis »Pernod« befanden, auf die Terrasse. Aus seiner Hemdtasche fingerte er ein Handy und wählte eine längere Nummer – offensichtlich im Ausland. Als sich jemand meldete, sagte er nur einen Satz:

»Das war's, Sie werden nie wieder von mir hören.«

Dann beendete er das Gespräch und nahm einen tiefen Schluck Pastis pur. Erst dann verwässerte er das Getränk.

Aus der Ferne grüßte der Mont Ventoux.

Charly Nusselein hatte das Sonderangebot »Katzenfutter Schlemmerpaket 100 x 100 g frei Haus« für 19,90 Euro ergattert und fragte sich dabei auch nur am Rande, was wohl »frei Haus« bedeuten könnte. Incitatus war das sowieso egal, da er sofort zwei Schlemmerpakete verdrückte, ehe er sich in einem Sessel niederließ und aus dem Maul nach Fisch roch.

Nusselein ließ seinen Kater gewähren und wartete auf Gottfried Zimmermann. Er befestigte schon einmal die Packpapiernotizen vom ersten Tag auf dem Tisch, auch wenn diese nur einige magere Hinweise enthielten. Als er überlegte, »nur mal so« Hildegard Jansen-Mutzkuss im Berliner Bundestag anzurufen, hörte er, dass der Kommissar vorfuhr. Nusselein stöhnte auf:

»Dann muss mein Polit-Groupie, diese geile Schlampe, wohl warten.«

Eine Aussage, für die die grüne Abgeordnete ihm mehrere Tassen Kaffee über den Kopf geschüttet hätte: Heißen Kaffee natürlich …

Mit einem freundlichen »Ich habe was mitgebracht« betrat Zimmermann den Wohnwagen und legte einen »Regensburger Butterstollen mit Marzipanfüllung« auf den Tisch, den er bereits vor Weihnachten gekauft, dann aber unter dem Beifahrersitz vergessen hatte. Nusselein holte ein Messer und ein Holzbrettchen, schaute sich den Stollen an und nickte:

»Schön, Haltbarkeitsdatum knapp überschritten, mit Liebe gekauft.«

Zimmermann ging darauf nicht ein, sondern nahm sich sofort den Edding:

»Also, wie ich dir schon am Telefon gesagt habe: Die Tote heißt Valja Timoschenko, stammt wohl aus der Ukraine, muss aber schon seit Jahren in Polen, vor allen Dingen in Breslau, gelebt haben.«

»Das heißt heute Wroclaw, du Sympathisant der Vertriebenenverbände.«

Zimmermann winkte nur ab und schrieb den Namen der Toten ganz oben auf das Packpapier. Während seines folgenden Berichts notierte er immer wieder einige Stichworte:

»Sie kam immer wieder zu regelmäßigen Pflegedienstarbeiten nach Deutschland, zuletzt zu einem Josef Paustenbach nach Paustenbach. Ich gehe mal davon aus: illegal. Die Vermittlung lief über so ein Helferinnen-Netzwerk von Mund zu Mund. In Paustenbach hat sie sich vor 14 Tagen verabschiedet, ließ durchblicken, dass sie wohl eine größere Summe Geld erhalten würde. Damit wollte sie irgendwo ein Bistro oder so eröffnen. Auf jeden Fall würde sie nicht mehr nach Deutschland kommen. Ach so, Bekannte gab's nicht, sie fuhr aber hin und wieder mit dem Fahrrad nach Simmerath in den ›Bierbaum‹ …«

»Oh, ja, da kommt unser Pickelgesicht ins Spiel«, warf Nusselein ein, während Zimmermann fortfuhr:

»Das kann sein. Im vergangenen Jahr muss sie wohl etwas mit einem Ostbelgier gehabt haben.«

»Dazu sage ich jetzt nichts.«

»Auch besser so. Das Theater im Kloster hast du mitbekommen. Aber es geht noch weiter, das weißt du noch nicht. Wir bekamen heute einen anonymen Anruf, dass am Kloster eine Frau von zwei

Mönchen vergewaltigt würde. Die Jungs sind sofort raus, haben aber weder eine Frau, noch Mönche angetroffen ...«

»Ich ahnte es«, warf Nusselein ein, »fahrt ihr eigentlich auch raus, wenn man die Landung von Marsmenschen meldet?«

»Nicht so schnell. An der beschriebenen Stelle fanden sich aber Dessous ...«

»Kann ich die mal sehen?«, fragte Nusselein begeistert.

»Nein«, sagte Zimmermann knapp, »ich bin dann zum Abt rüber, der behauptete aber, dass keiner seiner Leute das Kloster verlassen hätte.«

Nusselein hob die Hände:

»Das merkt der doch überhaupt nicht. Und sage nicht ›Leute‹, das sind Brüder.«

Der Journalist kratzte sich ungeniert im Gesäßbereich, während der Kommissar fortfuhr:

»Ich glaube, ehrlich gesagt, dass die Klosterspur im Sande verlaufen wird. Daher habe ich auch die Spurensicherung nicht zur Fundstelle der Reizwäsche rauskommen lassen. Unsere Jungs haben sich aber noch mal umgeschaut, da war nicht mal eine Druckstelle oder Spuren in dem doch recht hohen Gras.«

»Bei dem Wort Reizwäsche sah ich Gier in deinen Augen«, bemerkte Nusselein.

»Idiot! Auf jeden Fall ist der Abt zur Zusammenarbeit bereit.«

»Abt dafür«, nickte der Journalist, »was hast du denn schon in die Wege geleitet?«

»Ich habe vorhin mit unserem Präsidium telefoniert. Die haben parallel eine Anfrage an die Ukraine und nach Polen geschickt. Nach dem Schengener Abkommen gibt es eine automatisierte Vermisstendatei, da werde ich wohl morgen schon was aus Polen hören – oder auch nicht. Mit der Ukraine, das kann dauern. Das läuft über die Botschaft.«

»Dann wollen wir mal festhalten, was wir schon haben«, sagte Nusselein und pulte dabei Marzipan aus dem Stollen. Zimmermann nickte:

»Nicht viel: Den Namen der Frau, immer wieder Hinweise zum Kloster, eine dünne Spur Richtung Ralf Schütt und vor allen Dingen immer noch als heißeste Spur: Dein Foto in der Scheide.«

Nusselein warf die Marzipankugel hoch und schnappte sie mit dem Mund auf. Da er bereits die Fotografie auf das Packpapier geklebt hatte, schaute er noch einmal lange das Bild an:

»Was könnte an dem Bild dran sein? Es ist nur eins dieser klasse Nusselein-Fotos!«

»Na, na, von wegen klasse«, konterte Zimmermann, »der Hermann Pauls von unserer Roetgener Dienststelle ist ein viel gepriesener Hobby-Fotograf. Der findet, dass das Bild echt Scheiße beschnitten ist.«

»Was soll das denn heißen?«, ereiferte sich Nusselein: »Das habe ich extra so gemacht, damit man im Hintergrund das schöne Ölbild sieht.«

Zimmermann, der sich gerade ein unbepultes Stück Stollen abschneiden wollte, hielt plötzlich inne:

»Was hast du da gerade gesagt?«

Nusselein schaute ihn fragend an:

»Wie, was? Was soll ich gesagt haben? Ach so. Ich sagte, sonst hätte ich das schöne Ölbild hinten abgeschnitten.«

Zimmermann schwieg kurz, dann beugte er sich über das Foto: »Verdammt! Wer sagt uns denn eigentlich, dass die Timoschenko wegen der beiden Personen oder der Anzeige auf der Rückseite den Artikel ausgeschnitten hat? Vielleicht ging es ihr um das Gemälde. Ist ein riesiger Schinken. Was stellt das eigentlich dar?«

Nusselein räusperte sich:

»Wenn Bildung gefragt ist, muss ich wohl ran.«

Er holte eine Lupe aus der Küchentischschublade und schaute sich das Bild im Bild lange an:

»Das ist eine Montgolfière, die irgendwo in einem Park startet. Die Leute schmeißen begeistert Hüte hoch, muss wohl in Frankreich sein.«

»Woran siehst du das denn?«, frage Zimmermann.

»Die Gebrüder Montgolfier waren doch aus Frankreich.«

»Das hat Logik«, stöhnte Zimmermann.

»Das hört man immer wieder«, nickte Nusselein selbstzufrieden.

»Auf jeden Fall werde ich morgen noch mal nach Roetgen zu dem Reinartz fahren und mir das Bild genauer ansehen. Und über den Ralf Schütt mache ich eine Computeranfrage, vielleicht liegt gegen den was vor.«

»Das ist ein harmloses Pickelgesicht, glaube mir«, wiegelte Charly Nusselein ab und versprach:

»Und ich kümmere mich mal um die Polen aus dem Ostblock, wie das so gesetzlich aussieht.«

»Das solltest du heute schon machen.«

»Schleiden ist auch nicht an einem Tag zerstört worden«, raunzte Nusselein, ehe sich der Kommissar gen »Krug« verabschiedete.

Der Christstollen machte einen recht ramponierten Eindruck.

Die Nacht zog über Reichenstein auf. Prior Bernard wählte die Telefonnummer 0041-7571050 von Schloss Schwandegg im schweizerischen Menzingen an. Dort befindet sich das »Generalhaus« der Pius-Bruderschaft. Nachdem er an der Zentrale seinen Namen genannt hatte, wurde er mit Pater Nikolaus Franzhuber verbunden. Der in Bayern geborene Geistliche ist Generalrat und in der Hierarchie des Hauses an zweiter Stelle hinter dem Generaloberen. Der Bayer ist für die Bewegung in Deutschland zuständig.

Prior Bernard kam sofort zum Thema:

»Hier in Monschau gibt es weiter Ärger, die Polizei war schon wieder da. Bis vor ein paar Tagen habe ich diese Gegend fast schon geliebt, doch …«

Nikolaus Franzhuber unterbrach ihn:

»Habt nicht die Welt lieb, noch was in der Welt ist. Wenn jemand die Welt lieb hat, so ist die Liebe zum Vater nicht in ihm – sagt der heilige Johannes.«

Der Reichensteiner ging darauf nicht ein:

»Es hat schon wieder einen Vorfall gegeben.«

»Wieder ein Angriff mit Räbekanonen?«, spottete der Bayer aus der Schweiz.

Prior Bernard stutzte nach dieser Frage, schluckte mehrmals:

»Da fällt mir etwas auf. Die Polizei hat festgestellt, dass die Schussmaschinen von heute Nacht wohl Schweizer Fabrikate waren.«

»Sie meinen«, fragte Pater Franzhuber, »dass die Angriffe gegen das Monschauer Kloster gar nicht aus Deutschland, sondern aus der Schweiz gesteuert werden?«

»Ich weiß es nicht«, stöhnte der Prior, »mir fiel nur gerade ein, dass der Polizist, der die Dinger untersucht hat, diese der Schweiz zuordnete.«

»Dann werden wir uns hier im Generalhaus wohl auch ernsthafte Gedanken in dieser Richtung machen müssen.«

»Aus diesem Grunde rufe ich aber nicht an. Es gibt einen neuen Vorfall – und der lässt mich zweifeln.«

»Zweifel gibt es nicht.«

»Doch«, beharrte der Reichensteiner Prior, »heute sollen zwei unserer Mitbrüder in der Nähe des Klosters eine Frau vergewaltigt haben.«

Der Pater in der Schweiz brauste auf:

»Das ist doch völlig unmöglich! Unsere Mitbrüder sollen sich nicht nur der Frauen enthalten, noch Kinder zeugen, sondern auch nie einer Frau der puren Lust wegen nahe kommen. Jeder aber, der es tut, soll aus der Ehrenstellung des Klerikers verjagt werden.«

Bernard nickte:

»Das weiß ich. Die Polizei hat aber, em, wie soll ich sagen, Frauen-Unterwäsche gefunden.«

Pater Nikolaus Franzhuber stöhnte:

»Ekelhaft, ekelhaft, wollte man Sie etwa damit versuchen?«

Der Prior wiegelte ab:

»Wie sollte man, ich lebe unsere Gesetze. Ich bin der Meinung, dass irgendjemand – aus Deutschland oder sogar aus der Schweiz – uns hier in der Eifel Schwierigkeiten machen will. Ich vertraue unseren Mitbrüdern, habe der Polizei auch erklärt, dass keiner zum Zeitpunkt der Vergewaltigung …«

»Der Schweizer unterbrach ihn:

»Was sagt denn diese Vergewalt…, em, diese Frau?«

»Es gibt keine Frau, keine Spur, nur diese, ja, diese Wäsche.«

»Dann will uns jemand in Deutschland etwas anhängen. Ich werde sofort den Generaloberen aufsuchen und ihn um Rat bitten. Morgen melde ich mich wieder. Sie können sicher sein, dass ich heute Ihr schönes Kloster in der Eifel in mein Gebet einschließen werde.«

Franzhuber legte auf, während der Prior stöhnte:

»Ins Gebet einschließen, ja danke, das hilft mir jetzt wirklich weiter.«

Über Reichenstein brach endgültig die Nacht herein.

In Ruitzhof kotzte Incitatus »Happy Cat mit Fisch« vor den Wohnwagen. Nusselein rang lange mit sich, dann wählte er die Handynummer der grünen Bundestagsabgeordneten Hildegard Jansen-Mutzkuss. Diese meldete sich sofort:

»Eja!«

»Hier ist der Dings, der Charly …«, stotterte Nusselein.

»Hast du mal auf die Uhr geguckt?«, schnauzte Hildegard Jansen-Mutzkuss.

»Ich dachte, ihr da in Berlin, das geht immer bis in die Puppen: Ausschuss-Sitzungen, Fraktion und dann in die In-Kneipen der MdBs um den Alexanderplatz und so.«

»In Berlin vielleicht, aber ich bin zur Zeit in Monschau.«

»Immer noch verheiratet?«, fragte Nusselein, schon wieder eine Spur mutiger.

»Ich lege gleich auf. Was willst du? Geht es um die Mordsache in der Rur?«

»Genau, woher weißt …«

»Charly, stell dir vor, deine Bundestagsabgeordnete liest auch hin und wieder die lokale Zeitung.«

»Ja gut, ich ja auch. Und da habe ich neulich gelesen, dass du im Bundestag so über die Grauzonen der Pflegeversicherung gesprochen hast.«

»Du willst um fast 23 Uhr abends ein Gespräch mit mir über Gesundheitspolitik führen? Hast du sie noch alle? Ich kann dir gerne die Handynummer von Ulla Schmidt geben …«

»Nein, nein«, wiegelte der Journalist ab, »die Tote ist wohl eine von diesen polnischen Pflegefrauen und da wollte ich mir die Meinung einer Fachfrau einholen.«

»Schleimer.«

»Also, wie läuft das ab?«

»Du nervst jetzt echt. Ich wollte gerade mit meinem Mann …«

»Keine Details, das tut mir auch weh.«

»… einen alten ›Tatort‹ in irgendeinem Dritten gucken.«

»Entschuldigung«, sagte Nusselein leise.

»Ist ja gut. Also, stellen wir uns mal vor, du hast, was bei euch in der Familie ja nahe liegend ist, einen verwirrten Verwandten, …«

»Bei uns sterben alle steinalt mit klarem Verstand.«

»… dann wirst du hier in der Eifel sehr schnell bei Bekannten die Telefonnummer einer Polin bekommen. Auch Ärzte greifen da schon mal in ihr privates Adressbuch.«

»Gegen Kohle.«

»Das kann keiner beweisen«, fuhr die Bundestagsabgeordnete fort: »In Polen, Tschechien, Ungarn, der Slowakei und im Baltikum gibt es Netzwerke, wo Frauen unter sich die Jobs in Deutschland aufteilen. Wenn du einmal so eine Frau im Haus hattest, kannst du sicher sein, dass die mit ihrer ganzen Sippschaft zusammenarbeitet. Wenn eine dann nach Hause fährt, kommt mit Sicherheit die Schwester, die Cousine zu dir.«

»Wieso zu mir?«, fragte Nusselein, um auch noch einmal etwas zu sagen.

»Weil du ja dauerbekloppt bist. Die erledigen dann das Kochen …«

»Bäh, jeden Tag Borschtsch und polnische Sauerkrautsuppe Kapuśniak.«

»Unterbrich mich nicht immer. Die machen die Betten, gehen Einkaufen, mit dir spazieren, wechseln Verbände und achten darauf, dass du regelmäßig deine Medizin nimmst.«

»Warum tust du so, als ginge es um mich? Ich bin kerngesund«, warf Nusselein ein.

»Na, na!«, antwortete die Traumfrau des Journalisten, ehe Nusselein fragte:

»Und die kommen dann mit einem Touristenvisum für drei Monate, hauen dann wieder ab, und als nächstes erscheint Cousine Olga, um den bekackten Opa zu wickeln?«

»Nein, das ist nicht mehr so. Früher brauchten die ein dreimonatiges Touristenvisum für die Einreise, aber seit dem EU-Beitritt einiger der Länder ist das nicht mehr erforderlich. Nötig ist allerdings eine Arbeitserlaubnis, aber da hält sich keiner dran. Da die meistens rund um die Uhr im Haus sind, bekommt auch selten einer die Nase dran.«

»Ist das nun kriminell, illegal, spielen da Frauenhändler eine Rolle?«

»Du denkst an deinen Fall, weil die Ermordete wohl auch so eine Helferin war? Frauenhändler? Nein, glaube ich nicht. Die kommen in polnischen Klapperbussen, sind geschätzt immer über 60.000 bei uns im Lande. Die Busse machen nach Absprache Station: Die Polinnen – oder was auch immer – huschen in wartende Autos und fahren zu ihrer, ich nenne es mal Gastfamilie! Da betreuen die für drei Monate Demenzkranke oder Gebrechliche. Dann sammelt ein Bus die wieder ein und einen Tag später steht die Schwester, die Cousine bei dir auf der Matte.«

»Was verdienen die?«

»Ungefähr 850 Euro im Monat, freie Kost und Logis. In der Heimat ist das richtig sattes Geld.«

»Und wo liegt das politische Problem?«, fragte Nusselein, der sich eifrig Notizen machte.

»Tja, mein Lieber. In Deutschland haben wir inzwischen über 40.000 arbeitslose Pflegekräfte. Hiesige Dienste gehen reihenweise Pleite, denn mit den Zuschüssen der Pflegekassen lassen sich unsere professionellen Anbieter nicht bezahlen. Heime kosten noch mehr und dann ist auch noch der Aspekt, dass viele alte Leute einfach zu Hause sein wollen.«

»Das ist aber doch Schwarzarbeit?«

»Richtig, aber alle verschließen die Augen, die Dumping-Löhne machen es möglich, Fachleute reden von Halblegalität«, stimmte die Abgeordnete Nusselein zu.

»Nokia verlegt die Produktion nach Rumänien, demnächst bauen wir da Altenheime für Omi und Opi«, spottete Nusselein.

»Du brauchst gar nicht zu lästern. Darüber denken gewisse Kreise sogar ernsthaft nach. Ob die Rente nun nach Kalterherberg, Mallorca oder ans Schwarze Meer überwiesen wird, ist doch egal.«

Nusselein kratzte sich am Kopf:

»Ich möchte nicht an den Dardanellen sterben«, sagte er schon fast traurig und nach einer Pause:

»Du siehst also nichts, warum man so eine Frau umbringen sollte?«

»Ne, da gibt es keinen Grund. Alle sind darauf bedacht, dass das Thema unter dem Teppich bleibt. Und Schlepper gibt es – soviel bekannt ist – bei osteuropäischen Prostituierten, aber nicht bei Haushaltshilfen.«

»Vielleicht schließt das eine das andere ja nicht aus?«

»Häh«, fragte die Abgeordnete, »in welche Richtung denkt dein krankes Hirn denn jetzt?«

»Du bestellst eine Hilfskraft, bekommst aber eine prächtige Nutte.«

»So einen Fall hat es noch nie gegeben. Aber für dich wäre das bestimmt eine Marktlücke.«

Nusselein war beleidigt: »Ich denke eben in alle Richtungen.«

»Ist ja schon gut. Und jetzt möchte ich den ›Tatort‹ gucken, bevor du privat wirst und mir wieder was von Liebe sülzt«, sagte Hildegard Jansen-Mutzkuss und legte auf.

»Schade«, murmelte Nusselein nur, während Incitatus eine neue Portion »Happy Cat mit Fisch« verlangte.

Nachdem er seinen Kater gefüttert hatte, ging er ins Bett und deckte sich mit Columbos Mantel zu. Seine Frage »Haben Sie mal Feuer?« wurde von Incitatus nicht beantwortet.

Tiefe Nacht über dem Aachener Ostviertel. An der Laderampe des Zeitungsverlages standen die Lastwagen, um die beiden Tageszeitungen auszuliefern. Auf einer Titelseite prangte ein längerer Artikel, wieder mit der Computer-Darstellung der Toten:

Rur-Leiche stammte aus der Ukraine

»**Monschau.** – Die zerstückelte Leiche aus der Rur bei Monschau ist identifiziert. Es handelt sich um die 35-jährige Ukrainerin Valja Timoschenko, die seit einigen Jahren immer wieder in der Eifel als Haushaltshilfe und Pflegerin arbeitete. Das teilte die Polizei gestern mit. ›Die Hintergründe der Tat sind noch völlig unklar. Jetzt können wir aber im Umfeld der Frau ermitteln‹, sagte Pressesprecher Paul Kemen. Das Opfer des Gewaltverbrechens war mit Hilfe einer modernen Computer-Darstellung identifiziert worden: Der Kopf war – vermutlich nur wenige Stunden nach der Tat – aus der Rur gezogen worden. (Wir berichteten.) Suchtrupps der Polizei fanden später den Körper unweit des Klosters Reichenstein bei Kalterherberg. Die Ermittler gehen davon aus, dass die Frau in der Nacht vor dem Fund ermordet und in die Rur geworfen wurde. Die Polizei bitte bei der Klärung des Falls die Bevölkerung um Hilfe. Die Kripo fragt: Wer kannte das Opfer und kann Angaben zum Umfeld machen, die zur Klärung der Tat führen? Hinweise nehmen die Mordkommission im Aachener Polizeipräsidium und in Monschau sowie jede andere Polizeidienststelle entgegen.«

Einer der Fahrer des Zeitungsverlages hatte die aufgeschlagene Sportseite auf dem Beifahrersitz liegen. Ihn interessierten die Aushilfsstürmer der Alemannia aus dem Ostblock wesentlich mehr …

Ein Artikel, der am nächsten Tag in der Stadt Aachen für Aufsehen sorgen würde, war von der Redaktion im unteren Teil der ersten Seite platziert worden.

Aachener Europaabgeordneter Rolf-Dieter Klees macht Schluss

»**Aachen.** – Mit aller Macht hatte sogar Kurt Beck versucht, den Aachener Europaparlamentarier Rolf-Dieter Klees umzustimmen. Vergebens. Und so teilte der Sozialdemokrat den Aachener Genossen per Rundschreiben seinen Entschluss offiziell mit: ›Ich trete bei der nächsten Wahl zum Europaparlament nicht mehr an‹.
Eigentlich hätte bereits früher Schluss sein sollen, meinte der fast 66-jährige Rolf-Dieter Klees, der seit 1999 im Europaparlament sitzt. Auch in den vergangenen Wochen habe er mit sich gerungen: ›Es tut mir schon ein bisschen weh. Doch nach so vielen Jahren Politik in Brüssel und Straßburg ist es an der Zeit, ins ehrenamtliche Glied der SPD zu treten‹. Und weiter: ›Bis zum letzten Tag‹, so versicherte Klees, stehe er ›voll unter Feuer‹. Als seinen potenziellen Nachfolger brachte Klees seinen langjährigen Assistenten und Büroleiter Oliver Bardenberg ins

Spiel: ›Seit Jahren hat er sich schon mit europapolitischer Politik auseinander gesetzt‹, sagte Klees über den 41-jährigen Bardenberg.«

Fünfter Tag – Samstag, 8. März

Samstags steht bei Charly Nusselein, der sich selbst gerne einen talentierten Hobbykoch nennt, immer »Jamie At Home«, die Kochshow mit Jamie Oliver, auf dem Morgenprogramm. An diesem Tag wollte er allerdings kein Gericht nachkochen, sondern – wie der englische Koch im Vorspann – eine Pfanne hochwerfen, sich dann um die eigene Achse drehen und das Kochgerät galant wieder auffangen.

Nusselein griff neben die Pfanne!!!

Die Pfanne entschied sich, nach den einfachsten Gesetzen der Schwerkraft gen Boden zu fallen und traf mit voller Breitseite den dicken Zeh des rechten Fußes von Charly.

Dieser brüllte infernalisch und führte einen Veitstanz auf, während Incitatus mit einem Hechtsprung durch die Katzenklappe ins Freie stürzte. Nusselein hüpfte, von übelsten Schmerzen gepeinigt, durch seinen Wohnwagen und stieß dabei Schreie aus, die man mit ein wenig Phantasie auch dem gregorianischen Choralgesang hätte zuordnen können. Kurzum: Er brüllte wie am Spieß. Nachdem sich der erste Schmerz in einen noch immer nicht akzeptablen Bereich leicht zurückgezogen hatte, humpelte Nusselein zum Waschbecken, um mit einem nassen Lappen zur Erstversorgung zu schreiten.

Es war ein schönes Gefühl, wie der Schmerz langsam nachließ.

Allerdings: Der Nagel hatte bereits eine bläuliche Färbung angenommen, während der Zeh stark geschwollen war. Der Journalist legte sich einen Verband an, den er mit einer selbst gefertigten Prellsalbe aus Ringelblumen eingeschmiert hatte. Da an eine erfolgreiche Ehe des angeschlagenen Fußes mit einem geschlossenen Halbschuh nicht zu denken war, suchte Nusselein unter seinem Bett nach Sandalen, die er bereits Ende der siebziger Jahre gekauft hatte.

Die sahen allerdings echt Scheiße aus.

Also suchte er nach ein paar alten Cowboystiefeln, die sich bereits Richtung »Gelber Sack« verabschiedet hatten. Großzügig schnitt er an einem Stiefel mit seinem Brotmesser die Spitze ab und machte auch einen breiten Schnitt auf der Rückseite. So konnte er einigermaßen schmerzfrei in den Schuh schlüpfen.

Dann rief er Gottfried Zimmermann an. Der war bereits auf der Fahrt nach Roetgen und passierte an der Konzener Bushaltebronx mehrere Jugendliche mit weißen Baseballkappen, die in einem Papierkorb – zur Freude von zwei pubertierenden, kichernden Mädchen – Feuer legten.

Nusselein kam knallhart zur Sache:

»Mir ist eine Pfanne auf den Zeh gefallen, ich habe Schmerzen wie Sau.«

Zimmermann wollte keine Frage zu dem Vorfall stellen, da er einen detaillierten Bericht mit leichten Übertreibungen befürchtete. Daher antwortete er:

»Ich fahre gerade nach Roetgen.«

»Ein ›herzliches Beileid‹ hätte mir jetzt auch gut getan«, maulte Nusselein.

»Herzliches Beileid«, sagte Zimmermann kurz. »Warum rufst du an?«

»Ich habe gestern noch mit dem Deutschen Bundestag persönlich gesprochen …«

»Also mit Hildegard Jansen-Mutzkuss.«

»… und die hat mir die ganze Problematik mit diesen osteuropäischen Helferinnen geschildert. Ich fasse es mal kurz zusammen …«

»Darum bitte ich!«

»… also – das ist so eine Halblegalität. Und Menschenschlepper spielen da wohl auch keine Rolle. Das Problem ist eher auf der deutschen Seite.«

»Ich höre«, warf Zimmermann ein, der gerade vor Fringshaus einem Wildschwein ausweichen musste.

Nusselein stöhnte kurz seinen Zeh an:

»In Deutschland gehen wegen dieser Frauen reihenweise Pflegedienst-Firmen kaputt.«

»Dann brauchen wir ja nur noch einen Pflegedienst hier in der Eifel zu suchen, der Konkurs angemeldet hat und schon haben wir den Mörder.«

»Ich reiße mir den Arsch auf, verletze mich dabei schwer und werde auch noch verspottet«, schimpfte der Journalist.

»Sorry, aber ich glaube, diese Pflegedienstspur bringt uns nicht weiter.«

»Und warum hast du mich dann auf dieses Thema dauernd angesetzt?«

»Weil ich mir eben ein allumfassendes Bild machen will und keine Zeit für den Kleinkram hatte.«

»Und ich bin für den Kleinkram gut.«

»Du sagst es, und grüße deinen dicken Zeh. Wetten, der entwickelt sich in den nächsten Stunden und kommt ganz groß raus. Ich melde mich, wenn ich in Roetgen fertig bin.«

Zimmermann beendete das Gespräch kurz vor Roetgen, während in Konzen die Sirenen heulten.

Die Wartehalle stand in hellen Flammen.

»Mein Mann darf sich aber nicht aufregen, wir sind immerhin nicht mehr die Jüngsten«.

Diesen vertrauten Satz aus dem Munde von Maria Reinartz hatte Zimmermann gehört, als er sich eine Stunde vorher bei dem ehemaligen Landrat für einen neuerlichen Besuch anmeldete. Als er an dem Haus in der Neustraße vorfuhr, fiel wieder eine Gardine zurück. Maria Reinartz öffnete die Tür, bevor der Kommissar klingeln konnte. Sie sah nicht gerade freundlich aus:

»Wie gesagt, Herr Kommissar, wir ...«

»Ich weiß«, nickte der Polizist, »... sind immerhin nicht mehr die Jüngsten.«

Eugen Reinartz kam dem Kripobeamten entgegen:

»Na, eine neue Spur?«

Dann bat er Zimmermann ins Wohnzimmer, während sich Maria Reinartz in die Küche verzog. Zwei Els-Gläser standen auf dem Wohnzimmertisch.

»Ein Els?«

Zimmermann nickte und setzte sich, während der ehemalige Politiker einschenkte:

»Was gibt es denn?«

»Wir haben uns in der ›SOKO Swetlana‹«, übertrieb Zimmermann etwas, »Gedanken über das rätselhafte Foto gemacht. Und da kam jemand auf die Idee, dass das Ölgemälde im Hintergrund eine Rolle spielen könnte.«

»Das schöne Gemälde in meinem Arbeitszimmer? Da habe ich die Auszeichnung bekommen, weil ich damals eine Grippe hatte und nicht ins Rathaus konnte. Meine Frau will das Bild hier im Wohnzimmer nicht haben.«

Im Flur hörte man, dass sich Maria Reinartz räusperte.

»Wenn Sie wollen, Herr Kommissar, können wir mal rüber gehen.«

Zimmermann nickte und folgte dem ehemaligen Landrat des ebenso ehemaligen Kreises Monschau in das Arbeitszimmer. Dort hing das Bild, das bis fast auf den Boden reichte. Zimmermann schätzte die Höhe auf rund 1,40 Meter.

Eugen Reinartz stellte sich neben das Gemälde:

»Ich habe mich damals sofort darin verliebt, weiß aber auch, dass das nicht besonders viel wert ist. Aber darum ging es mir nicht – mir gefiel es, weil ich immer einmal mit einem Ballon fliegen ...«

»Die Fachleute sagen beim Ballon ›fahren‹, glaube ich«, rutschte es Zimmermann raus, der wirklich nicht verbessern wollte. Eugen Reinartz störte das nicht:

»Sie haben Recht. Und als ich das Bild dann sah, habe ich es sofort gekauft – so ungefähr vor eineinhalb Jahren.«

»Wo haben Sie es gekauft?«

»Bei dem Dieter Münstermann an der Bundesstraße, vor der Sauna, hier in Roetgen.«

»Da hat der also sein Geschäft?«

»Da hatte der sein Geschäft. Der ist doch vor ungefähr einem Jahr ausgewandert, ich glaube nach Frankreich. Erzählt man sich wenigstens im Dorf. Jetzt ist da das Reisebüro vom Peter Pricken drin.«

»Haben Sie zufälligerweise eine Adresse von diesem Herrn Münstermann in Frankreich?«

»Ne, so gut kannte ich den nicht. Das Bild war doch das einzige, was ich bei dem je gekauft habe. Ich bin kein Sammler, mir ging es auch nur um den Ballon. Das stand wochenlang im Fenster, habe ich für 1.650 Euro bekommen. Meine Frau meckert noch heute, aber mir gefällt es.«

»Sie wissen nicht, ob dieser Herr Münstermann hier Verwandte hat?«

»In Roetgen heißen nicht viele Münstermann. Aber fragen Sie doch mal auf dem Einwohnermeldeamt nach, vielleicht haben die ja die neue Adresse.«

Die beiden gingen ins Wohnzimmer zurück und tranken den Els aus. Dann fragte Reinartz:

»Aber so ganz verstehe ich das mit dem Bild immer noch nicht.«

Zimmermann wiegelte ab:

»Machen Sie sich darüber keine Gedanken. Es ist nur so eine Idee. Und da, wie Sie ja selbst sagen, das Bild kaum etwas wert ist, spielt das bestimmt keine Rolle. Trotzdem werde ich mal versuchen, die Adresse von diesem Münstermann in Frankreich rauszubekommen. Vielleicht hilft der mir irgendwie weiter.«

»Und wenn der das geklaut hat?«

»Dann hätte er es nicht in Schaufenster gestellt.«

»Stimmt auch wieder.«

Zimmermann verabschiedete sich und traf im Flur auf Maria Reinartz:

»Nicht, Sie meinen doch auch: Ein furchtbarer Schinken, dieses Bild. Ich wusste, dass wir damit Ärger bekommen. Aber ich will mich nicht aufregen, immerhin …«

»Ich weiß«, nickte Zimmermann nur und verließ das Haus.

Prior Bernard kniete nieder und betete:

»Großer Gott, du lassest den Irrenden das Licht deiner Wahrheit leuchten, damit sie auf den Weg der Gerechtigkeit zurückkehren können. Gib, dass alle, die dem christlichen Bekenntnis angehören, das verabscheuen, was deinem Namen widerstreitet, und das erstreben, was ihm entspricht. Durch unsern Herrn Jesus Christus …«

Dann ging er zu seinem Schreibtisch und rief den Bauunternehmer Ernst Lambertz in Kalterherberg an. Da dieser unter der Woche immer selbst auf seinen Baustellen arbeitete, schrieb er am Samstagmorgen Rechnungen und war daher in seinem Büro. Der Unternehmer kannte den Prior, da er schon einige kleinere Umbauarbeiten und Aufträge für den Orden durchgeführt hatte. Als das Kloster, kurz nach dem Kauf, noch leer stand, hatte Lambertz morgens und abends immer das Tor auf- und zugeschlossen.

Prior Bernard berichtete von den Planungen für einen Kloster-Laden und von der störenden Wand:

»Die müsste eingerissen werden. Natürlich auch Putzerarbeiten.«

Ernst Lambertz konnte jeden Auftrag gebrauchen, trotzdem wollte er sich keinen Ärger einhandeln:

»Gibt es da keine Probleme mit dem Denkmalschutz?«

»Auf keinen Fall, der Herr Krings von der Monschauer Bauverwaltung war schon hier und hat alles abgesegnet.«

Ernst Lambertz sagte fest zu, sich am Nachmittag »sofort nach em Fußball« die geplante Baustelle einmal anzusehen und bedankte sich für den Auftrag.

Der Prior gab sich jovial:

»Ich habe es vor unserem Einzug auf Reichenstein schon gesagt: Wir sind hier – zum Segen für Volk und Land.«

Und dann holte der Prior aus:

»Ging nicht schon die erste Bekehrung des deutschen Vaterlandes auf das Wirken der Mönche und Ordensfrauen des heiligen Benedikt zurück? Durch uns wird das Neuheidentum des 21. Jahrhunderts mit gläubigen Gebeten der Mönche, stillem Gehorsam und täglicher Treue in die Arbeit zurückgedrängt werden.«

Der Kalterherberger Bauunternehmer sagte nur abwesend »Ja, ja, genau« und notierte in seinem Terminkalender unter dem folgenden Montag:

»Reichenstein, Denkmalschutz, Krings, Bauamt anrufen. Fragen ob stimmt.«

Auf der Treppe zu Nusseleins Wohnwagen stand eine angerostete Blechdose mit der Aufschrift »Mutters gute Hausapotheke«, deren Inhalt, vorwiegend Salben und Tabletten, das Verfallsdatum um Jahre überschritten hatte.

Gottfried Zimmermann meldete sich bei dem Journalisten, der vor seinem Wohnwagen saß, Columbos Mantel lässig über die Schultern geworfen hatte und seinen Fuß in einer blauen Salatschüssel kühlte:

»Wer rufet an, wenn gar arger Schmerz mich peinigt?«

Der Kommissar stöhnte:

»Hör mal, ich bin noch in Roetgen und fahre mal zu dem Reisebüro Columbus rüber …

»Ist das nach meinem Mantel benannt worden?«

»Schnauze! Da war früher ein Antiquitätenladen, Dieter Münstermann hieß der Besitzer. Da wurde das Bild gekauft, der Münstermann ist inzwischen aber nach Frankreich ausgewandert. Ich versuche mal die Adresse rauszubekommen.«

»Ist das Bild was wert?«

»Nee, das ist nur ein riesiger Schinken. Der Wert errechnet sich wahrscheinlich aus dem Quadratzentimeterpreis mit Rahmen. Hat 1.650 Zacken gekostet.«

»Das zahlste stellenweise schon für ein signiertes Poster.«

»Du vielleicht. Hat Che Guevara übrigens dein Poster signiert?«

»Über die Revolution macht man keine Witze.«

»Ab dafür! Ich bin jetzt am Reisebüro. Melde mich später.«

Zimmermann beendete das Gespräch, während Nusselein fluchte:

»Keinerlei Kondolenzbekundungen an meinen dicken Zeh! Unverschämtheit!«

Der Kommissar brauchte nicht lange im Reisebüro »Columbus«, da Peter Pricken seinen Vormieter überhaupt nicht gekannt hatte:

»Den habe ich ein paar Mal gesehen. Als ich die Geschäftsräume gemietet habe, standen die aber schon leer.«

»Und wer ist der Vermieter?«

»Stamos Papas von der ›Roetgen-Therme‹. Da hinten, auf dem Parkplatz, der ist das.«

Der Kommissar verabschiedete sich und erreichte den Griechen kurz vor seiner Bürotür. Doch auch der konnte nicht weiterhelfen:

»Als ich das Haus gekauft habe, war der Antiquitätenladen schon raus. Aber versuchen Sie es doch mal bei der Gemeinde. Die müssten doch die neue Adresse haben.«

»Vor Montag kriege ich da doch keinen.«

Zimmermann bedankte sich und fuhr nach Monschau zurück. Oben im Hohen Venn, wo bis vor ein paar Jahren auf einem einsamen Parkplatz die Frittenbude »Belgo-Fritts« gestanden hatte, verfiel der Kommissar in eine tiefe Depression:

»Das waren noch Fritten, wie sie sein mussten: Dick, fettig und triefend. Die kommen nie wieder, die guten, alten belgischen Fritten-Zeiten.«

Und dann weinte er bitterlich und nahm keinerlei Notiz von der Feuerwehr, die in Konzen die Wartehalle löschte.

Prior Bernard eilte über den Hof des Klosters, da man die Ankunft des Bauunternehmers Ernst Lambertz angekündigt hatte. Er ließ nämlich nur ungerne Menschen aus dem »normalen Volk«, wie er es formulierte, in sein Büro:

»Sehen Sie diese Wand, Herr Lambertz, die soll entfernt werden, da wir dort unseren Klosterladen bauen wollen.«

Lambertz sah sich die Wand kurz an:

»Das sehe ich doch direkt. Die ist erst vor ein paar Jahren eingezogen worden. Da haben Sie Recht, da brauchen wir uns wegen dem Denkmalschutz keine Gedanken zu machen.«

Pater Bernard hob die Hände:

»Ich würde nie gegen weltliche Gesetze verstoßen!«

»Wie soll die Sache denn gemacht werden?«

Pater Bernard zeigte noch einmal auf die lieblos gemauerte Wand:

»Also, diese Wand entfernen. Dann brauche ich eine riesige Glaswand, natürlich mit Holzrahmen und in der Mitte soll sich der Eingang zu unserem Klosterladen befinden. In den runden Balken soll das Wort ›Klostermarkt‹ geschnitzt werden. Das Wort ›Shop‹ klingt mir zu populistisch.«

Lambertz überlegte kurz, ob »populistisch« von »Pope« kommt, verwarf diese Idee aber auf halber Gedankenstrecke. Dann fragte er, mehr aus Höflichkeit, weniger aus Interesse:

»Und was wollen Sie da so anbieten?«

Der Prior antwortete schnell:

»Bücher, Videos über den Orden, das Kloster, vielleicht ein Klosterbrot, das uns ein örtlicher Bäcker liefert ...«

»Ich habe da einen Vetter, der ist Bäcker in Kalterherberg«, warf Lambertz ein.

»... dann vielleicht noch Liköre, Els muss an diesem Ort natürlich dabei sein und dann Andenken wie Weihrauchverdampfer,

Keramik, Zinn und Glaswaren, Kerzen und vielleicht noch Krippenfiguren. Alles natürlich gesegnet.«

»Natürlich«, sagte der Bauunternehmer und dachte:

»Einen gesegneten Els könnte ich jetzt auch vertragen.«

Der Prior konnte keine Gedanken lesen. Daher verabschiedete er sich schnell:

»Die Gebete rufen, die Gebete.«

»Wir kommen dann – aber frühestens am Dienstag.«

»Auf einen Tag kommt es jetzt auch nicht mehr an, denn am Sonntag ruh und bete gern, der Sonntag ist der Tag des Herrn«, rief der Pater schon beim Weggehen und ließ den Bauunternehmer einfach stehen. Dieser verließ schnell den Klosterhof:

»Ich hatte auch gar nicht vor, am Sonntag zu arbeiten. Wo kriege ich denn jetzt ein gesegnetes Bier her?«, murmelte er.

Nusselein saß noch immer vor seinem Wohnwagen, alleine mit seinem Schmerz und massierte seinen dicken Zeh:

»Ach, ich bin des Reibens müde. Was soll all der Schmerz? Süßer Friede, komm, ach komm in meine Brust!«

Incitatus sah ihn verständnislos an, während er mit einem Auge ein Mauseloch beobachtete:

»Das war frei nach Goethe, du ungebildetes, nur auf körperliche Genüsse bedachtes Untier.«

Er schaute sinnend in die Ferne und erkannte an der Biegung der Straße, wo einst einmal sein Herz begraben werden soll, den dunkelblauen VW Passat des Kommissars:

»Der auch noch, kann der sich nicht anmelden?«

Zimmermann stellte seinen Wagen ab und maulte:

»Kannst du nicht an dein Handy gehen?«

»Das dazu«, murmelte Nusselein und verwies auf seinen geschwollenen Zeh:

»Mir ist eine Pfanne auf den Fuß gefallen.«

»Das sagtest du bereits. Aber doch nur auf den Zeh, maßloser Übertreiber«, winkte Zimmermann ab und setzte sich auf die Stufen zum Wohnwagen. Ausführlich schilderte er seine Nachforschungen in Roetgen und schloss:

»Wir müssen an diesen Münstermann rankommen.«

Nusselein überlege lange:

»Wenn der weggezogen ist, muss er sich doch bei irgendeinem Amt abgemeldet haben, da sind doch die Einwohnermeldeämter zuständig.«

»Ab Montag«, winkte Zimmermann ab, aber Nusselein ließ nicht locker:

»Du als Bulle?«

»Na, na, Schreiberling.«

»Damit hätten wir die tägliche Beleidigungsecke abgehandelt. Aber ernsthaft: In solchen Fällen muss man doch eine Sondererlaubnis bekommen und das Rathaus aufschließen.«

Zimmermann sah den Journalisten mit einer gewissen Hochachtung an:

»Keine schlechte Idee.«

Nusselein überlegte angestrengt weiter, während er karateähnliche Schläge auf seinen verletzten Zeh ausübte:

»Einwohnermeldeamt Roetgen. Den kenne ich, das ist der Jürgen Mathée, Eifeler Schlagzeuger-Legende, absoluter Heavy-Metal-Kenner.«

»Der darf doch bestimmt nichts sagen«, meinte der Kommissar.

»Du als Bulle?«, wiederholte Nusselein.

»Weißt du was?«, sagte der Kripobeamte. »Ich rufe den Bürgermeister Eis in Roetgen einfach privat an und lasse mir das absegnen. Dann haben wir alles in trockenen Tüchern.«

Zimmermann konnte es nicht leiden, wenn Nusselein bei seinen Gespräche in der Nähe war, da dieser immer wortlose Luftkommentare abgab. Daher ging er Richtung Straße, ließ sich auf der Monschauer Wache von Benno Breuer die Telefonnummern des Roetgener Bürgermeisters raussuchen und telefonierte sehr lange.

Nusselein verband in der Zwischenzeit seinen lädierten Zeh und zwängte seinen Fuß in den verunstalteten Cowboy-Stiefel. Als er dieses Tun unter großen körperlichen Schmerzen beendet hatte, kam Zimmermann zurück:

»Alles klar, Erlaubnis bekommen, habe schon mit dem Mathée gesprochen. Der fährt zum Rathaus und schaut nach. Er meint, er hätte sogar eine Telefonnummer von Münstermann. Der ruft gleich zurück.«

Nusselein war mit den Gedanken noch bei seinem Zeh:

»Wer ruft zurück? Der Münstermann?«

»Idiot«, schimpfte der Kommissar, »der Mensch vom Einwohnermeldeamt.«

»Ach so. Und du meinst, das ist eine Spur?«

»Nicht eine«, verbesserte Zimmermann, »im Prinzip ist das Ölgemälde unsere einzige Spur.«

»Ich habe den Verdacht, dass diese Spur auch für den Arsch ist.«

»Hast du eine bessere Idee?«

»Neeee«, stimmte Nusselein zu, »aber lass uns noch mal alles durchgehen: Die Mönche von Reichenstein?«

»Sicherlich eine Möglichkeit, ja.«

»Die Vergewaltigung der Frau?«

»Keinen Schritt weiter, aber da tendiere ich in Richtung des Priors. Da will einer eine falsche Spur legen, zumal wir keine Frau gefunden haben. Und dieses nächtliche Feuerwerk. So bekloppt ist doch kein Mörder.«

»Hat das eine etwas mit dem anderen zu tun?«, bohrte Nusselein.

»Stimmt, könnten zwei paar Stiefel sein.«

Nusselein schaute wütend auf sein Schuhwerk:

»Bitte keine Anspielungen.«

Und nach einer Pause:

»Der einsame Ralf Schütt aus dem Baumarkt?«

»Den hältst du doch für unschuldig«, warf Zimmermann ein.

»Trotzdem, nichts aus dem Auge verlieren. Dein Opa Paustenbach aus Paustenbach?«

»Sitzt im Rollstuhl.«

»Der ehemalige Landrat mit dem Bild?«

»Wir sind immerhin nicht mehr die Jüngsten!«

»Was?«, fragte Nusselein.

»Ich zitiere nur dessen Frau. Nein, das ist jemand, für den würde ich meine Hand ins Feuer legen«, antwortete Zimmermann.

»Da haben sich schon einige verbrannt. Dann: Die Mafia der deutschen Pflegeeinrichtungen?«

»Abwegig, da hat es noch nie einen Fall gegeben.«

»Pflegerinnen-Schlepperbanden?«

»Gibt es nicht«, antwortete der Kommissar.

»Alles hat nen Anfang …«
»… nur die Wurst hat zwei.«
»Tja, mehr hat die ›SOKO Swetlana‹ nicht.«
Zimmermann machte eine wegwerfende Handbewegung:
»Von wegen SOKO. Die Aachener lassen mich mal wieder hängen. Zusammengefasst also drei Spuren: Die Mönche, der Schütt und das Bild. Wir hängen ziemlich in den Preisen.«
»So ist es«, nickte Nusselein: »Gute Preise …«
»… gute Besserung.«
»Zwanzig Prozent auf alles!«
»Außer Tiernahrung.«
Incitatus schaute kurz auf und verließ beleidigt den Hof.

Prior Bernard hatte alle Mönche im Kirchenschiff zusammengerufen. Seine Worte hallten durch das weiß getünchte, karg eingerichtete Gemäuer. Bernard schaute jeden seiner Mitbrüder lange an. Dann sprach er, während der Hall seiner Worte von den Wänden zurückschlug:
»Jeder ist sündig, jeder kann sündigen. Doch der Herr will, dass die Sünden gebeichtet werden. Das Fleisch ist schwach, im Zorn können viele böse Taten geschehen. Sollte jemand aus diesem Kreise seine Seele erleichtern wollen, so stehe ich persönlich zur Verfügung. Und Ihr könnt sicher sein: Bei mir wird jeder Vergebung finden, egal wie schwer seine Tat auch war. Und, auch das sollt Ihr wissen: Gott ist für mich die höchste Instanz, und wenn Gott vergibt, braucht sich kein Staat dieser Welt um das möglicherweise Vorgefallene zu kümmern.«
Er nickte dem Pater zu, der neben ihm stand. Dieser übersetzte das Gesagte ins Französische, während der Prior das Kirchenschiff verließ und die Tür laut hinter sich in Schloss fallen ließ.

Nusselein hatte den Computer angeworfen und starrte auf den Bildschirm:
»Das darf doch nicht wahr sein!«
»Was ist denn los?«, fragte Zimmermann besorgt.

»Hier guck, diese Meldung!«

Der Kommissar beugte sich zum Bildschirm und las laut:

»Verwirrt in Beverly Hills. Besorgniserregende Bilder: Hollywood-Schauspieler Peter Falk rudert wild mit den Armen, sein Hemd ist aus der Hose gerutscht, er murmelt Unverständliches und läuft verwirrt durch die Straßen von Beverly Hills. Was ist mit dem mittlerweile 80-jährigen TV-Inspektor Columbo passiert? Auf Passanten, die ihn gar nicht erst erkannten, muss er so orientierungslos und aufgebracht gewirkt haben, dass sie die Polizei riefen.«

Zimmermann nickte:

»Der braucht jetzt 'ne Polin aus Mexiko.«

»So eine Scheiße«, fluchte Nusselein, »und ich hatte mir fest vorgenommen, dem einen Brief zu schreiben, damit der die Echtheit meines Mantel bestätigt.«

»Glaube mir, du wärst enttäuscht worden ...«

»Weil er nicht geantwortet hätte?«

»Nein, weil dein blöder Mantel absoluter Bullshit ist.«

»So spricht man nicht über Columbos Mantel. Oh, Moment, da ist noch eine Kleinigkeit ...«

»Was denn?«, fragte Zimmermann,

»Ach nix, ich wollte nur noch mal wie Columbo sprechen.«

»Dazu fehlt dir das Glasauge.«

Die Manteldiskussion wurde unterbrochen, da sich Zimmermanns Handy meldete, und zwar mit »Papi, fahr langsam« von der Kinderlieder-CD der Aachener Polizei. Nusselein verzog das Gesicht, während der Kommissar auf die grüne Taste drückte. Er hörte kurz zu, dann zog er ein zersessenes Heftchen aus der Gesäßtasche seiner Jeans und machte sich ein paar Notizen. Schließlich nickte er:

»Danke, Herr Mathée, Sie haben mir sehr geholfen.«

»Und?«, frage Nusselein.

»Also, dieser Münstermann hat sich ordentlich abgemeldet. Wohnt jetzt, habe ich mir notiert, in der Provence in einem Kaff namens Lacoste ...«

»Gibt es da Krokodile?«

»Idiot. Die Straße heißt ›Les Jassines‹ und die Hausnummer ist sieben. Und der hat damals sogar seine neue Telefonnummer angegeben: 0033-490-18354.«

»Dann können wir den einfach mal ganz locker anrufen ...«, jubelte Nusselein.

»... und den schlafenden Hund wecken. Es kann doch sein, dass der tatsächlich etwas mit der Sache zu tun hat. Nee, nee, da müssen wir geschickter vorgehen. Wir fahren jetzt mal hoch nach Kalterherberg und rufen von der Telefonzelle an. Wenn der sich meldet, hängen wir einfach auf.«

»Sehr geschickt: Das erinnert mich eher an Bubenstreiche. Haben wir früher immer gemacht – im Puff angerufen und dann aufgelegt.«

»Muss sexuell unheimlich erregend gewesen sein«, bemerkte der Kommissar.

»In gewisser Weise schon«, schwelgte Nusselein in pubertären Erinnerungen.

Zimmermann machte eine Bewegung mit dem Kopf, Nusselein warf sich locker Columbos Mantel über und hinkte hinter dem Kripobeamten in Richtung Auto:

»Lass uns besser deine Kiste nehmen«, meinte Zimmermann, »ich fahre auch. Schone dein Piratenbein, Captain Jack Sparrow.«

»Es ist der Zeh, der Piratenzeh!«

Fünf Minuten später hielt der Wagen an der Telefonzelle schräg gegenüber der Kalterherberger Sparkasse.

Zimmermann warf ein paar Münzen ein, dann wählte er die Nummer in Frankreich:

»Münstermann«, meldete sich eine Stimme.

Zimmermann legte sofort auf und ging zum Wagen zurück:

»Und, was glaubst du?«, fragte der Kommissar.

»Ich glaube, dass du dein Restgeld vergessen hast.«

Am frühen Abend hatte die Aachener SPD in die »Kurparkterrassen« im Stadtteil Burtscheid geladen. Das Thema des Abends versprach nicht unbedingt prickelnde Spannung. Der SPD-Chef Karl Schultheis referierte zum Thema »Leuchtdioden (LED) für Aachens Straßenlaternen«.

Auf große Gegenliebe war in der Einladung auch nicht der Hinweis gestoßen: »Für Teilnehmer, welche kein Hartz IV beziehen, gibt es für knapp unter 10 Euro eine Bohnensuppe.«

Karl Schultheis kam nach 35 Minuten zum Schluss:

»Leuchtdioden senken die Kosten für Energie und Betriebsführung.«

Für diese Aussage gab es donnernden Beifall.

Einige der wenigen Bohnensuppen-Esser forderten eine kurze Pause, während der Raum gelüftet wurde.

Danach fanden Nachwahlen zum Vorstand und von Delegierten zu den verschiedenen Parteiorganen statt.

Spannend wurde es erst wieder, als das Thema »Vorschlag für einen neuen Kandidaten zum Europaparlament« laut Tagesordnung an die Reihe kam. Mit Blumen und Präsentkörben dankte man zunächst Rolf-Dieter Klees für seine langjährige Arbeit und wählte dann Oliver Bardenberg zu »Aachens SPD-Mann für Europa«.

Da aber erst der Landesparteitag die Liste für die Europawahlen festlegen würde, hatte diese Vorwahl keine endgültige Bedeutung.

Nach einem Schlusswort von Karl Schultheis gingen die SPD-Mitglieder in die Aachener Nacht hinaus – einer fluchte:

»Zehn Euro für'n Bonnezupp, die hand se doch nit all.«

Gottfried Zimmermann und Charly Nusselein saßen im Auto unweit von Gut Heistert. Während der Journalist seinen verletzten Fuß aus dem Seitenfenster baumeln ließ, blätterte der Kripomann in seinem Notizbuch aus Rajasthan:

»Kreisen wir ein: Gemäldeverkäufer Münstermann …«

»… liegt mit dem Arsch in der südfranzösischen Sonne und ist somit zu kriegen, wie wir nach deinem höchst gelungenen Bubenstreich nun wissen«, ergänzte Nusselein.

»Richtig. Den lassen wir auch vorerst einmal schön da und kümmern uns später drum.«

»Die Spur Münstermann erscheint mir sowieso nicht besonders prickelnd. Sonst hätte der das Bild doch nicht dick und fett wochenlang in seinem Schaufenster gehabt.«

Zimmermann nickte zustimmend:

»Trotzdem: Nicht aus dem Auge verlieren.«

»Ein Versuch sollte es wert sein. Allerdings hat mir der Kunstexperte Gottfried Zimmermann bestätigt, dass das nur ein Ölschinken ist. Dafür bringt man keinen um. Trotzdem: Nach meinem Gefühl immer noch die dickste Spur.«

»Was haben wir noch?«, fragte Zimmermann.

»Die Jungs aus dem Namen der Rose, unsere Reichensteiner Mönche.«

Zimmermann sah Nusselein lange an:

»Weißt du was, morgen ist doch Sonntag, ich fahre mal zur Messe.«

»Hattest du gerade eine Marien-Erscheinung? Habe ich gar nicht bemerkt«, spottete Nusselein.

»Quatsch«, schnauzte Zimmermann, »aus rein ermittlungstechnischen Gründen. Ich will mir einfach mal ein Bild von den Brüdern machen. Vielleicht fällt mir was auf.«

»Dessous im Opferstock?«

Der Kommissar tippte sich nur an die Stirn und fuhr Nusselein zu seinem Wohnwagen in Ruitzhof zurück. Dort verabschiedete er sich:

»Heute können wir sowieso nichts mehr machen. Ich melde mich nach der Messe im Kloster bei dir.«

»Vielleicht kommst du als bekennender Ministrant den Berg hoch. So ein Röckchen steht dir bestimmt gut, Schwesterchen.«

»Idiot!«

»Und Schleiden muss auch noch zerstört werden.«

Der Kommissar verdreht die Augen und ließ den humpelnden Charly alleine in der Einsamkeit von Ruitzhof zurück.

Eine Elster schrie nur aus Vergnügen, Incitatus schrie nach Katzenfutter.

Die Nacht zum Sonntag legte sich über die Eifel. Gottfried Zimmermann hatte Sex mit Helga Preim – Nusselein einen Albtraum. Er humpelte mit schmerzendem Fuß durch ein Bernstein-Zimmer voller Ölbilder, die sich aber sehr schnell zu kleinen Gassen in einem südfranzösischen Kaff verwandelten. Charly musste in ein Bild steigen, um in eine der Gassen zu gelangen. Dort kamen ihm verhüllte Mönche entgegen, die etwas sangen, was so ähnlich wie »Sadeness« von »Enigma« klang – also absoluter Kitsch. Die Mönche schlugen auf Nusselein ein, während sich in den Häusern der kleinen Gasse die Fenster öffneten und schimpfende Weiber Rotwein auf den armen Charly schütteten. Als ein Mönch ein blinkendes Messer zog, humpelte Nusselein zurück und sprang im letzten Augenblick aus dem Bild in das Bernsteinzimmer zurück. Er hörte noch das werwolfähnliche Wutheulen des Kuttenträgers, dann wurde er wach. Incitatus leckte ihm über den Mund, an dem sich offensichtlich noch Speisereste befanden. Völlig verschlafen stand der Journalist auf, schaute auf die Uhr, die kurz vor zwei zeigte, und öffnete eine Flasche »2006er Weißburgunder Steirische Klassik«, nahm einen Schluck und kommentierte:

»Kräftiges Deckweiß, angenehm, samtige Beerenfrucht mit zartem Karamellabgang.«

Incitatus stand dem nicht nach, schnupperte genussvoll an seinem Katzenfutter-Schüsselchen und dachte:

»Leuchtendes Lachsrosa, animierender Duft nach Fisch und Kaninchen, elegant, aber viel zu wenig im Abgang.«

Dann verschlang er gierig den gesamten Inhalt seines Schüsselchens.

Wenige Minuten später gingen beide wieder ins Bett, Nusselein schaltete das Licht aus, es wurde dunkel über Ruitzhof. Draußen schrie eine Waldohreule:

»Asio otus, halte den Schnabel!«, dachte Incitatus und schlief ein. Zu diesem Zeitpunkt stieg Nusselein schon wieder durch den Rahmen in eine Bilderlandschaft – ein einsamer Mönch wetzte die Messer.

Sechster Tag – Sonntag, 9. März

Gottfried Zimmermann hatte den Jackenkragen hochgeschlagen und ging mit gesenktem Blick in die Kirche des Klosters Reichenstein. Ein junger Mönch wies ihm vor dem mächtigen Bau den Weg in deutscher Sprache:

»Hier geht es zum Altar, an dem das Opfer dargebracht wird, und zur Kommunionbank, wo die Speise der Engel gereicht wird.«

Zimmermann nickte und drückte sich in die letzte Bankreihe. Neben ihm saß ein älterer Mann und grüßte stumm. Als Zimmermann den Gruß erwiderte, flüsterte der Mann:

»Ich komme aus Kalterherberg, fast jeden Sonntag, das ist zwar hier nicht so ganz richtig, aber Gott ist Gott.«

Zimmermann nickte nur, da er sich außerstande sah, eine theologische Debatte zu bestreiten.«

Der Kalterherberger ließ nicht locker:

»Es werden jeden Sonntag mehr. Sie sind auch zum ersten Mal hier?«

Zimmermann nickte wieder und schaute demonstrativ in eine andere Richtung.

Die schwere Kirchentür wurde geöffnet, eine Gruppe Frauen betrat die Kirche. An Kleidung und Typ und den wenigen geflüsterten Wortfetzen erkannte der Kommissar sofort deren slawische Herkunft. Er wandte sich an den Kalterherberger:

»Kennen Sie die?«

Der Mann nickte:

»Das sind alles Polinnen, die hier in der Gegend arbeiten, die kommen fast jeden Sonntag mit einem Kleinbus zur Messe.«

Ein Vorbeter trat vor den Altar:

»Wir bitten dich, allmächtiger Gott, lass uns mit geziemendem Opfergeist dem Glauben deines heiligen Märtyrers Petrus nacheifern, der zum Lohn für die Ausbreitung des Glaubens die Märtyrerpalme erwerben durfte …«

»Das klingt nach 'nem Selbstmordattentäter«, dachte der Kommissar.

Dann schlich er leise aus der Kirche und ging durch das Klostertor Richtung Straße, wo zahlreiche Autos auf einer Wiese neben dem See parkten. Darunter auch ein »Ford Transit« mit acht Sitzplätzen. Zimmermann schlenderte auf den Wagen zu, neben dem ein älterer Mann stand und rauchte. Dabei spuckte er in regelmäßigen Abständen im hohen Bogen in den Graben. Der Kommissar erkannte auf der Fahrertür des Kleinbusses den Schriftzug »Marko Pole« und eine Telefonnummer aus Aachen. Zimmermann dachte an Charly Muhamed Huber und sprach den Mann direkt an:

»Kriminalpolizei, ich habe da ein paar Fragen an Sie!«

Der Fahrer schaute den Kommissar fassungslos an:

»Hier ist doch Parken erlaubt?«

Zimmermann machte eine beschwichtigende Handbewegung:

»Keine Sorge, es geht um etwas ganz anderes!«

»Da bin ich aber mal gespannt! Kirchenpolizei?«, antwortete der Fahrer, leicht verärgert wirkend.

»Sie haben hier gerade eine Gruppe Frauen hingebracht.«

»Das ist doch nicht verboten.«

»Das sagt auch keiner. Mich interessiert, was sind das für Frauen?«

»Zollfahndung?«, frage der Mann.

»Nein, Mordkommission«, antwortete Zimmermann nicht ganz wahrheitsgemäß, erreichte damit aber den nötigen Respekt, da der Mann sofort antwortete:

»Die Frauen sammele ich jeden Sonntag hier rum in den Dörfern auf und bringe sie für kleines Geld zur Messe. Die sind so religiös, die wollen das in Latein und nicht auf Deutsch. Mir soll das gleich sein.«

Zimmermann zeigte auf die Tür des Wagens:

»Eine Frage: ›Marko Pole‹, Sie haben etwas mit Polen zu tun?«

»Ich nicht«, antwortete der Mann, »ich bin ganz normaler einfacher Fahrer, aber unser Chef ist Pole. Der hat noch zwei große Busse und macht … em oft Reisen nach Polen, so für Heimatvertriebene, für Schlesier, nach Breslau, ins Riesengebirge und so.«

»Bringt er auch Polen nach Deutschland?«

Zimmermann merkte, dass der Fahrer unsicher wurde:

»Ja, ja, doch. Das kommt auch mal vor. Polnische Touristen nach Deutschland.«

»Immer nur Frauen?«

»Was wollen …, eh ja, meistens nur Frauen. Die haben ja mehr Zeit als Männer.«

»Die Frauen arbeiten hier?«

Der Mann richtete sich auf:

»Damit habe ich nichts zu tun. Ich bringe die zum Parkplatz auf der Hüls in Aachen, dort steigen die aus und werden mit PKWs abgeholt. Mein Job ist dann zu Ende. Alles ganz sauber.«

»Sie wissen, dass die Frauen hier illegal als Helferinnen arbeiten?«

»Damit habe ich nix zu tun. Da müssen Sie den Chef fragen.«

»Das werde ich. Wie heißt der denn?«

»Nazwisko, Marko Nazwisko. Telefonnummer steht auf der Tür.«

Zimmermann machte sich Notizen und fragte dann:

»Und Ihr Name?«

»Franz Breuer, hören Sie: Ich mache das hier nur so nebenbei, um mir am Sonntag eine Kleinigkeit …«

Zimmermann unterbrach ihn – ganz Charly Muhamed Huber:

»Das interessiert mich alles nicht, hier geht es um Mord.«

Dann holte er das Foto der Ermordeten aus seiner Jacke:

»Kennen Sie diese Frau?«

»Ach, die ist das! Die habe ich in der Zeitung gesehen. Nein, also mit mir ist die noch nie gefahren. Gesichter merke ich mir. Hundertprozentig. Die war noch nie bei meinen Kirchen-Mädchen, wie ich die immer nenne.«

Zimmermann bedankte sich und ging zu seinem Wagen zurück.

Dann blieb er noch einmal stehen, grinste leicht und kam zurück:
»Noch eine Frage: Bleiben die Frauen nach dem Gottesdienst noch etwas im Kloster?«

Der Fahrer sah Zimmermann unverständlich an:

»Nein! Wieso? Fünf Minuten nach der Messe bin ich schon wieder mit denen unterwegs und setze die auf ihren Dörfern ab.«

Zimmermann nickte nur und ging.

Franz Breuer spuckte wieder im hohen Bogen in den Graben.

Tief in den Sitz der silbernen Mercedes-Limousine gedrückt, hatte unbemerkt ein weiterer Fahrer die Szenerie beobachtet: Ernesto Ramos Wegner. Als er Gottfried Zimmermann sah, flüsterte er zu sich selbst:

»Ein Bulle, das rieche ich gegen den Wind.«

Er sank noch tiefer in den Sitz, doch weder der Kommissar noch der Busfahrer hatten bemerkt, dass sie beobachtet wurden.

Als Zimmermann mit seinem dunkelblauen VW Passat davonfuhr, richtete sich der Stiernacken langsam wieder auf. Wenig später erschienen Monsignore Herbert Lüder und Joseph Mandler auf dem Parkplatz, die Gesichter hinter großen Sonnenbrillen versteckt. Auch sie waren in der Kirche gewesen, hatten diese allerdings vor der Wandlung verlassen. Der Monsignore war verärgert: »Nein, diesen Mummenschanz, den die heilige Wandlung nennen, will ich nicht miterleben.«

Joseph Mandler wagte einen leichten Widerspruch:

»Feierlich war es aber irgendwie schon, genau wie früher. Und der Papst will sich auch wieder dieser Form des Messopfers nähern.«

»Schweigt«, fuhr ihn der Monsignore an, »Papst Benedikt XVI. hat mit ›Motu proprio Summorum pontificum‹ nur vom Gebrauch des Messbuchs gesprochen, von nichts anderem. Und wenn jemand den Papst kennt, dann bin ich das ja wohl.«

Joseph Mandler schwieg, fehlte ihm doch auch der theologische Hintergrund, um dem Monsignore zu widersprechen. Als die beiden Männer auf dem Rücksitz des Mercedes Platz nahmen, drehte sich Wegner um:

»Ein Bu... ein Beamter der Polizei war da!«

»Und?«, frage der Priester.

»Hat mit dem Fahrer von dem Kleinbus da drüben geredet, der kurz vor der Messe die Weib..., die Gruppe von Frauen ausgeladen hat.«

Der Monsignore nickte:

»Die sind mir auch aufgefallen. Alles Polen.«

»Wie Johannes Paul II.«, nickte Joseph Mandler geistesabwesend.

Während der Mercedes den Parkplatz verließ, schlug vom Turm des Klosters die kleine Glocke zur Wandlung.

Dann kehrte wieder Ruhe im Tal der Rur ein.

Nusselein saß, den verletzten Fuß in einer Salatschüssel, vor seinem Wohnwagen und trank seinen geliebten, belgischen Mokka mit aufgeschäumter Milch aus einer Litertasse, die allerdings windschief war und dies mit dem Aufdruck »Über die Eifelhöhen pfeift der Wind so kalt« erklärte. Immer wieder tauchte er ein Cantuccini in den Pott und schlürfte und schlabberte das Gebäck in sich hinein. Incitatus wälzte sich derweil in einem Sandloch und fühlte sich sauwohl.

Dann bog der Wagen von Gottfried Zimmermann um die Ecke. Nusselein empfing ihn nicht gerade freundlich:

»Ich erfülle meine Sonntagspflicht, bringe gerade meinem persönlichen Gott, Herrn Schlüter, das Opfer dar, und dann störst du mich in diesem Ruitzhofer Frieden.«

Zimmermann ging darauf nicht ein, griff in den Cantuccini-Topf, biss und fluchte:

»Scheiße, sind die hart.«

»Sind ja auch zum Tunken. Aber ich habe verstanden. Ich hinke humpelnd in meinen Wohnwagen und mache einen frischen Kaffee.«

»Lass nur, ich hatte schon. Es gibt Neuigkeiten. Ich war gerade in Reichenstein in der Messe und, was glaubst du?«

»Du bist zu den Mönchen konvertiert.«

»Quatsch!«

»Messdiener geworden?«

»Hör auf. Jeden Sonntag kommt eine Gruppe Polinnen, diesmal aber nicht aus Rumänien oder Bulgarien, sondern wirklich aus Polen zur Messe ins Kloster.«

Nusselein pfiff durch die Zähne:

»Wenn das mal keine Verbindung ist.«

»Die Frauen werden von einem polnischen Reiseunternehmer aus Aachen gebracht, verschwinden aber, das hat mir der Fahrer bestätigt, sofort nach der Messe wieder.«

»Du hattest an sonntägliche Orgien hinter Klostermauern gedacht«, nickte Nusselein.

»Zum Bleistift!«

»Feinsinniger Humor.«

Zimmermann ging in den Wohnwagen und kam wenig später mit dem Packpapier und einem Edding zurück. Dann machte er große Notizen.

Valja Timoschenko
Foto bei Leiche
Spur Roetgen
Ölgemälde
Antiquitätenhändler Münstermann
Lebt jetzt in der Provence

Valja Timoschenko
Leiche bei Reichenstein
Spur Kloster
Anonyme Beschuldigungen
Angebliche Vergewaltigung
Polnische Frauen zur Messe

Valja Timoschenko
Als »Polin« in Paustenbach
Spur Paustenbach
Arbeitet wahrscheinlich illegal
Kündigt großen Geldbetrag an
Kündigt Job für immer
Zukunft: Bistro

Valja Timoschenko
Hin und wieder Bierbaum Simmerath
Spur Ralf Schütt

»Gut, gut, Herr Kommissar«, grummelte Nusselein, »aber viel weiter bringt uns das jetzt auch nicht. Allerdings: Mehr haben wir nicht, darauf müssen wir aufbauen.«

Lange schaute sich der Journalist das Papier auf seinem Campingtisch an, dann schlug er sich, ganz Kommissar Columbo, vor die Stirn:

»Ich hätt' da noch eine Frage … Gibt es eigentlich eine Zentralstelle, wo geklaute Ölschinken erfasst werden?«

Zimmermann schaute ihn groß an, dann nickte er:

»Stimmt, das müsste es geben. Ich rufe sofort mal im Präsidium den Sonntagsdienst an.«

Er stand auf, holte sein Handy raus und telefonierte zwischen den beiden Buchen, die Nusselein »Urbi« und »Orbi« nannte.

Nach dem Gespräch kam er zurück:

»So eine Stelle gibt es tatsächlich, sogar international vernetzt. Ich fahre sofort nach Aachen. Hast du noch eine Idee – wenn ich schon mal in der Höhle des Polizeipräsidenten bin?«

»Nöö, keine Idee, am Sonntag ist bei mir sowieso immer wenig zu machen. Und dann bin ich noch der Meinung, dass Schleiden zerstört werden muss, wie Cato, der alte Sack, immer sagte.«

Zimmermann tippte sich an die Stirn, dann ging er zu seinem Wagen:

»Dann bete inzwischen zu deinem Herrn Schlüter. Ich rufe wieder an.«

Sprach's und fuhr davon, während Incitatus den Staub in seinem Fell auf Nusseleins Bett entsorgte.

Nach knapp einer Stunde erreichte Gottfried Zimmermann das Aachener Polizeipräsidium. Er hatte Glück, dass an diesem Sonntag mit Florian Adrian ein Beamter »des Raubes«, wie es intern heißt, Dienst hatte. Zimmermann schilderte kurz den Fall und holte das Foto von dem Ölgemälde mit der Montgolfière hervor.

Adrian schaute sich das Bild lange an:

»Der Wert wird wohl nicht so groß sein.«

»Kann sein, ist aber die einzige Spur in dem Eifelmordfall.«

»Aha! Also: Wir haben in fast jedem EU-Staat eine zentrale, so genannte Sachfahndungsdatei und die ist sogar wieder mit einer weltweiten Datei vernetzt. Darin sind Gegenstände erfasst, die abhanden gekommen sind. Egal ob durch Diebstahl oder durch Verlust. Also nicht nur Kunst, sondern auch Fahrräder, Autos oder Handys.«

»Mir geht es aber um Kunst.«

»Geduld, mein junger Freund. Wenn ich schon Sonntagsdienst habe, möchte ich auch ein wenig mit meinem Wissen prahlen. Ein eigenes Sachgebiet macht natürlich die Kunst aus: Gemälde, wertvolle Leuchter, Perserteppiche und so weiter. Weltweit sind da rund 200.000 Kunstgegenstände erfasst. Damit Sie sich ein Bild machen können: Zurzeit sucht man 572 Picassos, von Miró sind 364 Werke nicht, wo sie sein sollen.«

»Und wie sucht man die?«, frage Zimmermann, jetzt doch etwas neugierig.

»Beim Bundeskriminalamt haben wir zum Beispiel einen promovierten Kunsthistoriker, in anderen Ländern arbeiten auch Archäologen. Die gehen zu großen Ausstellungen, Auktionen und Kunstmessen …«

»Schöner Job.«

»… sitzen aber meistens am Schreibtisch und durchforsten Kunstkataloge, die mit der Datenbank weltweit abgeglichen werden. Irgendwann tauchen die Sachen doch einmal auf, die Galeristen sind oft völlig überrascht, da sie von Händlern – zum Beispiel bei einer Messe – gekauft haben, die durchaus seriös waren. Und der Verkäufer davor in der Kette war auch seriös. Dann muss man weiter zurückverfolgen, wenn man Glück hat, stößt man irgendwann tatsächlich auf den Dieb. Aber das ist nur ein Nebenprodukt der Arbeit. Hauptsache ist: Die Kunst taucht wieder auf.«

»Das ist bestimmt nicht oft der Fall?«, fragte Zimmermann.

»Fast jedes vierte Kunstwerk wird gefunden. Man muss nur Geduld haben. Das FBI spricht von Kunst im Wert von etwa sechs Milliarden Dollar, die pro Jahr gestohlen wird. Vom ideellen Wert ganz zu schweigen. Dann gibt es noch ›Artnapping‹, also Lösegeldforderungen, aber das scheint bei Ihrem Schinken bestimmt nicht der Fall zu sein.«

»Ich weiß ja noch nicht mal, ob das Bild überhaupt gestohlen wurde. Die Ermordete aus der Rur hatte lediglich ein Foto von dem Bild dabei.«

Florian Adrian nickte nur, er wollte noch etwas von seinem Erfahrungsschatz loswerden:

»In kriminellen Milieus wird Kunst auch beim Waffen-, Drogen- und Menschenhandel als Zahlungsmittel immer beliebter.«

»Das ist alles hochinteressant«, log Zimmermann nur ein wenig: »Aber was machen wir mit meinem Gemälde?«

»Lassen sie das Foto hier«, sagte Adrian, »ich mache alles fertig und bringe es auf den Dienstweg. Ich schätze mal, dass ich Ihnen morgen schon mehr sagen kann.«

Zimmermann verabschiedete sich und fuhr in die Eifel zurück: »Diesen Nusselein muss ich heute nicht mehr sehen. Jetzt steht erst einmal Erholung und Entspannung an.«

Was Zimmermann nicht wusste: Die Kneipe von Helga Preim war rappelvoll.

Eugen Reinartz ging in seinem Wintergarten auf und ab.

»Ich bin dann mal weg«, rief seine Frau Maria zum dritten Mal real, zum fünfundsiebzigsten Male gefühlt, aus dem Flur. »Wenn was ist, ich bin bei unserer Klara.«

»Ja, ja«, antwortete Eugen Reinartz.

»Die Nummer ist im Büchelchen neben dem Telefon.«

»Ja, ja!«

»Bist du satt?«

»Ja, ja!«

»Ich kann aber auch hier bleiben!«

»Nein, nein«, rief Eugen Reinartz ganz laut.

»Hast du deine Tabletten genommen.«

»Ja, ja!«

»Guck doch einfach Formel 1, das soll heute sein.«

»Ich gucke nie Formel 1«, antwortete der ehemalige Landrat.

»Ich meinte es ja nur gut!«

»Ja, ja!«

»Also …«

»Also was?«

»Ich bin dann weg.«

Eugen Reinartz hörte die Tür ins Schloss fallen und atmete erleichtert auf. Wenige Sekunden später bemerkte er, dass sich die Tür wieder öffnete:

»Ich habe meinen Schirm vergessen.«

»Die Sonne scheint!«

»Man weiß ja nie, bei diesem verrückten Wetter heutzutage.«

»Ja, ja«, antwortete Eugen Reinartz.

Dann hörte er wieder die Tür ins Schloss fallen und atmete noch einmal erleichtert aus. Er ging zum mit Brokat überzogenen Telefon und suchte die Visitenkarte von Gottfried Zimmermann. Dann wählte er dessen Handynummer. Zimmermann meldete sich sofort:

»Zimmermann.«

»Hier ist Reinartz, Reinartz-Eugen. Mir ist da noch was eingefallen, also zu dem Bild. Meine Frau ist gerade nicht da, die regt sich sonst immer so auf.«

Der Kommissar beschwichtigte den ehemaligen Politiker:

»Kein Problem, Herr Reinartz, alles bleibt unter uns.«

»Also, hatte ich schon vergessen. Als das Foto von mir in dieser Zeitung war, hat eine Frau hier angerufen, wo ich das schöne Bild gekauft hätte. So etwas in dem Stil, könnte auch ein Zeppelin sein, wollte sie für ihren Mann zum Geburtstag.«

»Sprach die Frau hochdeutsch?«, hakte Zimmermann sofort nach.

»Nicht direkt, mehr so osteuropäisch hart, ich weiß auch nicht, wie ich das erklären soll.«

»Ich verstehe Sie schon«, warf Zimmermann ein, »und was haben Sie der Frau gesagt?«

»Dass ich das bei dem Münstermann gekauft habe, dass es den aber nicht mehr in Roetgen gibt, weil der ausgewandert ist.«

»Mehr wollte die Frau nicht wissen?«

»Ob ich eine Adresse von dem Münstermann hätte, hatte ich aber nicht. Die hat sich dann bedankt und aufgelegt. Meine Frau hat noch furchtbar mit mir geknuttert. ›Das waren Polaken‹, hat die gesagt, ›die brechen bei uns ein und klauen wertvolle Ölgemälde für russische Millionäre, das liegt da quasi um die Ecke bei denen da hinten‹. Ist aber nichts passiert, meine Frau hat sich aber noch Wochen aufgeregt und gesagt …«

»Wir sind immerhin nicht mehr die Jüngsten«, warf Zimmermann ein.

»Sie kennen das?«

»Zur Genüge«, stöhnte der Kommissar.

»Ach, Sie haben auch so eine Frau?«

»Nicht direkt«, antwortete Zimmermann.

»Das bleibt aber unter uns!«

»Versprochen«, versicherte der Kripobeamte, ehe er das Gespräch beendete.

Gottfried Zimmermann hatte inzwischen Monschau erreicht, parkte seinen Dienstwagen auf der Rurbrücke und ging die wenigen Meter zum »Schwarzen Krug« zu Fuß. Helga Preim empfing ihn mit einem Kuss auf die Wange:

»Keine Zeit, der Laden brummt.«

»Wir sind immerhin nicht mehr die Jüngsten«, nickte der Kommissar.

»Waaas?«, rief Helga Preim und verschwand in der Küche.

»Ach nix«, flüsterte Zimmermann.

Monsignore Herbert Lüder schlug wütend mit der Hand auf den Tisch, setzte sich an seine Adler-Schreibmaschine älterer Bauart und schrieb an den Aachener Bischof Dr. Heinrich Mussinghoff. Seinen Brief, der über viele Seiten ging, überschrieb er mit:

»Ich habe die Alarmglocken zur Wandlung über Reichenstein gehört.«

Mehrmals betonte er in seinem Schreiben, dass er ein persönlicher Freund des Papstes sei und sich immer wieder »vor Ort in diesem Reichenstein« ein umfassendes Bild gemacht habe. Mit Schrecken habe er dabei festgestellt, dass der wöchentliche Zulauf von Eifelern immer größer werde. Er schloss mit einem Satz, den er aus dem »Kölner Stadtanzeiger« abgeschrieben hatte, ohne allerdings die Quelle zu nennen:

»Mit ihrem Einsatz für die lateinische Messe wollten die Ankömmlinge unbedarfte Katholiken ködern. In Wahrheit nutzen sie den Priestermangel und die schwierige Finanzsituation des Bistums Aachen aus, um ihre reaktionäre Grundeinstellung unters Volk zu bringen.«

Dann rief er Wegner an, der gerade seinen Rausschmeißerdienst vor einer Aachener Disko antrat:

»Ich kann mich doch auf Ihre Verschwiegenheit verlassen?«

Gottfried Zimmermann hatte sich in die Privatwohnung von Helga Preim über dem »Goldenen Krug« zurückgezogen. Da das Restaurant bis auf den letzten Platz gefüllt war, stellte er sich auf einen ruhigen Abend alleine ein. Er öffnete eine Flasche Bier, schaute kurz in die Fernsehzeitung und nickte zufrieden über dem Eintrag:

»**20.15 Uhr, Tatort Prüm** – heute: Tod auf Socken! – Ein Mann liegt ohne Schuhe erschossen vor dem Prümer Internat, in dem schon Oskar Lafontaine zur Schule gegangen ist. In der Gesäßtasche des Toten findet sich ein Abholschein für einen Schnellschuster – die Spur führt ins luxemburgische Echternach. Kommissar Ludwig Lenz erbittet Amtshilfe aus Luxemburg, um mehr über die Schuhe des Toten zu erfahren. Als die Unterstützung nach viermaligem Umsteigen mit einem Linienbus eintrifft, stellt sich heraus, dass es sich bei dem Toten um einen prominenten luxemburgischen Schnapsbrenner handelt. Die Frage liegt also auf der Hand: Hat Oskar Lafontaine auch damit was zu tun?«

Als die Tatort-Melodie erklang und die Schritte auf dem Pflaster zu sehen waren, meldete sich das Handy. Zimmermann fluchte:

»Hoffentlich nicht Nusselein!«

Aus Aachen rief Florian Adrian an:

»Beim BKA hatte auch einer Sonntagslangeweile und hat in der Sachfahndungsdatei rumgespielt. Also: Das Bild heißt tatsächlich nur »Die Montgolfière« und wurde vor rund drei Jahren in Paris bei einem Einbruch in ein Restaurant namens »Le Procope« gestohlen. Der Wert ist gering, so um die 3.000 Euro, mehr ideell also. An dem Abend verschwand auch noch einiges an Silberzeug, die Einnahmen aus der Abendkasse und mehrere Flaschen Spitzenweine, die mehr wert waren als das Gemälde. Ich hoffe, ich konnte helfen.«

»Dürfen wir in Paris einfach anrufen, oder muss das an Interpol?«, fragte Zimmermann.

»Anrufen«, sagte Adrian nach kurzer Überlegung, »kann jeder jeden. Aber offiziell ist das wohl eine Interpolsache. Ich weiß das auch nicht so genau, hab jetzt auch Feierabend. Dann kann ich noch das Ende vom ›Tatort‹ sehen, da soll einer einen Sockenschuss haben.«

Der Aachener Kollege verabschiedete sich und Zimmermann rief sofort in Ruitzhof an. Nusselein meldete sich, immer noch einen Fuß in der Salatschüssel:

»Wie ergötz ich mich im Kühlen
Dieser schönen Märzen-Nacht!
O wie still ist hier zu fühlen,
Was die Seele glücklich macht!«

»Arschloch«, sagte Zimmermann.

»Falsch: Goethe«, verbesserte Nusselein.

»Hör mal«, kam der Kommissar sofort zur Sache, »das Gemälde ist eindeutig geklaut, in Paris, aus einer Kneipe, die ›Le Procope‹ heißt. Wert ist lächerlich, so um 3.000 Euro. Da hat der Reinartz das sogar noch billiger bekommen. Problem ist nur, dass die Sache jetzt richtig international wird. Wenn allerdings ein Journalist da hinfahren würde …«

»Nachtigal ik hör dir trapsen. Und Schleiden soll auch noch zerstört werden.«

Zimmermann ging darauf nicht ein, sondern fuhr fort:

»Es gibt zwar Interpol, aber von ›Interjournal‹, die eingeschaltet werden müssten, habe ich noch nie gehört.«

»Du hast sie doch nicht alle«, schimpfte Nusselein los, »ich fahre doch nicht nach Paris, ich kann kaum Französisch …«

»Das brauchst du doch nicht.«

»Wieso brauche ich, bitteschön, in Frankreich kein Französisch?«

»Das kennst du doch aus den Karl-May-Büchern. Wenn es spannend wird, spricht da auch immer einer Deutsch, oft sogar Sächsisch. Warum soll das in diesem Buch anders ein?«

»Ich will aber in Paris nicht sächsisch sprechen. Und wegen der Spesen reißt der Kufka mir den Arsch auf.«

»Das regele ich schon. Wenn du früh losfährst, kannst du abends schon wieder bei deiner Katze sein …«

»Wenn schon Kater … Und mein Fuß?«

»Bis morgen früh ist der geheilt. Also, sag mir Bescheid, wenn du losfährst, sonst muss ich Interpol einschalten. Und das dauert, und unser Fall ist dann nicht mehr unser Fall.«

»Krankhafte Eitelkeit!«

Doch das hatte Gottfried Zimmermann schon nicht mehr gehört, da er das Gespräch bereits abgebrochen hatte.

Im »Tatort Prüm« sah er gerade noch einen dicken Mann durchs Bild huschen. Es könnte Oskar Lafontaine gewesen sein …

Nusselein fluchte wie ein Rohrspatz, während Incitatus mit einem Hechtsprung den Wohnwagen verließ:

»Ich lasse mich auch immer für jeden Scheiß breitschlagen.«

Dann ging er zu seinem Computer und googelte sich mit einer Übersetzungshilfe nach Paris. Er wurde schnell fündig:

> *»Le Procope: Das älteste Café der Welt befindet sich seit 1686 in Paris, genauer in der Rue de l'Ancienne Comédie in Saint-Germain-des-Prés, direkt gegenüber der Comédie Francaise, ein Stadtteil, dessen Ruf sich mit geistiger Unruhe und avantgardistischen Umtrieben verbindet.*
>
> *Die vorzüglichen Getränke und Sorbets, die Anmutigkeit des Lokals machten diesen Ort zum Treffpunkt von Literaten, Politikern und Schauspielern. Von La Fontaine über Voltaire, Rousseau, Beaumarchais, Balzac, Hugo und Verlaine bis hin zu Anatole France: die lange Liste illustrer Stammkunden vermengt sich mit der Geschichte. Auch die Revolution kostete die Sorbets und Autoren wie Diderot, d'Alembert, Benjamin Franklin, Robespierre, Danton und Marat schlürften Kaffees. Man erzählt sich, dass der junge Oberleutnant Bonaparte seinen Hut als Pfand für einen Kaffee daließ.«*

Nusselein nickte mehrmals:

»Scheint ein Superladen zu sein! Was hatte der polizeiliche Banause aus Monschau gesagt? Kneipe! Si tacuisses, philosophus manisses, hättest du doch geschwiegen, du wärst ein Philosoph geblieben. Aber eins ist sicher: Columbos Mantel wird nicht als Pfand dableiben.«

Noch mehrmals gab er den Namen des Restaurants ein und freute sich über die Fähigkeiten der automatischen Übersetzung:

»Jeden Tag zwischen 3 und 7 pm, der Ort, macht sich zur Verfügung, die Touristen kommen zu suchen, aber nicht unbedingt essen und trinken auf der Website begrüßt, dass solche Movers und Schüttler wie Diderot, Voltaire, George Sand, Victor Hugo und Oscar Wilde.«

»Aaaaaaa ja! Was sind denn Movers und Schüttler?«, murmelte Nusselein. Dann rief er Zimmermann an:

»OK. Ich mache den Job. Die Kneipe, wie du sagtest, ist übrigens das älteste Café der Welt. Da waren schon Napoleon und La Fontaine zu Gast …«

»Lafontaine und Napoleon?«, fragte Zimmermann verwundert, da er in einem anderen Film war.

Siebter Tag – Montag, 10. März

»Noch ein halbes Stündchen«, flüsterte Helga Preim, als der Wecker klingelte. Sie schob zärtlich eine Hand unter das T-Shirt von Gottfried Zimmermann, das dieser trotz des Aufdrucks »Hellwach – Gewerkschaft der Polizei« als Schlafshirt nutzte. Langsam schob sie ihren nackten Körper, sie hatte im Bett immer nur einen winzigen Slip an, an ihren Freund. Dann zog sie gefühlvoll …

In diesem Augenblick meldete sich Zimmermanns Handy – der Kommissar schaltete sofort ein:

»Interruptus!«, hörte er Nusselein fröhlich grölen: »Ich bin schon hinter Lüttich, fahre gerade am Flughafen Bierset vorbei – wow, startete da ein Oschi. Wenn alles glatt läuft, bin ich in dreieinhalb Stunden in Paris. Ich melde mich dann.«

»Warum bist du denn schon unterwegs?«, frage Zimmermann verwirrt.

»Ich konnte nicht schlafen, weil mein Zeh so blau war und wie verrückt pochte. Da habe ich eine Nähnadel heiß gemacht und den Nagel durchstoßen, damit das Blut abfließen konnte. War das schön, als der Schmerz nachließ. Als ich dann wieder einen normalen Stiefel anzog, war das ein Feeling wie Sex am Fuß. Da habe ich mir gedacht, ich fahre einfach schon mal los. Columbos Mantel übergeworfen, Incitatus gefüttert und weg in Richtung Stadt der Liebe. Was treibst du so?«

Zimmermann antwortete verlegen:

»Ich, em, ich werde mir heute noch mal das Kloster vornehmen. Wir sollten alle zwei Stunden telefonieren. Bis dann.«

Anschließend murmelte er:

»Apropos Liebe …«

Doch Helga Preim war schon aufgestanden.

Prior Bernard hob die Hände gen Himmel, doch auch dort konnte keiner verhindern, dass Kommissar Zimmermann wenige Sekunden später vor dem Schreibtisch saß. Er lehnte sich leicht vor:

»Sie hatten mir kürzlich erst gesagt, dass noch nie eine Frau das Kloster betreten hat. Was ist denn mit der polnischen Gruppe?«

»Ich bitte Sie! Ich sprach vom Kloster und nicht von der Kirche. Dorthin kommen natürlich auch Frauen und sind gern gesehen.«

»Können Sie mir etwas zu der polnischen Gruppe sagen, die ich gestern hier gesehen habe?«

»Sie haben bereits vor der Wandlung die heilige Messe verlassen.«

»Ich war ja auch nicht zu meinem Vergnügen da!«

»Ihre Vergleiche … Ach lassen wir das. Also, diese Frauen kommen regelmäßig, da sie bei unserer Messfeier ein spirituelles Glück finden, dass die übrigen Eifeler Priester nicht vermitteln können.«

»Bleiben die Frauen nach der Messe noch etwas im Kloster?«, hakte Zimmermann nach, obwohl dies bereits der Busfahrer verneint hatte. Der Prior wurde lauter:

»Was soll diese Frage!? Natürlich nicht, was sollten Sie hier auch?«

»Das frage ich Sie!«

»Nein, nein, Sie denken in eine völlig falsche Richtung! Man will uns hier einfach etwas anhängen, und dagegen werde ich mich mit allen Mitteln zur Wehr setzen. Hier hat es keinen Mord und hier hat es auch keine Vergewaltigung am stillgelegten Bahngleis gegeben. Dafür lege ich meine Hand ins Feuer!«

»Gut«, nickte Gottfried Zimmer, »ich wünsche Ihnen nur, dass es kein Höllen- oder Fegefeuer für Hände gibt.«

Er war sicher, dass Charly Muhamed Huber auch so gesprochen hätte.

Prior Bernard macht eine wegwerfende Handbewegung, während der Kommissar aufstand und sich verabschiedete:

»Ihr Gott mit Ihnen. Wahrscheinlich werden wir uns noch mehrmals sehen.«

»Ich stehe immer gerne zu Ihren Diensten«, lächelte der Prior gequält.

Zimmermann wunderte sich, dass nirgendwo ein Hahn krähte.

Nach rund zweihundert Kilometern hatte Nusselein die französische Grenze erreicht und ließ Belgien weit hinter sich. Da hatte er Lindenbergs »Stark wie Zwei« schon zweimal gehört:

»Ich muss in Paris dringend meinen CD-Player ins Handschuhfach einschließen«, maulte er, »da klauen die doch wie die Raben.«

Vorbei an der Abzweigung nach Valenciennes und später, unter der Startbahn des Flughafens »Roissy-Charles de Gaulle«, fuhr er in Richtung Saint-Denis und dann Paris-Zentrum. Am Stadtrand verließ er die »Autoroute du Nord« und bog auf die »Avenue de la Porte de la Chapelle« ein.

Er atmete erleichtert auf: vierhundertzwanzig Kilometer bewältigt – und er hatte die Seine-Metropole unfallfrei erreicht. Nach wenigen Metern durch den Stadtrandverkehr stieß allerdings sein Autofahrermut, der in der Kalterherberger Rushhour gestählt worden war, auf Grenzen. Nusselein parkte seinen Wagen in der »Rue du Pré«, prägte sich das Straßenbild genauestens ein und nahm die Metro von der Station »Avenue de la Porte de la Chapelle« bis zum »Gare du Nord«. Von dort konnte er dann bis »Odéon« – mitten im Herzen von Saint-Germain – durchfahren:

»Kein froschfressender Franzmann hat mir das Portemonnaie geklaut«, stellte er zufrieden fest, als er den Metroschacht verließ. »Selbst Schleiden haben die nicht zerstört.«

Dann rief er Zimmermann an:

»Bin schon da! Was treibst du so? Füße auf dem Schreibtisch, Minnegesang bei der schönen Frau Wirtin von der Rur?«

Gottfried Zimmermann ging erst gar nicht darauf ein, sondern antwortete sachlich:

»Ich komme gerade aus dem Kloster. Diese Spur wird immer dünner. Die leben wohl tatsächlich in einem völligen Zölibat.«

»Warum soll es denen besser ergehen als mir? Also, ich bin jetzt schon bei der Kneipe …«

»So spricht der wahre Gourmet …«

»Du hattest das gestern doch so genannt. Ich gehe mal rüber. Ist genau auf der anderen Seite.«

»Eifeler werden in Metropolen gerne über den Haufen gefahren.«

»Aber keine Kosmopoliten aus Ruitzhof. Ich melde mich dann wieder.«

Zimmermann hörte im Hintergrund wütendes Gehupe und quietschende Reifen und dann noch einmal Nusseleins Stimme:

»Nix passiert. Wenn man einfach losrennt, bremsen alle automatisch.«

Hubert Krings vom Bauamt der Stadt Monschau raufte sich die Haare und schaute verärgert auf die Pläne der Kanalisierung von Ruitzhof. Immer wieder war die Wasserbehörde mit dieser Forderung vorstellig geworden. Erst vor wenigen Tagen hatte die »Aachener Zeitung« geschrieben:

> »Muss das wirklich sein? Gerade im jüngsten Fall, der Kanalisierung von 18 Häusern der Siedlung Ruitzhof, die jetzt im Bauausschuss vorgestellt wurde, stehen Kosten und Wirkung nicht mehr in einem vernünftigen Verhältnis, denn schließlich muss der Bürger über höhere Kanalgebühren die Zeche zahlen.«

Auf einer Karte sah sich Krings lange das Grundstück eines gewissen Karl-Heinz Nusselein an:

»Das ist doch der Chaot von dem Zeitungsblättchen. Der haust da in einem Wohnwagen. Wie sollen wir den denn kanalisieren? Der scheißt doch bestimmt noch in die Hecke.«

Das Telefon klingelte, der Beamte hob ab:

»Krings, Stadt Monschau.«

»Hier ist der Ernst Lambertz aus Kalterherberg. Ich hätte da mal 'ne Frage: Ich soll mit meinem Trupp auf Reichenstein 'ne Wand einreißen und der Chef, also der Oberst da, sagte, das wäre mit Ihnen abgestimmt. Jetzt wollte ich mal fragen – nicht, dass ich den Brüdern nicht traue – ob das stimmt?«

»Ja, ja«, nickte Krings geistesabwesend, da er immer noch auf Nusseleins Grundstück starrte, »das ist kein Problem. Die Mauer ist neu, muss noch der letzte Besitzer, warum auch immer, gebaut haben. Können Sie wegreißen.«

»Brauche ich da was Schriftliches von euch?«

»Nein, nein, wir kennen uns doch.«

»Genau, deshalb frage ich ja«, murmelte Lambertz und legte auf. Doch Krings hatte die Spitze des Bauunternehmers überhört, da er schon wieder in Gedanken vertieft war, wie man einen Wohnwagen kanalisieren könnte:

»Da gibt es bestimmt eine Verordnung über den Umgang mit beweglichen Klos«, nickte er zufrieden: »Vielleicht können wir den Kerl damit sogar loswerden.«

Nusselein hatte bei der Metrostation den »Boulevard Saint Germain« überquert und erreichte nach wenigen Schritten die »Rue de l'Ancienne Comédie«. Dort betrat er durch den prächtigen Eingang die Empfangshalle des »Le Procope«. Hinter einem Stehpult stand eine junge Frau, die Nusselein freundlich zunickte. Dieser nahm sein ganzes Französisch zusammen, und das ist bekanntlich nicht viel:

»Also, em: Puis-je parler au chef, s'il vous plaît.«

Ein in Schwarz gekleideter Mann, ungefähr Anfang vierzig, mit einem offenen, freundlichen Gesicht, drehte sich um und sagte auf Deutsch:

»Das bin ich, ich bin der Geschäftsführer, Bernard Bonet ist mein Name. Ich höre, dass Sie Deutscher sind. Ich komme aus dem Elsass.«

Nusselein sah ihn verdattert an und dachte:

»Was für ein Zufall, wie Gottfried gesagt hat, genau wie bei Karl May. An der entscheidenden Stelle reden alle Deutsch. Bloß: Der hier ist nicht aus Sachsen, sondern aus dem Elsass. Ist mir sogar lieber.«

»Wie kann ich Ihnen helfen?«, fragte Bonet freundlich, nachdem Nusselein nichts mehr gesagt hatte.

»Ich bin Journalist, Nusselein mein Name, aus von bei Aachen in Deutschland«, legte dieser los, »und recherchiere in Sachen Kunstraub.«

Zur Bekräftigung seiner Worte wedelte er mit dem roten, internationalen Presseausweis, den der Geschäftsführer aber überhaupt nicht sehen wollte.

»Herr Nuss…?«

»Nusselein!«

»…lein, lassen Sie uns doch in den ersten Stock gehen, es sind noch keine Gäste da.«

Über eine prächtige Marmortreppe gingen die beiden in die obere Etage, wo Nusselein in mehrere vornehme, gemütliche Separées sehen konnte. Auf den weiß gedeckten Tischen standen Lilien, in mehreren Räumen befanden sich ganze Bibliotheken. Bernard Bonet führte den Monschauer Journalisten in einen herrlich plüschigen Raum:

»Das ist der ›Salon Marat‹, benannt nach Jean-Paul Marat, einem der radikalsten Führer der Jakobiner bei der Französischen Revolution. Er wurde übrigens von einer Frau in der Badewanne erstochen …«

»Ne, Fickgeschichte wahrscheinlich«, dachte Nusselein.

»… aber aus politischen Gründen. Die ehemalige Sowjetunion hat sogar ein Schiff nach ihm benannt. Ich bestelle uns nur schnell Kaffee.«

Nach wenigen Minuten kam Bonet zurück, gefolgt von einem Kellner, der zwei silberne Kaffeekännchen und Tassen auf den Tisch stellte. Nachdem der Kellner eingeschenkt hatte, zog er sich diskret zurück:

»So, nun erzählen Sie mal«, sagte Bernard Bonet aufmunternd.

Nusselein zog aus einer Umhängetasche mit dem Aufdruck »Die Eifel im Herzen: Rhein-Mosel-Verlag, Zell / Mosel« das Foto des gestohlenen Bildes.

Bonet schaute nur kurz darauf, dann nickte er heftig:

»Ja, ja das ist unsere ›Montgolfière‹. Das Bild ist vor, ja so vielleicht drei Jahren bei einem Einbruch verschwunden. Die Täter müssen blutige Amateure gewesen sein, denn es wurde recht planlos geklaut. Das fand auch die Gendarmerie. Wertvolle Bilder blieben hängen, aber viele Silbergegenstände, und da auch nicht nur wertvolle Stücke, verschwanden. Beim Wein waren dagegen einige sehr teure Flaschen dabei. Trotzdem würde ich sagen: Eher die Richtung Flohmarkträuber als Kunstprofis.«

»Tauchte von den gestohlenen Gegenständen etwas wieder auf?«, frage Nusselein.

»Nein, bis auf ein paar Kleinigkeiten in Belgien: Ein silbernes Tafelbesteck. Aber dem Händler konnte man nichts nachweisen, er will die Sachen in Lüttich auf dem Flohmarkt gekauft haben.«

Bonet machte eine Pause, dann fragte er:

»Aber Sie wissen, wo die ›Montgolfière‹ ist?«
Nusselein wollte sich noch nicht festlegen:
»Es könnte sein.«
Bonet legte seine Hand auf Nusseleins Handrücken:
»Das Gemälde, auch wenn es nicht soooo wertvoll ist, gehört einfach hierhin. Tradition! Sie verstehen! Wenn Sie es uns wiederbeschaffen, werden wir sehr großzügig sein. Zusätzlich zu unserer Hausspezialität: ›Le coq au vin‹ – absolute Spitze in ganz Paris, wahrscheinlich in ganz Frankreich.«
Nusselein dachte an Kommissar Columbo und nahm einen höchst albernen Gesichtsausdruck an:
»Oh, Moment, da ist noch eine Kleinigkeit ...«
Er griff wieder in seine Stofftasche und zog das Foto von Valja Timoschenko hervor:
»Kennen Sie diese Frau?«
Bonet sah sich das Foto lange an, dann schüttelte er den Kopf:
»Nein, die habe ich noch nie gesehen. Die sieht aber auch sehr tot aus.«
»Da haben Sie Recht«, nickte Nusselein, immer noch ganz Columbo, »und zwischen der Toten und Ihrem gestohlenen Gemälde gibt es wahrscheinlich einen Zusammenhang.«
»Oh«, sagte Bonet nur.
»Moment, da ist noch eine Kleinigkeit ...«, wiederholte Nusselein, da ihm im Augenblick kein passendes Columbo-Zitat einfiel. »Hat Ihnen die französische Gendarmerie den Namen des belgischen Händlers mitgeteilt?«
Bonet dachte nach:
»Nicht direkt, der tauchte aber in irgendeinem Schreiben der Versicherung auf. Da muss ich mal in mein Büro gehen.«
Bonet stand auf und entfernte sich, während sich Nusselein in dem prächtigen Raum umsah. Wuchtige Balken durchzogen die Decke, die Wände waren in alt-gelb gehalten, auf dem Boden lagen blaue Teppiche. Eine Handschrift zierte die Vorhänge. Später sollte Nusselein in einem Werbeheftchen erfahren, dass dies die Handschrift Voltaires sei.
Nach wenigen Minuten kam Bonet mit einem dicken Aktenordner zurück. Er blätterte lange und stieß dann auf den Namen des Verdächtigen:

»Hier, hier steht es. Ein Luc Josten, Brocante, Burgstraße – das ist ja ein deutscher Name? – aber in Belgien, 4730 Raeren. Das muss wohl irgendwo im Norden von Belgien sein.«

Nusselein war plötzlich hellwach:

»Im Osten, im Osten von Belgien. Das ist bei uns! Ganz in der Nähe. Quasi um die Ecke. Hochinteressant. Ich muss dringend telefonieren.«

Er sprang auf, eilte ins Treppenhaus und rief Zimmermann an, der in seinem Büro an der Laufenstraße saß und an einem GdP-Bleistift kaute. Nusselein schilderte detailliert das Gespräch mit Bernard Bonet und schloss:

»Es gibt also eine neue heiße Spur: Trödelhändler Luc Josten aus Raeren. Da gibt es doch mit Sicherheit eine Seilschaft Richtung Münstermann im kleinen Grenzverkehr. Fühl doch mal bei der Eupener Kripo nach, was dieser Josten für ein Vogel ist. Ich melde mich später wieder.«

Zimmermann hatte sich eilig Notizen gemacht:

»Mach ich sofort! Ich rufe gleich mal bei den Kollegen in Eupen an. Wie kommst du eigentlich sprachlich zurecht?

»Ganz einfach: Genau wie bei Karl May. Bloß ohne Indianer und Skipetaren.«

Dann beendete Nusselein das Gespräch und ließ einen kopfschüttelnden Kommissar in Deutschland zurück. Er ging in den »Salon Marat« zurück, wieder ganz Columbo:

»Haben Sie mal Feuer?«

Als Bonet in die Tasche greifen wollte, winkte Nusselein ab:

»Hier ist doch Rauchen bestimmt verboten, wie bei uns. Mir fällt auch gerade ein, dass ich gar nicht rauche.«

Und nach einer Pause:

»Glauben Sie mir: Ihre ›Montgolfière‹ wird bald wieder hier hängen.«

»Das wäre fantastisch, allerdings nicht direkt hier, in einem anderen Salon. Und jetzt lade ich Sie zu unserem ›Coq au vin‹ ein.«

»Das ist bestimmt was mit Schnecken und Froschschenkeln«, dachte Nusselein.

Gottfried Zimmermann wählte die Nummer der Eupener Gendarmerie und ließ sich mit Karl Jerusalem, Kripomann der »Brigade Spéciale de Recherche« verbinden. Jerusalem, den in der belgischen Stadt alle nur »Den Freak« nennen, meldete sich – im Hintergrund hörte man Hannes Wader singen, dass er sich noch soviel vorgenommen habe. Zimmermann wusste, dass der belgische Kollege in seinem Büro auf einem Uraltplattenspieler häufig deutsche Liedermacher hört:

»Hier ist der Gottfried aus Monschau!«, meldete sich der deutsche Kommissar.

»Oh, es gibt grenzüberschreitende Arbeit. Schengen ich komme. Richtig?«, fragte der Belgier.

»Nicht direkt, geht auch schwer am Telefon. Bist du in deinem Büro?«

»Den ganzen Tag und voller Langeweile.«

»Dann fahre ich sofort los, in einer halben Stunde bin ich in Eupen.«

»O, schaurig ist's, über's Venn zu fahren«, beendet Karl Jerusalem das Gespräch.

Nusselein hatte den »Coq au vin« genossen, den Bonet ihm persönlich serviert hatte:

»Ein französisches Nationalgericht. Wie Henri IV. schon sagte: ›Je veux que le dimanche chaque paysan ait sa poule au pot‹.«

Als er Nusseleins ratloses Gesicht sah, schob er die Übersetzung nach: »Jeder Bauer soll sonntags sein Huhn im Topf haben.«

Der Monschauer Journalist nickte wissend, erst vor zwei Sonntagen hatte er bei McDonalds in Imgenbroich Chicken McNuggets gegessen, allerdings nicht in Rotwein, und ein edler Cognac war auch nicht beigemischt.

Bonet verabschiedete sich:

»Wir hier in Paris bereiten das Gericht natürlich mit Rotwein zu, bei uns im Elsass nimmt man dagegen Riesling. Meine Mutter übertraf alle Köche der Gegend. Sie informieren mich bitte über die Montgolfière. Ich muss mich jetzt verabschieden, in wenigen Minuten beginnt hier der Mittagsansturm.«

Nusselein aß weiter genüsslich an dem Hahn, der bestimmt ein Huhn gewesen war, und überlegte lange, wann er zuletzt einmal essen war:

»Bestimmt mit Hildegard Jansen-Mutzkuss vor ihrer Hochzeit.«

Doch dann gestand er sich ein, dass die Politikerin niemals, sieht man einmal von einigen Kaffees nebst belegten Käsebrötchen im Monschauer »Hirschcafé« ab, mit ihm essen war. Traurig stöhnte er auf und trank den Rotwein aus, den Bonet ihm auch noch spendiert hatte. Anschließend grüßte er freundlich den Kellner, legte gönnerhaft ein 2-Euro-Stück neben den Teller und verließ das »Le Procope«. Er trat auf die Straße und murmelte:

»Das gönne ich mir jetzt. Große Poeten müssen da einfach mal einen Kaffee trinken.«

Vorbei an der Kirche Saint-Germain, dem das Viertel den Namen verdankt, ging er die wenigen Meter bis zum »Les Deux Magots«:

»Ein weiterer berühmter Literat, Intellektueller und Künstler betritt am heutigen Tag dieses weltberühmte Lokal«, dachte er und stellte sich vor, von einem berühmten Boulevard-Magazin der ARD gefilmt zu werden.

Aber keiner filmte und so ließ er sich dort nieder, wo schon Sartre, Hemingway, Camus und Picasso ihren Kaffee geschlürft hatten.

Und jetzt »Charly Nusselein, Ruitzhof-Kalterherberg-Monschau-Deutschland in Columbos Mantel«, wie er – allerdings nur für ihn sichtbar – auf einem kleinen Täfelchen an der Wand hinter seinem Platz las.

Den »Café des Deux Magots, service au pot« für 4,20 fand er zu teuer:

»Das sind ja hier Preise wie in Monschau«, knurrte er.

Gottfried Zimmermann war von Monschau durch das Hohe Venn nach Eupen gefahren und parkte seinen Wagen auf dem Hof der belgischen Polizei. Schnellen Schrittes, er hatte mal gelesen, dass Kripobeamte manchmal auch laufen müssen, eilte er in das Büro von Karl Jerusalem, der gerade das Cover der uralten

Langspielplatte »Rette sich wer kann« von Georg Kreisler liebevoll streichelte. (Hinweis für jüngere Leser: Was eine Langspielplatte ist, können sicher eure Eltern und Großeltern erklären). Aber zurück zu unserer Geschichte:

»Nehmet Platz, oh edler Gottfried von Monschau«, zitierte Jerusalem irgendjemanden aus der klassischen Literatur und wies Zimmermann einen Sessel vor seinem Schreibtisch zu:

»Was kann ich tun, euer Liebten?«

Zimmermann schilderte ausführlich die Vorgänge der letzten Tage, während Karl Jerusalem aufmerksam zuhörte, mehrmals die Lippen zusammenkniff und Luft in die Backen blies. Zimmermann endete:

»Und jetzt komme ich zu dir. Der Nusselein ...«

»Du meinst den Chaos-Journalisten?«

»Genau der! ... ist gerade in Paris und hat rausgefunden, dass dort nach dem Einbruch in einem Edel-Restaurant auch gegen einen Antiquitätenhändler aus Raeren ermittelt wurde. Dem konnte man aber wohl nichts nachweisen. Moment, ich habe hier den Namen notiert: Luc Josten, Burgstraße in Raeren.«

Karl Jerusalem hob die Hände:

»Spät kommt Ihr, doch Ihr kommt zu spät. In der Sache gibt es nur noch ein Grab und ein leeres Ladenlokal in Raeren. Der hat sich vor ungefähr einem Jahr oben in Schönefeld auf einem Waldweg umgebracht: Mit Benzin übergossen und dann angezündet. Den haben wir nach einer Suchaktion gefunden, nachdem die Freundin, die wohnte in Deutschland, einen Abschiedsbrief aufs Handy bekommen hatte. Die hat den auch, wenn ich mich richtig erinnere, noch im Wald identifiziert: Einen auffälligen Schneidezahn, einen dicken Siegelring und eine schwere, silberne Armkette. Sonst war nicht viel übrig geblieben. Der war völlig verbrannt, kaum was übrig. Ganz schlimmer Anblick.«

»Schulden?«

»Ich weiß nicht mehr genau. Ich hole mal die Akte. Der Fall war so eindeutig, ist nur eine Seite lang.«

Während vom Plattenspieler Georg Kreisler »Trau keiner Melodie über dreißig« sang, suchte Jerusalem in einem alten Rollschrank nach dem Bericht über den Selbstmord. Schnell fand er einen dünnen Aktendeckel und schlug ihn auf:

»Wie ich gesagt habe, mein Freund. Keine Seite lang. Solche Fälle müssten wir immer haben. Oben habe ich ein Bild von Josten angeheftet, in dem Umschlag sind die Fotos von der verbrannten Leiche. Die musst du dir nicht unbedingt ansehen, schreckliche Bilder.«

Gottfried Zimmermann nahm den Ordner und überflog ihn. Plötzlich stutzte er:

»Das darf doch nicht wahr sein? Ich fasse es nicht!«

»Was ist denn mit dir los?«, fragte Jerusalem.

»Du wirst es nicht glauben. Weißt du, wer die Freundin von Josten war?«

»Natürlich, irgend so eine Russin, Polin, aus der Ecke. Ich erinnere mich nicht mehr genau.«

»Nein«, schrie Zimmermann schon fast, »das war Valja Timoschenko: Die Tote aus der Rur.«

»Oh, oh, ich glaube, da kommt Arbeit auf uns zu, den Fall muss ich wohl noch mal aufrollen«, stöhnte Jerusalem ebenfalls baff erstaunt.

Georg Kreisler sang im Hintergrund »Noch einmal von vorn«.

Charly Nusselein ging in der »Rue du Pré« mehrmals um seinen stark verrosteten Mazda herum und staunte, dass noch alle vier Reifen vorhanden, keine Scheiben eingeschlagen und auch keine ausländerfeindlichen Graffiti-Parolen auf die Beifahrertür gesprüht worden waren. Wenn man seinen Wagen täglich in Monschau und Ruitzhof parkt, erwartet der geneigte Vorurteilsbehaftete so etwas in einer Metropole.

Doch die Metropole hatte Nusselein enttäuscht.

Er setzte sich murrend in seinen Wagen, kramte im Handschuhfach seinen Player sowie »Magic« von Bruce Springsteen raus. Als er die Stadt verließ, sang er zur Melodie von »Radio Nowhere«:

»I just want to hear some rhythm.
Scheiße, ich habe meiner Mutter
keine Ansichtskarte geschickt.
Das wird wieder ein Theater geben,
das wird wieder ein Theater geben.«

Es war ein gutes Gefühl, Paris in Richtung Kalterherberg verlassen zu dürfen.

Für Unbeteiligte wirkten sie wie zwei Männer, die eine Kneipe suchen. Karl Jerusalem und Gottfried Zimmermann schlenderten über die Eupener Gospertstraße, um ungestört in der Frühlingssonne »Materialsichtung ohne Papier« – wie sie es nannten – zu betreiben:

Gottfried Zimmermann kratzte sich am Kinn:

»Also, ich fasse zusammen, unterbrich mich, wenn ich falsch liege: Josten ist in Sachen geklauter Antiquitäten kein unbeschriebenes Blatt …«

»Mehrmals in Belgien unter Verdacht, aber wir konnten ihm nie etwas nachweisen«, nickte Jerusalem.

»Er beschließt sich umzubringen. Was stand übrigens in dem Abschiedsbrief auf'm Handyß Stand gar nichts in eurer Akte?«

»Kritik angekommen, Kritik berechtigt. Nur ein Satz: ›Ich halte dieses Leben nicht mehr aus‹, sonst nichts«, antwortete Jerusalem.

»Josten übergießt sich oben an der Straße nach Deutschland auf einem Waldweg mit Benzin, verbrennt. Freundin liest Abschiedsbrief, alarmiert euch, ihr findet die verbrannte Leiche, Freundin erkennt ihn eindeutig an einem Ring, einer Kette und einem Zahn. Richtig?«

»Richtig«, nickte Jerusalem, »für uns war die Sache somit eindeutig. Selbstmord. Fall abgeschlossen. Wir haben uns trotzdem seinen Laden in Raeren angeschaut. Den konnte man, wie sagt Ihr Deutschen, als ›besenrein‹ bezeichnen. Muss vorher wohl alles verscherbelt haben.«

»Und nun kommen wir ins Spiel«, grübelte Zimmermann, »ein Jahr später wird die Freundin, der wir jetzt einen Namen geben, Valja Timoschenko, ermordet. Eindeutig. Bei sich hat sie das Foto eines Ölbilds aus einem Einbruch im ›Le Procope‹ in Paris …«

Jerusalem blieb stehen:

»Und genau aus diesem Einbruch fand sich silbernes Tafelbesteck bei Josten. Das Ölgemälde von dem Heißluftballon …«

»Montgolfière.«

»Habt Dank, oh Herr, … von dieser Montgolfière tauchte aber nur wenige Kilometer weiter auf der deutschen Seite bei, wie heißt der …?«

»Münstermann, Dieter Münstermann.«

»… bei dem deutschen Antiquitätenhändler Münstermann in Roetgen auf. Und wurde bei der Ehrung eines Politikers durch Zufall von deinem Freund Nusselein fotografiert.«

»Valja Timoschenko«, grübelte Zimmermann weiter, »entdeckt dieses Foto in der Zeitung und versucht, von einem Fall wissen wir, Münstermanns Adresse ausfindig zu machen.«

»Doch der ist inzwischen ausgewandert, und hat sich – brav wie ein Preuße – offiziell abgemeldet«, spottete Jerusalem.

»Münstermann lebt inzwischen in Südfrankreich und meldet sich ganz normal am Telefon, wie wir getestet haben. Eine Frage bleibt: Hat Valja Timoschenko die Adresse auch rausbekommen? Bei der Gemeindeverwaltung hat sie auf jeden Fall nicht nachgefragt. Und: Was wollte sie von Münstermann?«

Karl Jerusalem blieb wieder stehen:

»Euer Herr Münstermann wird sich einige Fragen gefallen lassen müssen.«

»Da hilft ihm auch nicht, dass er den Dom im Namen hat.«

»Das ist mir zu intellektuell«, lachte Jerusalem beim Weitergehen und blieb dann erneut stehen:

»An dieser Stelle müssten wir eigentlich Interpol einschalten.«

Gottfried Zimmermann schüttelte den Kopf:

»Und die südfranzösischen Kollegen versauen uns dann den Fall.«

»Vorurteile haben wir überhaupt nicht. Aber ich bin der Meinung, dass wir damit noch etwas warten sollten.«

Jetzt blieb Zimmermann stehen:

»Aber es stellen sich neue Fragen: War die Timoschenko überhaupt die Freundin von Josten?«

»Der Abschiedsbrief kam eindeutig von Jostens Handy. Das haben sogar wir Belgier überprüft. Und bei der Vermisstenmeldung hat sie uns auch eindeutige Fotos gezeigt.«

»Wie? Eindeutig?«, frage Zimmermann.

»Was denken wir denn da gerade, Herr Kollege? So Fotos von Feiern, Ausflügen, was weiß ich, umschlungen und so. Nein, die waren ganz klar ein Paar, trotz eines großen Altersunterschieds.

Und dieser Josten hatte auch so eine richtige Ganovenfresse. Wo die Liebe eben hinfällt: Bei der Identifizierung hat die Rotz und Wasser geheult.«

»Habt Ihr die Leiche, trotz eindeutigem Selbstmord, in die Pathologie gebracht?«

»Nach Lüttich. Tod durch Verbrennen. Keine Kugeln, keine Messerstiche. Keine Giftreste. Kein Fremdverschulden. Das stand aber in unserer Akte drin.«

»Stimmt. Valja Timoschenko wollte also etwas von diesem Münstermann ...«, grübelte Zimmermann und fuhr dann fort:

»Vielleicht wollte sie mit Münstermann ins Geschäft kommen. Vielleicht hatte Josten vor seinem Selbstmord alles an Münstermann verkauft und noch kein Geld bekommen. Vielleicht wollte die abkassieren, sah sich als Erbin. Die hat doch von einem größeren Geldbetrag gesprochen, den sie erwartete. Es kann sein, dass Josten und Münstermann eine gemeinsame Hehlersippschaft waren. Grenzüberschreitend.«

»So wie wir«, warf Jerusalem ein.

»So ähnlich – auf jeden Fall.«

»Also?«, fragte Jerusalem

»Also: Münstermann!!! Auf den spitzt sich alles zu. Und jetzt möchte ich eine belgische Fritte, mit viel, viel Fett und scharfer andalusischer Soße.«

Nusselein verließ die Autobahn in Eupen und jubelte:

»Bewohntes Gebiet, Urbanität, es gibt wohl nix Langweiligeres als Nordfrankreich. Ich bin der Meinung, dass – neben Schleiden – auch Nordfrankreich zerstört werden muss.«

Bruce Springsteen besang derweil zum sechsten Male den »Gypsy Biker«.

Eine halbe Stunde später war er – also Nusselein und nicht Springsteen – wieder in seiner Enklave Ruitzhof angekommen, wo Incitatus bereits vor dem Wohnwagen vorwurfsvoll wartete.

»Royal Canin« besänftigte ihn:

»Du sollst auch was Französisches haben, ich habe heute ›Coq au vin‹ gegessen. Da sind keine Schnecken drin. Aber deins riecht auch gut.«

Ganz in Gedanken leckte er den Katzenfutter-Löffel ab, bemerkte dies aber nicht. Dann rief er Gottfried Zimmermann an, der bereits im »Krug« war und gerade ein Omelett »Funghi« mit Creme Fraiche und Schnittlauch vertilgte:

»Charly, du rufst immer im unpassenden Augenblick an.«

»Interruptus?«

»Quatsch, ich esse!«

»Gut so: Ab vierzig ist Sex sowieso nur noch Essen.«

Zimmermann stöhnte:

»Du musst es ja wissen: Also, in Kurzfassung. Ich bin sofort nach deinen Anruf nach Eupen. Der Josten ist polizeibekannt. Immer wieder im Verdacht mit Kunst oder Antiquitäten zu mangeln. Man konnte ihm nie was nachweisen. Aber, jetzt kommt's: Der ist tot. Selbstmord, mit Benzin übergossen, oben in der Nähe des Eupener Militärsportplatzes.«

»Spur im Arsch!«

»Nein halt, jetzt kommt's doch.«

»Schon wieder.«

»Die Leiche wurde von der Freundin identifiziert, die auch die Vermisstenmeldung gemacht hat. Und rate mal, wer das war.«

»Die belgische Königin?«

»Idiot: Valja Timoschenko!«

Man hörte, wie Nusselein sich krachend hinsetzte:

»Das ist ja ein dickes Ding.«

»Jerusalem und ich sind die Sache durchgegangen und haben im Prinzip nur einen Tatverdächtigen ausmachen können …«

»Münstermann!«, nickte Nusselein.

»Richtig. Gründe könnte es viele geben: Geld, Hehlerei, eine mögliche Seilschaft Josten-Münstermann. Immerhin ist bei beiden Diebesgut aus dem ›Le Procope‹ aufgetaucht. Vielleicht hat der Josten auch Antiquitäten in Roetgen gelagert. Der Laden in Raeren war völlig ausgeräumt und steht heute immer noch leer. Die Timoschenko wollte vielleicht Geld sehen. Möglich ist auch Erpressung. Immerhin hat die dem Paustenbach ja erzählt, dass sie dicke Kohle erwartet. Und sie hat, das wissen wir, versucht, an Münstermanns Adresse zu kommen. Weißt du was, ich esse jetzt in Ruhe zu Ende, dann komme ich zu dir rauf.«

»Und ich denke mal über alles nach.«

»Ich hatte es befürchtet«, beendete Zimmermann das Gespräch.

Ernst Lambertz, der Bauunternehmer aus Kalterherberg, beendete zur besten Eifeler Feierabendzeit, also kurz vor 21 Uhr, mit zwei seiner Leute bei einem »netten Nebenverdienst«, wie er Schwarzarbeit umschrieb, den Arbeitstag:

»Also, morgen halb acht, Kloster Reichenstein. Da sollen wir 'ne Mauer einreißen und dann 'ne Tür für'n Laden hochziehen. Ich rechne mal: zwei Tage.«

Gerhard Huppertz und Oswald Braun nickten:

»Alles klar, Chef.«

»Ich bin um sieben da und lade den Wagen.«

Diskret steckte Lambertz einen Umschlag ein, den ihm ein Bauherr im Kalterherberger Ortsteil mit dem wunderschönen Namen »Kleinfrankreich« gegeben hatte.

Eine verwirrte Sauerländerin mit einem Navigationsgerät von »Aldi« hatte dort einmal nächtens die »Côte d'Azur« gesucht.

Ein bisschen Angabe muss sein.

Nusselein hatte für »schweineteures Geld – immerhin 33 Euro« im »Deux Magots« eine Flasche »Bordeaux Mouton Cadet – Baron Philippe de Rothschild« gekauft und nahm sich fest vor, in Zukunft die Flasche mit billigem Wein nachzufüllen:

»Man umgebe mich mit Luxus, auf alles Notwendige kann ich verzichten – wie Oscar Wilde, der alte Sack, immer sagte.«

Als Zimmermann vorfuhr, entkorkte er die Flasche und hielt dem Kommissar das Etikett sowie ein bereits gefülltes Glas unter die Nase:

»Direkt aus Paris. Für einen Freund ist mir nix zu teuer.«

Zimmermann kippte das Glas in einem Zuge runter.

»Banause, noch nicht einmal gekaut«, meckerte der Frankreich-Heimkehrer. Dann setzte er sich:

»Also, ich habe mir die ganze Sache mal durch den Kopf gehen lassen: Der Josten kaufte von französischen Ganoven Diebesgut für seinen Trödelladen. Einige Sachen vertickt er an Münstermann, der entweder ahnungslos war oder ein Mitwisser. Dann bringt Josten sich um und Münstermann verschwindet. Die Timoschenko weiß, dass Münstermann noch dicke Schulden bei Josten hat, kann ihn aber nicht ausfindig machen. Wie tausende Menschen in der Nordeifel stürzt sie sich an jedem ersten Freitag im Monat auf den ›Hammer‹ …«

»Ja, ja, ja, nun mal halblang«, warf Zimmermann ein.

»… und entdeckt das Foto mit der Montgolfière. Den Schinken kennt sie und weiß auch, dass Münstermann den gekauft oder bekommen hat. Sie findet heraus, dass Münstermann inzwischen in Frankreich lebt und bekommt auch von einem uns Unbekannten die Adresse. Sie ruft Münstermann an, will Kohle, oder will ihn erpressen. Der trifft sich mit ihr und legt sie um. So einfach ist das doch. Logisch?«

Zimmermann hatte sich noch einen Rothschild nachgegossen:

»So kann es gewesen sein. Muss aber nicht. Auf jeden Fall sollten wir morgen mal überlegen, wie wir in Südfrankreich an diesen Münstermann rankommen. Jerusalem und ich haben beschlossen, dass wir Interpol noch nicht einschalten.«

»Gut so«, stimmte Nusselein bei, »die südfranzösischen Bullen sind doch alle korrupt.«

Der Baron de Rothschild erlebte nicht mehr den nächsten Tag – allerdings hatte Nusselein den größten Anteil verkostet.

Achter Tag – Dienstag, 11. März

Nusseleins Nachtruhe war nicht ungestört geblieben. Im Traume hatten die beiden chinesischen Magots aus dem Pariser Café auf ihn eingeschlagen und ihn dann mit einer Fackel des olympischen Feuers in die Metrostation »Saint Germain des Prés« gejagt, wo der Dalai Lama ihm freundlich zulächelte und an einem Tapeziertisch Uhren verkaufte. Dabei rief er immer wieder aus:

»Chaly, denke an die Ansichtskalte fül deine Muttel.«

Schweißgebadet wurde Nusselein wach, fütterte Incitatus und kramte aus seiner Küchenschublade eine Postkarte raus, die eindeutig den Kalterherberger Eifeldom zeigte. Dann schrieb er:

> *»Liebe Mutter, viele Grüße aus Paris sendet Dir Dein Charly. Stell Dir vor, ich habe doch tatsächlich gerade bei einem dieser Bouquinisten, die in grünen Kisten ihre Waren am Seineufer verkaufen, eine Ansichtkarte von Kalterherberg gefunden. Da ich noch eine belgische Briefmarke in der Tasche habe, werde ich gleich bei der Rückfahrt die Karte direkt hinter der Grenze in einen Briefkasten an der Autobahn werfen. Herzliche Grüße aus Paris, Dein Sohn Charly.«*

Um sein Gewissen schnellstens zu beruhigen, fuhr er runter nach Küchelscheid und schmiss die Karte in einen belgischen Briefkasten. Dann brühte er sich einen starken belgischen Morgenkaffee, setzte sich auf die Treppe seines Wohnwagens und nahm sich fest vor, bis 8 Uhr Herrn Schlüter einen guten Mann sein zu lassen. Sein Handy gab gegen 7.30 Uhr Laut, Gottfried Zimmermann war schon im Büro:

»Du bist schon wach? Unfassbar! Ich wollte dir gerade auf die Mailbox sprechen, dass wir uns um 10 Uhr im ›Haus Ternell‹ im Hohen Venn mit Karl Jerusalem treffen. Um diese Uhrzeit sind wir da bestimmt ungestört.«

Nusselein moserte:

»Um diese Uhrzeit bin ich immer wach. Ich bin doch kein Penner.«

»Na, na!«

»Vor einer halben Stunde habe ich schon Schleiden zerstört.«

Gottfried Zimmermann hatte bereits aufgelegt und Nusselein schimpfte:

»Wenn einer mit den Hühnern aufsteht, dann bin ich das ja wohl.«

Irgendwo, in den geheimnisvollen Tiefen der Eifel, lachte Elli Breuer laut auf …

»Chef, ich hol zwei dicke Pohlhämmer mit«, rief Gerhard Huppertz über den Bauhof der Firma Lambertz in Kalterherberg, während sein Kollege Oswald Braun eine Spießbütt anschleppte und auf den blauen VW-Pritschenwagen warf. Ernst Lambertz kam mit einer Tasse Kaffee aus seinem Wohnhaus und stellte das leere Trinkgefäß auf dem Briefkasten vor seiner Eingangstür ab. Dann schwang er sich hinter das Steuer und fuhr mit seinen Leuten in Richtung Reichenstein davon. Zehn Minuten später hielten die drei vor dem schweren Tor des Klosters. Ein Mönch öffnete und Lambertz lehnte sich aus dem Seitenfenster:

»Firma Lambertz, Kalterherberg, wir sollen hier eine Wand einreißen.«

Der Mönch guckte verständnislos.

»Dat is ene Franzus, de versteht dich nit«, bemerkte Gerhard Huppertz trocken. Lambertz startete einen neuen Versuch:

»Iche Chefe Lambertz, Metropole Kalterherberg, we will le mur reconstruire.«

Der Mönch nickte.

»Dat hat er jefressen«, nickte der Bauunternehmer, während Prior Bernard aus dem Haupthaus auf die Männer zueilte und dem Mönch eine kurze Anweisung gab. Dieser öffnete beide Flügel des Tors und Lambertz fuhr mit dem Pritschenwagen auf den Hof:

»Also, Herr Prior, in zwei Tagen haben wir die Mauer abgerissen und den Eingang für ihr Klostergeschäft gemauert.«

Der Prior nickte zufrieden:

»Wir brauchen die Fläche einfach. Der Klosterladen soll nämlich eine Attraktion für die ganze Gegend werden.«

»Machen wir, Chef!«, sagte Lambertz mit erhobener Hand. »Da fangen wir gleich an. Mein Kollege muss nur noch mal nach

Kalterherberg fahren, da wir den dritten Pohlhammer vergessen haben. Aber dann legen wir los – wie Schmitz Katz.«

Der Prior nickte nur, drehte sich um und sagte im Weggehen: »Wenn etwas ist, rufen Sie mich.«

»Haste jesehen? In den Kutten haben die Brüder keine Hosentaschen. Wo steckt der dann unser Trinkgeld rein?«, sinnierte Gerhard Huppertz.

Gegen 9 Uhr rief Gottfried Zimmermann im Aachener Polizeipräsidium an und ließ sich mit der zentralen Datenverwaltung verbinden:

»Der Zimmermann aus Monschau. Ich habe da eine Personenanfrage. Ist ein Dieter Münstermann, letzter Wohnort in Deutschland ist Roetgen, in unserer Kundendatei?«

Der Kommissar hörte im Hintergrund jemanden Daten in einen Computer hacken. Dann meldete sich der Kollege wieder:

»Ja, ist aber schon Jahre her. Da gab es mal einen Anfangsverdacht wegen Hehlerei, ist aber schon 1997 gewesen. Man konnte dem aber nichts nachweisen, Fingerabdrücke haben wir.«

Zimmermann bedankte sich und legte die Füße auf den Tisch, während vor seinem Fenster eine Gruppe Jugendlicher, offensichtlich Schüler eines Aachener Gymnasiums auf traditioneller Klassenfahrt nach Monschau, lärmten:

»Wir wollen das Abitur
- au Hur.
nur das Abitur
- au Hur.«

Zimmermann schloss das Fenster, packte sämtliche Unterlagen der »SOKO Swetlana« in seine Aktentasche, die ihm schon im ersten Schuljahr als Ranzen gedient hatte. Der in Leder eingeprägte Ackergaul war trotz des hohen Alters noch gut zu erkennen. Er zog die beiden Riemchen fest, dann rief er Nusselein an. Der war natürlich noch immer in Ruitzhof und nicht in der Redaktion:

»Sollen wir zusammen fahren?«, fragte der Kommissar.

»Ich bin schon zusammengefahren, als du angerufen hast«, antwortete der Journalist: »Du hast wohl nichts zu tun. Wir sind doch in 'ner viertel Stunde in Ternell.«

»Gut, in einer halben Stunde hier«, antworte Zimmermann und legte auf. Sekunden später klingelte das Telefon auf seinem Schreibtisch.

»Zimmermann!«

Zunächst war Schweigen:

»Em ja, hier ist Prior Bernard aus Reichenstein. Em ja, wir haben da ein Problem, bei uns ist, em, gerade eine Leiche gefunden worden.«

»Lassen Sie alles, wie es ist. Wir sind in ein paar Minuten da.«

Zimmermann sprang auf und hastete in den Raum der Streifenbeamten. Benno Breuer und Hermann Cremer saßen an einem wackeligen Küchentisch mit Wachstuchdecke, die in regelmäßigen Abständen einen Leuchtturm bei nächtlicher Sturmflut zeigte. Während Breuer in ein Brot mit Butter und gekochtem Schinken biss, schaufelte Cremer viel zu viel Zucker in seinen Bohnenkaffee. Zimmermann schrie:

»Los, auf! In Reichenstein ist eine Leiche gefunden worden! Ich fahre mit euch!«

Wenig später jagte der Polizeiwagen mit Blaulicht und Martinshorn am Monschauer Rathaus vorbei Richtung Kreisverkehr. Auf der Rückbank sagte Gottfried Zimmermann bei Jerusalem und Nusselein den Ternell-Termin ab:

»Ich habe schon wieder eine Leiche. Diesmal wohl mitten in Reichenstein drin. Ich melde mich.«

Nusselein verdonnerte er noch:

»Wehe, du kommst raus und störst.«

»Nur nicht kopflos werden, mein Freund!«, beruhigte Nusselein den Kommissar.

»Kopflos in Reichenstein!«, knurrte dieser nur.

Über Mützenich erreichte der Streifenwagen wenig später das Kloster im Tal der Rur, die an einigen Stellen über die Ufer getreten war. Ein früher Wanderer versuchte vergeblich, eine Abkürzung durch den Fluss zu nehmen. Ein Moses, der das Wasser hätte teilen können, war nirgendwo zu sehen …

Ernesto Ramos Wegner stand auf dem wuchtigen Viadukt der ehemaligen Vennbahn und beobachtete mit einem Fernglas das

Kloster. Plötzlich hörte er, dass sich vom ehemaligen Restaurant »Sonnentau« der Streifenwagen näherte. Mit ein paar schnellen Schritten rannte er von der Brücke und ließ sich dahinter ins Gras fallen. Er sah, dass der Polizeiwagen zum Kloster abbog und durch das Tor in den Innenhof fuhr. Vier Mönche schlossen sofort das Hoftor. Wegner wählte die Nummer von Herbert Lüder:

»Monsignore, hier ist etwas passiert. Gerade ist die grüne Kavallerie mit Blaulicht ins Kloster eingerückt.«

»Wir brechen die Aktion ab«, sagte Lüder nur. »Kommen Sie sofort zu mir und lassen Sie sich unter keinen Umständen sehen.«

»Wird gemacht, Boss!«

»Und dann sollten wir uns noch einmal über Ihre Wortwahl unterhalten, dies aber später«, beendete der Monsignore das Gespräch.«

»Arschloch«, entfuhr es dem Stiernacken.

Die drei Bauarbeiter standen mit dem Prior sowie etlichen Mönchen mitten im Klosterhof und unterhielten sich aufgeregt. Vor der kleinen Halle neben dem Eingangstor lag die umgestürzte Mauer.

Zimmermann eilte auf die Gruppe der Männer zu:

»Was ist passiert?«, rief er.

Prior Bernard kam ihm entgegen:

»Da hinten sollte heute eine Zwischenwand entfernt werden. Die Bauarbeiter haben die auch weggerissen und fanden in einem Hohlraum eine Leiche.«

Gemeinsam gingen der Prior und der Kommissar zur Abbruchstelle und kletterten über einen rund dreißig Zentimeter hohen Mauerrest. Dahinter bot sich ein furchtbarer Anblick. Unter Geröll ragte eine abgerissene, skelettierte Hand raus, dahinter lag eine stark mumifizierte Leiche. Haare hingen über das Gesicht, der Kopf war abgetrennt, zerfetzte Männerkleidung war zu erkennen, Maden krabbelten über den ganzen Körper. Ein übler, süßlicher Verwesungsgeruch erfüllte den Raum. Zimmermann musste würgen und lief nach draußen, wo er sich an eine Klosterwand gestützt, übergab.

Derweil segnete der Prior den Toten.

Der Kommissar wischte sich mit einem großen, blauen Taschentuch den Mund ab, dann ging er zum Polizeiwagen und sprach kurz mit seinen Kollegen. Während Zimmermann lange mit dem Aachener Präsidium telefonierte, sperrten die Beamten den Fundort mit dem Band »Crime Scene do not cross« ab – übrigens das Gastgeschenk einer amerikanischen FBI-Delegation bei einem Besuch in Monschau.

Bereits kurz vor Mittag meldete Günther Franitza auf WDR 2:

> »Wieder Leichenfund in Monschau – die Eifel kommt nicht zur Ruhe: In einer stillgelegten Stallung des Klosters Reichenstein bei Monschau ist heute bei Abrissarbeiten eine mumifizierte Leiche gefunden worden. Nach ersten Ermittlungen geht die Polizei davon aus, dass der Tote bereits seit mehreren Monaten dort gelegen hat. Eine Obduktion soll Aufschluss über die Todesumstände bringen. Wegen der stark fortgeschrittenen Verwesung sind bislang weder die Identität noch die Todesursache bekannt.«

Cornelius Damm und Berthold Ott von der Aachener Spurensicherung waren nach knapp einer Stunde in Reichenstein eingetroffen. Damm begrüßte den Monschauer Kollegen mürrisch:

»Na, diesmal wenigstens kein Feuerwerk in der verdammten Eifel.« Während sich die Spurensicherer ihre weißen Anzüge überstreiften, befragte Gottfried Zimmermann die Bauarbeiter. Gerhard Huppertz fasste zusammen:

»Wir also wumm, voll Schmackes op die Mur jekloppt …«

»Ich sacht noch so ›Dat klingt hohl‹, wer weiß …«, warf Oswald Braun ein und Huppertz fuhr fort:

»Da kippt schon alles um, et stinkt sofort wie Sau und dann hand wir den Kerl jesehen.«

»Was haben Sie dann gemacht?«, fragte der Kommissar.

»Dann hand wir uns erst ens kaputtjelacht, weil wir dachten, dat ist so ein Ötzi-Mönch von vor zig hundert Jahren – oder wir werden heimlich jefilmt.«

Ernst Lambertz mischte sich ein:

»Ich hab die Situation sofort erkannt und bin zum Prior jelaufen. Der hat Sie dann angerufen. Das war's.«

Zimmermann hatte während des Gesprächs mehrere Stichworte in sein Notizbuch aus Rajasthan eingetragen, dann ging er zum Prior rüber, der auf einer Mauer vor der Klosterkirche saß:

»Und«, fragte er, »haben Sie dafür eine Erklärung?«

Pater Bernard sah wütend auf:

»Haben Sie schon wieder einen Anfangsverdacht gegen unsere Bruderschaft? Kanonenbeschuss, Frau vergewaltigt, Mensch eingemauert, wahrscheinlich ein Evangelischer, der geopfert wurde. Das tut man ja in der Eifel jeden Sonntag.«

Zimmermann machte eine wegwerfende Bewegung:

»Können wir nicht sachlich bleiben, Herr Prior? Ich habe überhaupt keinen Verdacht gegen Ihre Leute hier.«

»Wie nett. Dann kann ich Ihnen vielleicht sogar weiterhelfen. Als wir vor zwei Monaten hier in das Kloster einzogen, habe ich sofort geplant, dort hinten unseren Klosterladen zu eröffnen. Allerdings störte mich die Mauer. Selbst ein Laie konnte sehen, dass die noch nicht lange da stand. Trotzdem habe ich das Bauamt der Stadt Monschau angerufen, die hatten aus Denkmalschutzgründen keinerlei Bedenken gegen den Abriss. Und jetzt kommt es, was für Sie vielleicht wichtig sein könnte. Vor einigen Tagen habe ich mit dem ehemaligen Besitzer des Klosters …«

»Dem Rechtsanwalt aus Düsseldorf?«, warf Zimmermann ein.

»Stimmt, also habe ich mit dem gesprochen und dem ganz beiläufig erzählt, dass ich einen Klosterladen eröffnen werde und die Mauer einreißen will. Der war völlig erstaunt und hat mir versichert, dass in diesem Raum, den er ›Die alte Schmiede‹ nannte, überhaupt keine Mauer stehen würde und er seit Jahren dort keine Umbauarbeiten durchgeführt hätte.«

»Das heißt«, kombinierte Zimmermann, »dass die Mauer erst nach dem Verkauf des Klosters an Ihren Orden und vor Ihrem Einzug gebaut worden ist.«

»Sie sagen es«, nickte der Prior.

»Wie lange stand das Kloster denn leer?«

»Wir sind erst vor zwei Monaten hier eingezogen. Über eineinhalb Jahre wird hier wohl kein Mensch gewesen sein.«

»Stand das Kloster denn immer offen?«, hakte Zimmermann nach.

»Meistens. Stehlen konnte man nichts und arme Seelen ohne Wohnstätte verirren sich hier auch nicht hin. Vandalismus wäre möglich gewesen, ist aber nicht passiert. Der Bauunternehmer Lambertz da hinten hat abends das Tor verschlossen. Da wir keinen Ärger haben wollten, war tagsüber immer auf.«

»Wieso Ärger?«, fragte der Kommissar.

»Die Kirche ist mit öffentlichen Mitteln saniert worden. Somit hat die Öffentlichkeit ein Recht, jederzeit das Gotteshaus zu betreten. Und da wir hier direkt nach Bekanntwerden unseres Klosterkaufs angefeindet worden sind, wollten wir keinerlei Fehler machen.«

»Es wäre also möglich, dass hier jemand heimlich gemauert hat, und keiner hat's bemerkt.«

»Mit Sicherheit«, nickte der Prior.

»Ich danke Ihnen«, sagte Zimmermann, »ich danke Ihnen wirklich. Ehrlich gesagt, glaube ich auch nicht mehr, dass Sie oder Ihre Leute …«

»… meine Mitbrüder!«

»… etwas mit den ganzen Vorfällen zu tun haben.«

Zimmermann tippte sich an die Stirn und ging wieder zu Ernst Lambertz.

»Herr Lambertz, ich höre gerade, dass Sie schon vor dem Einzug der Mönche für den Orden tätig waren.«

»Tätig ist wat übertrieben. Mich rief vor ungefähr anderthalb Jahren einer von denen aus der Schweiz an und fragte, ob ich hier immer auf- und zuschließen könnte, damit Touristen und Wanderer über Tag in die Kirche könnten. Die war ja völlig leer. Habe ich dann auch gemacht.«

»Jeden Tag?«

»Neeee, ich jebe ja zu, dat ich dat manchmal verjessen habe. Da stand das Tor mal 'ne Nacht offen oder war auch mal 'nen Tag zu. Beschwert hat sich aber keiner.«

»Wie bekam man das Tor auf?«

»Mit 'nem janz normalen Schloss und dann so einem Riegel. En Profi hätte dat in zehn Sekunden geknackt.«

»Ist Ihnen denn mal was aufgefallen? Reifenspuren oder so? Kurzum: Dass jemand hier war.«

»Neee, nie. Und in der alte Schmiede bin ich auch nie gewesen. Wat sollte ich denn da? Meistens habe ich nur auf- und zugeschlossen und bin erst gar nicht in den Hof rein.«

Zimmermann starrte auf seine Notizen:

»Es wäre also möglich gewesen, Herr Lambertz, dass hier jemand diese Bauarbeiten durchgeführt und eine Mauer gezogen hätte?«

»Hier hätten Sie den ›Tivoli‹ von der ›Alemannia‹ bauen können und keine Sau hätte es bemerkt.«

Zimmermann nickte und wollte zu den Kollegen der Spurensicherung gehen. Doch Damm rief ihm zu:

»Bleib, wo du bist, du Weichei! Die Maurer haben uns alles erzählt. Sonst kotzt du uns noch auf den Tatort!«

Nusselein lief aufgeregt in seinem Wohnwagen auf und ab. Ein Mord – quasi vor seiner Haustüre – und er sollte in Ruitzhof bleiben und Däumchen drehen:

»Ich hasse diesen Polizisten, diesen verdammten Zimmermann. Jetzt, wo es spannend wird …«

Um sich abzuregen, legte er »I Shot The Sheriff« auf – allerdings in der Fassung von Bob Marley.

Neben Luftgitarre spielte Nusselein auch Luftpistole und schoss mehrmals auf den Monschauer Kommissar:

»Selbst zu Fuß wäre ich in einer viertel Stunde da.«

Dann stutze er, schaute Incitatus an, der eine lebende Maus in den Wohnwagen gebracht hatte und diese unter den Küchenschrank jagte:

»Er hat nur von ›nicht stören‹ gesprochen, nicht von ›nicht erscheinen‹.«

Nusselein stürzte aus seinem Wohnwagen, sprang in seinen Wagen und donnerte Richtung Reichenstein davon.

Na ja, donnerte …

Der Leichenwagen bog in den Klosterhof ein. Cornelius Damm und Berthold Ott hatten ihre Arbeit getan und zogen ihre Anzüge aus. Damm gab den beiden Bestattern noch einige Anweisungen, dann ging er zu Gottfried Zimmermann rüber, der auf einer Bank vor dem Hauptgebäude saß. Der Aachener setzte sich ebenfalls:

»Also, nix Genaues kann ich noch nicht sagen: Ich vermute mal, dass der Mann seit ungefähr einem Jahr oder sogar etwas länger tot ist. Todesursache ist eindeutig: Erschossen. Der Tote hat mitten auf der Stirn ein Einschussloch. Kaliber: Keine Ahnung, muss das Labor rausfinden. An einer Hand habe ich noch einen recht vernünftigen Fingerabdruck nehmen können. Ob der allerdings reicht, keine Ahnung. Eins fiel allerdings auf: Der Kopf lag zwar offensichtlich am Körper, war aber mit einem scharfen Gegenstand abgetrennt worden. Ähnlich wie bei der Russin …«

»Ukrainerin«, verbesserte Zimmermann. Damm winkte ab:

»Alle gleich. Wenn der Tote kein Kunde von uns war, wird das schwierig. DNA wird länger dauern, ich mache aber Dampf. Ich glaube nicht, dass der Fundort auch der Tatort ist. Nach meiner Meinung hat man den Toten hierhin geschafft, abgelegt und dann die Mauer gebaut. Die war ja nicht besonders groß, jeder Baumarkt-Junkie kann das.«

»Du bist also sicher, dass der Tote kein Mönch aus vergangenen Zeiten war, der Heilige der letzten Tage von Reichenstein zum Beispiel.«

Damm lachte:

»Ich mache diesen verdammten Job schon etwas länger. Zwischen Ramses und Fritz Meier kann ich schon unterscheiden. Und guck dir doch mal die Mauer an. Das sind ganz normale Bimssteine, die sehen stellenweise noch richtig neu aus. Nein, nein, mein junger Eifeler Freund: Du hast einen weiteren Mord an der Backe.«

Damm stand auf und verabschiedete sich:

»Ich mache richtig Dampf, damit du schnell was in den Händen hat. Ich sehe auch, dass unser Mutterhaus, das darf man doch in einem Kloster sagen, dich hier in der Pampa immer hängen lässt. Hätten wir den Toten im Aachener Dom gefunden …«

»Dann wäre es Karl der Große«, stöhnte Zimmermann.

»Nein, dann wäre die ganze Firma in Bewegung, und der Polizeipräsident auf einer überdachten Zuschauertribüne am Tatort.«

Damm nickte und ging, während Zimmermann mit einem Auge sah, dass Nusselein sich ganz langsam in den Hof schlich.

Zimmermann stöhnte, dann ging er zu dem Journalisten. Bevor er etwas sagen konnte, wiegelte Nusselein ab:

»Du hast von Stören gesprochen, und ich störe nicht.«

»Ist schon gut«, winkte der Kommissar ab, »ich hätte mich sowieso gleich bei dir gemeldet.«

»Und?«

Zimmermann schilderte ausführlich die Ereignisse und berichtete von den Erkenntnissen der Spurensicherung:

»Kurzum: Dieser Mord ist schon über ein Jahr her.«

»Glaubst du, dass die Sache was mit dem Mord an der Timoschenko zu tun hat? Immerhin liegen die Tatorte …«

»Fundorte!«, verbesserte Zimmermann: »In beiden Fälle können die Toten hierhin geschafft worden sein.«

»… die Fundorte nur einige Meter auseinander. Da könnte es doch einen Zusammenhang geben?«

»Frag mich mal was Leichteres. Und jetzt fahre ich nach Monschau in mein Büro und will eine Viertelstunde ungestört und regungslos auf holländische Touristen starren.«

»Wann können wir weitermachen?«, rief Ernst Lambertz, als Zimmermann Anstalten machte, den Hof zu verlassen:

»Vorerst nicht, ich sage Ihnen dann Bescheid. Der Platz bleibt gesperrt.«

»Als hätten wir nix anderes zu tun!«, knurrte der Bauunternehmer.

Eine halbe Stunde später war Gottfried Zimmermann in seinem Büro. Er prüfte genau nach, ob sich jemand im Gebäude aufhielt. Als er feststellte, dass auch die Streifenbeamten noch unterwegs waren, genehmigte er sich einen Tobsuchtsanfall. Wütend trat er auf den alten Bürostuhl vor seinem Schreibtisch ein und schlug mehrmals mit einem Lineal der GdP auf die Lehne. Bei dieser Aktion der nackten Gewalt gab das Büro-Accessoire nach und zersplitterte. Auch der Bürostuhl überlebte die martialische Aktion nicht – Brennholz hieß das Schicksal. Während seines Anfalls schrie sich Zimmermann die Seele aus dem Leibe:

»Verdammte Scheiße, das ganze Jahr jage ich nur Hühnerdiebe und verfolge Sachbeschädigungen in der Mai- und Johannisnacht und jetzt zwei Morde auf einmal und die Arschlöcher aus Aachen lassen mich wieder hängen. Ich könnte darüber bekloppt werden. Am liebsten würde ich ...«

»Was ist denn hier los?«

Fassungslos hatte Benno Breuer das Büro betreten, zog sich gerade noch die Hosenträger straff und legte die Zeitung der GdP »Deutsche Polizei« mit der Titelgeschichte »Hilfe nach Schusswaffenerlebnis« ins Regal zurück.

Zimmermann hielt inne:

»Wo kommst du denn her?«

»Ich saß die ganze Zeit auf dem Klo!«, antwortete der Streifenbeamte, »und dachte hier wäre ein Erdbeben.«

»Das Erdbeben soll dich beim Scheißen treffen«, fluchte der Kommissar.

Als Nusselein die Redaktion betrat, sprangen Alex Kufka und Elli Breuer auf, rissen die Arme hoch und sangen, während sie sich immer wieder verbeugten:

»Ja, lebt denn der alte Nusselein noch, Nusselein noch, Nusselein noch, lebt denn der alte Nusselein noch, Nusselein noch?
Ja, er lebt noch, er lebt noch, er lebt noch, ja, er lebt noch, er lebt noch.«

Charly ging auf diese Begrüßung nicht ein, sondern sagte nur:

»In Reichenstein ist ein zweiter Mord passiert: Erschossen, geköpft, eingemauert und dann wahrscheinlich auch noch verhungert.«

Kufka nickte und zog eine Augenbraue hoch:

»Welche Aussage war Nusselein-Latein?«

Dieser machte eine wegwerfende Handbewegung:

»Die nächsten Tage werde ich für Kleinkram keine Zeit haben.«

Elli Breuer prustete los:

»Damit ist ja wohl die tägliche Arbeit hier gemeint. Kann ich mir, also wir, also der Chef und ich, uns wieder den Arsch aufreißen.«

»Dafür gibt's aber auch eine wahnsinnige Titelgeschichte.«

»Sinnig stimmt«, schrie Elli Breuer, »aber wahrscheinlich wieder schwachsinnig.«

»Es ist das Schicksal des Genies, unverstanden zu bleiben«, schimpfte Nusselein, als er in seinem Büro verschwand und tatsächlich bis in den frühen Nachmittag mehrere Artikel redigierte und sogar selbst schrieb – unter anderem über einen Urologenkongress im April in Monschau. Er versah den Text mit der Überschrift »Mit Schmackes ins Rektale«.

Karl Jerusalem von der Eupener »Brigade Spéciale de Recherche« langweilte sich an diesem Nachmittag. Er ließ seine umfangreiche LP-Sammlung durch die Finger gleiten und entschied sich dann für »Kommt an den Tisch unter Pflaumenbäumen« von Franz-Josef Degenhardt. Dann rief er Gottfried Zimmermann in Monschau an:

»Was war denn los, wir wollten uns doch diesen Münstermann in der schönen Provence vornehmen?«

Der deutsche Kommissar schilderte ausführlich die Vorfälle um Kloster Reichenstein, dann schloss er:

»Und ich habe jetzt zwei Fälle an der Backe.«

Während Degenhardt im Hintergrund »Ja, das ist die Sprache der Mörder« sang, dachte Jerusalem lange nach, dann entschied er:

»Weißt du was, du hast doch schon gute Vorarbeit geleistet. Wenn du meinen Rat hören willst: Kümmere dich um die Klostergeschichte und lass bei dem Münstermann in Südfrankreich die Leutchen von Interpol den Rest erledigen. Dann hast du eine Sache schon mal aus dem Kopf.«

Zimmermanns Handy vibrierte auf dem Schreibtisch:

»Mein Handy, ich melde mich sofort wieder«, sagte der Monschauer Kripomann, dann drückte er das Gespräch frei. Cornelius Damm von der Spurensicherung rief aus Aachen an. Bereits nach kurzer Zeit ließ Zimmermann den Kopf auf den Tisch fallen und stöhnte:

»Ich fasse es einfach nicht! Nein, ich fasse es einfach nicht!«

»Das glaube ich einfach nicht! Das glaube ich einfach nicht!«

Auch Nusselein schaute fassungslos, als Gottfried Zimmermann ihn anrief und stammelte nur:

»Was, was hast du gesagt? Noch mal, wer ist der Tote aus Reichenstein?«

»Münstermann! Dieter Münstermann! Unser Münstermann!«, berichtete Gottfried Zimmermann.

»Aber, aber …«, stotterte Nusselein.

»Mich hat es auch aus den Socken gehauen. Aber unsere Jungs haben wohl einen recht brauchbaren Fingerabdruck gefunden. Aus so 'ner Hehlergeschichte. Die Kollegen sind sich ganz sicher.«

»Aber, aber«, versuchte der Journalist stotternd seinen Faden zu finden, »wer, verdammt, ist dann der Münstermann in Frankreich?«

»Das wüsste ich auch zu gerne«, fluchte Zimmermann, »uns bleibt wohl nichts anderes übrig, als Interpol einzuschalten. Auf jeden Fall haben unsere beiden Fälle dicke etwas miteinander zu tun.«

Nusselein schaute auf den Mantel von Columbo, der lässig über einem Stuhl hing, dann nahm er einen Gesichtsausdruck an, bei dem man annehmen konnte, dass er ein Glasauge habe.

»Oh, Moment, da ist noch eine Kleinigkeit … Geben Sie mir noch einen Tag Zeit.«

»Warum siezt du mich, welchen Rappel hast du denn jetzt?«

Das Glasauge verschwand aus dem Gesichtsausdruck und Columbo mutierte wieder zu Nusselein:

»Ich habe da eine Idee. In Montelimar kenne ich einen Kollegen. Benno Steinröx, der stammt sogar aus Monschau …«

»Genau wie bei Karl May«, warf der Kommissar ein. »Einer spricht immer Deutsch.«

»… der arbeitet bei der Zeitung ›La Tribune‹. Die Provence ist doch da quasi um die Ecke.«

»Was du so um die Ecke nennst: Höfen-Rohren?«

Nusselein hackte etwas in seinen Computer, mehrmals hörte man ihn »Diese Scheiß-Routenplaner« fluchen:

»116 Kilometer. Das schafft der doch sogar heute noch in einer knappen Stunde«, jubelte er.

»Hoffentlich hat dein Kollege nicht auch einen Mazda. Dann sehe ich nämlich schwarz. Aber warte mal: Wir haben es wahrscheinlich mit einem Mörder zu tun. Da kannst du deinen Kollegen doch nicht ins Messer laufen lassen.«

Nusselein war viel zu begeistert, um eine Gefahr zu sehen:

»Das ist ein alter Hase. Teleobjektiv drauf, gut versteckt, als Tourist getarnt, Natur- und Tierfotograf, da kann nichts passieren.«

»Also, ich übernehme keine Verantwortung«, beharrte Zimmermann.

»Preußischer Beamtenfeigling!«, schimpfte der Journalist.

»Gut«, sagte der Kommissar, »das ist dein Beritt. Ich rufe mal die ›Brigade Spéciale de Recherche‹ in Eupen an.«

Zimmermann beendete das Gespräch, während Nusselein in seinem zerfledderten Moleskine-Notizbuch, das er sich wegen der legendären Verbindung zu Hemingway und Picasso gekauft hatte, die Nummer von Benno Steinröx suchte. Er erreichte ihn in der Redaktion von »La Tribune«.

Ausführlich schilderte er die beiden Leichenfunde um Reichenstein sowie den Stand der Ermittlungen und beschönigte für seine Verhältnisse kaum etwas:

»Wir müssen unbedingt wissen, wer sich bei euch da unten als der Roetgener Antiquitätenhändler ausgibt. Der nennt sich wahrscheinlich Münstermann und wohnt in Lacoste, Les Jassines 7. Ein Foto genügt. Aber sei vorsichtig, der Mensch könnte ein Killer sein.«

Doch Benno Steinröx winkte ab:

»Ich habe gerade erfahren, dass wir demnächst in Frankreich einen Tag umsonst arbeiten müssen, um die Altersheime vor der nächsten Hitzewelle mit Klimaanlagen auszurüsten. Vor ein paar Jahren sind hier in Frankreich fast 15.000 alte Leute an Überhitzung gestorben. Da macht das Fotografieren von Killern doch richtig Spaß!«

»So kenne ich dich«, schleimte Nusselein, »wenn du noch mal in Monschau bist, gebe ich ein riesiges Besäufnis.«

»Bei deinem letzten riesigen Besäufnis habe ich zwölf Flaschen Rotwein mitgebracht und du ein Glas eingelegte Silberzwiebelchen. Ich melde mich. Muss gleich sowieso noch nach Avignon in unsere Druckerei. Bis Lacoste sind das dann höchstens noch 45 Kilometer. Vielleicht kann ich dir noch heute was mailen.«

Nach dem Telefonat betete Nusselein zu Herrn Schlüter:

»Bitte mach, dass der Killer aus der Provence nichts bemerkt! Bittebitte!«

Draußen hörte er seinen Kater vor die Hausapotheke kotzen, die immer noch auf der Treppe lag …

»Es ist alles vorbereitet«, versicherte Monsignore Herbert Lüder. »Sie wissen, ich war viele Jahre ein enger Mitarbeiter des Heiligen Vaters, als der gute Joseph noch Ratzinger hieß …«

»Name dropping!«, dachte Ernesto Ramos Wegner.

»… und da mussten wir oft komplizierte Probleme unserer Mutter Kirche lösen. Wir treten bei unserem Kampf gegen das Böse nun in eine neue Phase, die der Argumentation. Ich habe dafür gesorgt, dass Sie jederzeit Zugang zur Kirche in Kalterherberg haben. Von dort wenden sich die meisten Gläubigen den Mönchen zu.«

Der Monsignore machte eine Kunstpause und schob Wegner einen Schlüssel über den Tisch:

»Ab dem kommenden Wochenende werden Sie nachts in der Kalterherberger Kirche Streitschriften gegen diese angeblichen Mönche auslegen. Wir müssen verhindern, dass uns noch mehr Gläubige davonlaufen.«

Theologische Sorgen drückten Ernesto Ramos Wegner weniger:

»Ich habe noch kein Honorar bekommen.«

»Der verfluchte Hunger nach Gold«, schoss es dem Monsignore durch den Kopf, er sprach das Gedachte aber Lateinisch aus:

»Auri sacra fames.«

Ernesto Ramos Wegner hielt das für ein Lutschbonbon.

Gottfried Zimmermann war mit seinem Latein am Ende. Sein ganzes Lösungsmodell war durch den Anruf aus Aachen zusammengebrochen. Münstermann konnte nicht mehr der Hauptverdächtige sein, denn Münstermann war tot.

Er wählte die Eupener Nummer von Karl Jerusalem und schilderte diesem die neueste Entwicklung, während man im Hintergrund von einer leicht welligen Schallplatte »Schobert & Black« vom »Greisinnenmörder vom Teufelsmoor« eiern hörte. Der Monschauer Kommissar war unzufrieden – mit sich und der Welt. In erster Linie aber mit sich:

»Ich glaube die ganze Zeit, dass ich Hornochse etwas übersehen habe.«

»Das glaubt man immer«, tröstete Jerusalem, »aber wahrscheinlich sind wir der Lösung näher, als du denkst. Da sich hier in Ostbelgien zurzeit nix, aber überhaupt nix tut, habe ich alle Zeit der Welt. Wir beide gründen jetzt, ganz inoffiziell – ein ›Euregionales Polizei-Informations-Cooperations-Centrum‹ mit internationalem Sitz in meiner Hosentasche. Ich schlage vor, ich komme nach Monschau, kaufe vorher noch vernünftige Alkoholika ein, damit ich die preußischen Brausen nicht trinken muss. Zur Not gibt es bei deiner schönen Freundin doch ein Hotelzimmer für einen betrunkenen Belgier, oder?«

Zimmermann bejahte dies:

»Kein Problem, sogar mit Ei zum Frühstück. Ich schlage aber vor, dass wir uns in Nusseleins Wohnwagen treffen, da kennt uns keiner, da sagen sich nur die Füchse gute Nacht.«

Im Hintergrund sangen die Barden »Rund um Klapphorn«.

Ein Satz wie aus einer Werbeschrift: »Ein Ort voller Magie, anziehend, unwiderstehlich, bei jedem Besuch nehmen die Sinne neue Eindrücke, andere Stimmungen wahr«. Prior Bernard hatte diese Formulierung unter »Eifel – Kloster« im Internet gefunden – allerdings in einer Beschreibung über das Kloster Maria Laach.

Sein eigenes Kloster war von so einem Zustand des Friedens allerdings weit entfernt. Resigniert rief er daher Nikolaus Franzhuber, den Generalrat der Bruderschaft in der Schweiz an. Ausführlich schilderte er die neuerlichen Vorfälle mit dem Leichenfund im zukünftigen Klosterladen und schloss:

»Ich weiß nicht, ob unsere Entscheidung für die Eifel richtig war.«

Generalrat Franzhuber war da ganz anderer Meinung:

»Eine Prüfung, lieber Mitbruder, die der Herr dir stellt. Genau dies wollen unsere Gegner doch nur erreichen. Aber denke immer daran: Auf dich, o Herr, vertraue ich, ich werde nicht enttäuscht in alle Ewigkeit; du bist gerecht, so rette und befreie mich.«

Franzhuber hatte einfach aufgelegt und Prior Bernard stöhnte:

»Ob mir das jetzt weiterhilft?«

Karl Jerusalem mühte seinen »R4« stotternd den Berg nach Ruitzhof hoch und ließ das angestaubte Fahrzeug bis zu Nusseleins Wohnwagen ausrollen. Aus einem belgischen Warenhaus hatte er eine Kiste mit sechs Flaschen chilenischen »Casillero del Diablo Chardonnay« mitgebracht. Da der belgische Kripomann dies mit »Keller des Teufels« übersetzte, tippte er zunächst auf österreichische Herkunft.

Nusselein saß auf der Treppe zu seinem Wohnwagen und verband seinen Zeh, der schon fast wieder Normalgröße und -farbe angenommen hatte. Jerusalem wuchtete die Weinflaschen aus dem Wagen, sehr zur Begeisterung des Journalisten:

»Das nenne ich Service, was anderes als dein deutscher Kollege, der mir hier immer wieder ›Castello di Aldi‹ unterjubelt. Du dagegen ›Casillero del Diablo‹. Respekt, Respekt.«

Wenn man vom Diablo spricht …

Sekunden später erschien auch Gottfried Zimmermann und parkte hinter der Rostlaube. Da sich der Wind vom Hohen Venn nicht gerade von seiner mildesten Seite zeigte, gingen die drei Männer in den Wohnwagen. Nusselein entkorkte die erste Flasche. Danach saßen sie schweigend um den Küchentisch und starrten gebannt auf das Telefon.

Nach einer längeren Phase der Einkehr meinte Nusselein:

»Der kann noch gar nicht zurück sein. Man braucht auch eine gewisse Zeit, um sich anzuschleichen.«

Zimmermann knurrte: »Handbuch für den Guerillakrieg, Winnetou, Lektion 3, Titel: Schwuppdiwupp durchs Unterholz.«

Schweigend tranken die Männer den ersten Teufel bis in den Keller leer. Zimmermann sah auf die Uhr: »Gleich acht!«

»Willste etwa jetzt die Tagesschau gucken?«, frage Nusselein.

»Idiot!«, antwortete Zimmermann.

»Bitte mit Vornamen!«, schimpfte Nusselein.

»Voll Idiot.«

»Das klingt doch schon besser.«

Das Telefon klingelte, Nusselein riss den Hörer hoch, hörte kurz zu und nickte dann freudig:

»Bingo, er ist es, hat alles bestens geklappt. Du hast doch nix dagegen, wenn zwei Freunde mithören. Sind zwar Bullen, aber sonst ganz nett.«

Dann schaltete er laut:

Benno Steinröx schilderte ausführlich seinen Besuch in Lacoste:

»Ich bin dann zur Burg hoch, da konnte ich unbemerkt das Haus beobachten. Der Kerl kam auch sehr schnell raus, setzte sich an seinen Pool und gab sich sofort mit ›Pastis‹ die Kante. Ich glaube, ich habe einige brauchbare Fotos machen können. Danach bin ich noch ins ›Café de Sade‹ gegangen …«

»Ferkel«, warf Nusselein ein, »ist das ein Puff?«

»Quatsch, das ist eine ganz normale Dorfkneipe mit Laubenterrasse und so. Ich habe dann mit Mühe meinen deutschen Akzent von früher hingekriegt und auf Tourist gemacht, nach den Einwohnern gefragt, nach den Zugezogenen, ob auch Deutsche dabei sind und so weiter und so beiläufig. Der Wirt plauderte sofort los und hat mir stolz erzählt, dass er auch der Dorfbriefträger sei und daher jeden kenne. Euer Vogel nennt sich hier unten also Münstermann, bekommt selten Post, aber, jetzt kommt es, jeden Tag das ›Grenz-Echo‹ aus Eupen im Abo. Der Wirt hält das für eine deutsche Zeitung. Dass die täglich aus Belgien kommt, ist dem noch nie aufgefallen. Wahrscheinlich schon morgens Pastis. Also: Ich bin jetzt gerade aus Lacoste raus, in anderthalb bis zwei Stunden müsste ich in Montelimar sein. Dann schicke ich euch sofort aus der Redaktion die Fotos rüber. Also bis gleich.«

Nach diesem Gespräch stöhnte Nusselein lustvoll auf.

»Das ist ein Land, wunderbar: ›Café de Sade‹, nur weil der mal da gewohnt hat. Haben wir dagegen in der Eifel irgendwo ein

›Café Nitribitt‹? Mitnichten! Und die war immerhin ein echtes Eifeler Mädchen.«

Ein Problem, das an diesem Abend die beiden anderen Männer weniger berührte …

Drei weitere Teufel waren zwei Stunden später im Keller – die vierte Flasche geleert. Außer einem Gastvortrag von Professor h.c. Nusselein zum Thema »Die Geschäftsidee: Ein Café Nitribitt für Monschau muss her« war wenig gesprochen worden. Endlich klingelte das Telefon. Nusselein riss den Hörer hoch:

»Ah, du bist es! – Schon in der Redaktion? – Ja, mein Computer ist an: c.nusselein@t-online.de – danke, und melde dich, wenn du in Monschau bist. Hier sind ein Mensch und zwei Bullen, die mit dir Koma-Trinken werden.«

Dann legte er auf und die drei stürzten zu Nusseleins Computertisch, auf dem auch zwei verwesende Socken lagen. Wenig später war die Mail aus Frankreich da. Als das erste Foto auf dem Bildschirm erschien, starrten sich alle fassungslos an. Karl Jerusalem war der erste, der sich wieder gefangen hatte:

»Das ist Josten, Luc Josten aus Raeren. Die verbrannte Leiche aus Schönefeld.«

Gottfried Zimmermann nickte:

»Ohne Zweifel, das ist der Kerl, dessen Foto in deiner Selbstmordakte war.«

Nusselein schüttelte den Kopf:

»Verstehe ich das richtig? Erstens: Münstermann ist nicht Münstermann, da Münstermann tot ist. Zweitens: Der, der sich aber als Münstermann in Südfrankreich ausgibt, ist Luc Josten. Drittens: Josten ist aber tot, weil er sich verbrannt hat, da seine Freundin Valja Timoschenko ihn eindeutig identifiziert hat. Und die ist zu allem Überfluss auch noch tot.«

Karl Jerusalem nickt:

»Die Dame hat also gelogen. Und damit haben wir wieder einen weiteren unbekannten Toten: Wenn Münstermann in Südfrankreich Josten ist, wer ist dann, bitteschön, mein verbrannter Toter?«

»Wir sollten jetzt«, schlug Zimmermann vor, »alle eine Mütze Schlaf nehmen. Morgen treffen wir uns in meinem Büro und überlegen, ob wir Interpol einschalten.«

Während Nusselein in Ruitzhof bei seinem Kater blieb, fuhren die beiden Kripobeamten gemeinsam in Zimmermanns Dienstwagen nach Monschau. Der »R4« blieb auf der Eifelhöhe.

Über die Fragen nach dem Fahrer und dessen Alkoholstand wollen wir Columbos Mantel des Schweigens werfen …

»Fertig«, hallte es durch die Druckerei des Zeitungsverlages an der Dresdener Straße in Aachen. Beide Aachener Tageszeitungen machten mit dem neuerlichen Mord in der Eifel auf. Während die »Aachener Nachrichten« groß mit »Mörder gehen in der Nordeifel um« titelte, konnte man in der »Aachener Zeitung« lesen »Leiche hinter Klostermauern«.

> »**Monschau.** – Zweiter Leichenfund innerhalb weniger Tage in der Eifel. Nach der ermordeten Ukrainerin in der Rur (wir berichteten), wurde gestern in einem Nebengebäude des Klosters Reichenstein zwischen Kalterherberg und Mützenich bei Bauarbeiten eine männliche Leiche entdeckt. Die Polizei geht davon aus, dass der Unbekannte bereits vor einigen Monaten umgebracht und dann eingemauert wurde. Wegen der stark fortgeschrittenen Verwesung sind weder die Identität noch die Todesursache bekannt. Der Mord konnte nur entdeckt werden, weil Bauarbeiter am Dienstagmorgen in dem Kloster, das erst seit einigen Wochen von einem lefebvrischen Benediktinerorden bewirtschaftet wird, eine Wand einrissen und dahinter die skelettierte Leiche entdeckten. Aus Insiderkreisen war zu erfahren, dass der Ermordete möglicherweise geköpft wurde, bevor der oder die Täter ihn einmauerten. Erste Untersuchungen der Leichenteile in Aachen ergaben, dass es sich bei dem Unbekannten möglicherweise um einen 35 bis 45 Jahre alten Mann handeln könnte. ›Er hatte eine vollschlanke Figur und war zwischen 178 und 185 Zentimeter groß‹, sagte Polizeisprecher Paul Kemen.

> Dr. Reinhard Weixler, Leiter der Gerichtsmedizin, äußerte sich ebenfalls zurückhaltend: ›Das Alter eines Menschen kann am Zustand seiner Gelenkknochen eingegrenzt werden. Individuelle Merkmale wie zum Beispiel das Gebiss oder auch Knochenbrüche sind dabei hilfreich.‹«

Den Fahrer des Auslieferungswagens interessierte etwas ganz anderes:

»Hoffentlich gibt es heute Nacht kein Glatteis Richtung Eifel.«

Die Sternennacht von van Gogh lag über der Provence. Ein fetter Mond überragte die verwischten Sterne, ein Baumstumpf ragte in den tiefblauen Himmel, der von dem Dunst einer Morgenwolke durchzogen wurde. In Lacoste flackerten wenige Laternen, in einigen Häusern brannte noch Licht, auf den Höfen einiger Bauern hörte man die Kettenhunde bellen.

Luc Josten saß in völliger Dunkelheit an dem kleinen Bistrotisch auf seiner Terrasse, die Flasche »Pastis 51« fast geleert. Dann wählte er eine Nummer in der Schweiz an und führte ein längeres Gespräch, bei dem er allgemein über die Schönheit der Schweiz sprach und dabei auch eine »Sammlung Bührle« in Zürich erwähnte:

»Zwei sehr schöne Bilder, die hatte ich Ihnen neulich schon genannt. Die sollten sie sich jetzt unbedingt einmal anschauen.«

Danach war, wenigstens für einen Außenstehenden, die Rede von einem Fotowettbewerb. Josten schloss:

»Ich werde meine Fotos gerne mit Ihnen tauschen und bekomme dann Ihre Bilder. Ich schlage vor, Treffpunkt kommenden Montag, 14 Uhr, Parkplatz der Psychiatrischen Uni-Klinik Zürich. Da braucht man keine Parkgebühren zu bezahlen und findet immer einen Platz.«

Als Josten das Handy weglegte, lehnte er sich zufrieden zurück.

Es war ein gutes Gefühl, tot und bis zur Unkenntlichkeit verbrannt auf dem Raerener Friedhof zu liegen. Vor ihm öffnete sich eine neue Zeit: Kein Trödel, kein Tand, keine Hehlergeschäfte mit

Kunstbanausen, die ihm wertlose Gemälde wie »Die Montgolfière« lieferten. Die großen Museen standen an.

Das Gemälde der guten »Marie Antoinette«, damals noch nicht kopflos, hatte den Anfang gemacht – in wenigen Tagen würden das »Mohnfeld bei Vétheuil« von Claude Monet und »Blühende Kastanienzweige« von Vincent van Gogh für immer und ewig im Bunker eines Kunstsammlers verschwinden und Luc Josten zum Millionär machen.

Es träumt sich gut in einer Sternennacht in der Provence.

Nusselein hatte eine Nacht mit dem Teufel im Keller vor sich: In seinen Träumen erschienen immer wieder Fratzen, die mit der Synchronstimme von Peter Falk auf ihn einredeten:

»Oh, Moment, da ist noch eine Kleinigkeit …«

»Haben Sie mal Feuer?«

»Wissen Sie, was mir aufgefallen ist …«

»Ich hätt' da noch eine Frage …«

Die Gesichter verschwammen – der Abt wurde zu Münstermann, Münstermann zu Josten, Josten wiederum zu Ralf Schütt, der inmitten eines Baumarktes stand und laut rief:

»Geht nicht, gibt's nicht. Praktiker, hier spricht der Preis.«

Dann gab es einen furchtbaren Knall …

… Incitatus war auf der Flucht vor einem überlegenen Nachbarskater gegen die Katzenklappe gerannt.

Nusselein stand auf, setzte sich an seinen Küchentisch und trank die Reste aus den Gläsern. Er war resigniert, da er sich um den Preis seiner Ermittlungsarbeit …

»Ja, ja, Zimmermann, ich weiß es muss ›unsere Ermittlungsarbeit‹ heißen.«

… gebracht sah:

»Jetzt fährt gemütlich die französische Gendarmerie raus, nehmen den Josten zack, zack fest, dann stellen erst die Belgier wegen Vortäuschung einer Straftat und dann die Deutschen wegen des Verdachts auf Doppelmord einen Auslieferungsantrag. Kein Finale, kein bombastischer Artikel im ›Hammer‹. Pressekonferenz in Aachen, wo irgendwelche Wichtigtuer von Staatsanwaltschaft und Aachener Polizei ihre dummen Fressen in die Kameras halten. Komm Incitatus, wir gehen noch ein paar Stündchen ins Bett. Irgendwie ist sowieso alles zu spät.«

In der Ferne, in den Tiefen des Hohen Venns, hörte man einen Platzhirsch brünstig röhren.

Aber auch das war sechs Monate zu spät.

Neunter Tag – Mittwoch, 12. März

Mit einem Hechtsprung sprang Nusselein aus seinem Bett. Incitatus schreckte hoch, konnte sich aber nicht mehr retten. Der Journalist packte seinen Kater, riss ihn hoch und küsste ihn mehrmals mitten auf den Katzenkopf.

Incitatus fand das ekelhaft: Menschensabber! Scheußlich!

Doch Nusselein war nicht zu bremsen. Er sprang, soweit sein verletzter Fuß das zuließ, in seinem Wohnwagen rum und schrie:

»Ich habe die Lösung, ich habe die Lösung. Die Quadratur des Kreises ist geknackt. Josten wird in die Falle laufen.«

Dann verneigte er sich gen Himmel:

»Ich danke dir, oh großer Herr Schlüter, für diesen Traum. Ich gelobe, dass ich in diesem Buch nie mehr Schleiden angreifen werde.«

Unverständliche Worte, die im einsamen Eifelwald verhallten.

Nusselein schaute auf die Uhr. Es war viertel vor Kaffeebrühen und fünf Minuten später hatte sein Billigzubereiter die Arbeit brobbelnd beendet. Nusselein behauptete übrigens steif und fest, dass er aus den Geräuschen der Maschine deutlich das Wort »Perkolator« heraushören könne:

»Herr Schlüter spricht durch die Kaffeemaschine zu mir.«

Dies sei nur am Rande erwähnt, in unserer Geschichte kommen wir damit keinen Deut weiter.

Während sich Incitatus demonstrativ wusch, versuchte Nusselein Gottfried Zimmermann und dann auch Karl Jerusalem anzurufen.

Vergeblich.

»Denen werde ich Beine machen.«

Er zog sich schnell an, schaute kurz in den Spiegel. Dies musste als Morgenwäsche genügen. Dann warf er sich lässig Columbos Mantel über, hinkte zum »R4« und fuhr mit dem Wagen des Eupener Kripomanns nach Monschau, genauer gesagt zum »Schwarzen Krug« von Helga Preim:

»Morgen Schatzilein«, rief er in bester Laune, während diese ihn mit einer eindeutigen Kopfbewegung darauf hinwies, dass er die Ausfahrt der Freiwilligen Feuerwehr versperrte. Doch Nusselein interessierte das nicht. Er stürzte in den Gastraum, in dem die beiden Kripobeamten im Rur-Erker Helgas berühmtes »American

Breakfast« mit einem so genannten Heißgetränk nach Wahl, einem frisch gepressten Orangensaft, Rührei mit Speck und Grilltomate, Brotkorb mit Butter und Käse und Salami vertilgten.

Nusselein griff sich eine Scheibe Salami, drehte diese, spitzte seinen Mund und saugte die Wurstscheibe ein:

»Ich habe es, ich habe es. Einfach genial.«

Zimmermann schaute ihn lange an:

»Was hast du? Und was ist genial?«

Nusselein wiederholte die Salamiaktion mit einer Scheibe Käse, ehe er loslegte:

»Josten ist doch wie der Teufel hinter Antiquitäten her. Richtig?«

»Richtig«, bestätigte Jerusalem, »wir konnten ihm aber nie etwas nachweisen.«

»Und in unserem Fall geht es offensichtlich doch auch um Kunst, wenn auch nicht um unschätzbar wertvolle. Richtig?«

»Richtig«, bestätigte auch Zimmermann, »und Münstermann gehörte auch zu diesem Gewerbe.«

»Und jetzt kommt die geniale Idee: Wir müssen bei Josten einfach die Gier wecken und ihn nach hier oben locken.«

»Mein Geografielehrer nannte das immer Norden«, warf Zimmermann ein.

»Scheiß auf deinen Geo-Lehrer.«

»Aber wie willst du den nach hier oben locken?«, frage Karl Jerusalem.

Nusselein setzte sich aufrecht hin, rollte noch eine Scheibe Salami:

»Könnt Ihr beiden Sackgesichter euch noch an das Gespräch mit Benno Steinröx erinnern? Was hatte der Briefträger in dem Kaff gesagt, was bezieht Josten täglich?«

»Das ›Grenz-Echo‹ aus Eupen«, antwortete der belgische Kripobeamte.

»Und jetzt«, schrie Nusselein schon fast, »kommt meine geniale Idee. In der Zeitung muss morgen ein Artikel stehen, dass irgendein Brüsseler Museum in Jostens ehemaligem Laden in Raeren mehrere wertvolle Bilder lagert, die allerdings bereits am kommenden Sonntagmorgen zu einer großen internationalen Ausstellung nach Aachen gebracht werden. In der Überschrift muss dann noch etwas von Leichtsinn und so stehen. Er hat also nur

Freitag- und Samstagnacht die Möglichkeit, diese Bilder zu klauen. Wie ich den einschätze, hat der bestimmt noch einen Schlüssel zu seinem ehemaligen Laden. Wir brauchen uns also nur mit ein paar deiner belgischen Sheriff-Gendarmen auf die Lauer zu legen, und wenn er kommt: Schwupp, haben wir ihn.«

»Halt, halt«, warf Zimmermann ein, »woher weißt du denn, das morgen so ein Artikel im ›Grenz-Echo‹ stehen wird?«

»Ich, Nusselein, bin eben genial. Der Artikel wird natürlich morgen nicht in der Zeitung stehen.«

»Jetzt verstehe ich gar nichts mehr!«, bemerkte Jerusalem und schüttelte verständnislos den Kopf.

Nusselein machte eine wegwerfende Handbewegung:

»Der Artikel wird nämlich nur in dem ›Grenz-Echo‹ stehen, das Josten mit der Post bekommt. Wir werden eine einzige Ausgabe fälschen und dafür sorgen, das diese an Josten verschickt wird.«

»Und wie willst du das bewerkstelligen?«

Nusselein wurde ein wenig kleinlaut:

»Das, das, muss ich noch mit den Leuten vom ›Grenz-Echo‹ klären. Ich rufe gleich mal Heinz Gensterblum in der Redaktion an. Die bekommen dafür doch, noch vor meinem ›Hammer‹, eine Riesengeschichte und die Druckkosten sind doch nur Peanuts.«

Die beiden Kripobeamten sahen sich an, Gottfried Zimmermann schüttelte den Kopf:

»Klingt sehr abenteuerlich, fast sogar unmöglich, dein Plan: Und wenn es einen Poststreik in Frankreich gibt, wenn Josten sich aus dem Geschäft zurückgezogen hat, wenn er vielleicht mit den Morden nichts zu tun hat …«

»Na, na«, warf Karl Jerusalem ein, »bei dem Münstermann-Mord bin ich mir sicher, dass Josten der Täter ist.«

Doch Gottfried Zimmermann war immer noch skeptisch:

»… wenn die Zeitung einen Tag später geliefert wird, wenn der die nur aus Gewohnheit bekommt und nie liest, wenn der die sammelt und am Sonntag liest, wenn den nur der ostbelgische Fußball interessiert, wenn der sich nur die Todesanzeigen anguckt …«

»Dann schalte doch einfach Interpol ein und der schöne Fall ist futsch«, schimpfe Nusselein beleidigt. »Mit deinen tausend ›Vielleicht‹ gehst du mir vielleicht so was von auf den Sack!«

Karl Jerusalem hatte plötzlich die Gesichtszüge eines belgischen Schlitzohrs angenommen:

»Warum sollten wir es nicht einfach mal versuchen? Ist ja mein Hoheitsgebiet. Ich lade mir abends gerne Gäste ein.«

»Klingt wie eine Fernsehsendung bei 'nem Volksmusiksender«, nickte Nusselein.

»Welches Arschloch hat die Feuerwehrausfahrt zugeparkt?«, schrie auf der Straße eine unbekannte Stimme.

Oliver Bardenberg war ein anderer Mensch geworden – vom Sekretär zum Europapolitiker. Zwar fehlte ihm noch das endgültige »Ja« seiner Partei. Doch dies war nur noch reine Formsache. Im nächsten Europaparlament würde mit Oliver Bardenberg wieder ein Aachener SPD-Mann sitzen. Daher hatte er bereits einige Attitüden eines großen Politikers angenommen. Bei einem Besuch des Lokalsenders »Radio Aachen« zog er das Mikrophon an sich:

»Das wichtigste Ziel ist es, noch bestehende Handelshemmnisse zwischen den USA und Europa abzubauen. Wir repräsentieren zusammen sechzig Prozent der gesamten Weltwirtschaft. Aber die Potenziale, die darin stecken, sind bei Weitem noch nicht ausgeschöpft. Und das ist nicht eine Frage von Zöllen oder Quoten, sondern von Hemmnissen, die sich aus unterschiedlichen Regelungen, Vorschriften, Normen und Standards ergeben. Wir sind auf beiden Seiten fest entschlossen, diese Hindernisse endlich abzubauen. Denn auf beiden Seiten des Atlantiks weiß man um das drängende Problem.«

Bardenberg verschwieg, dass dies Ausführungen des EU-Kommissars Günter Verheugen waren, die er auswendig gelernt hatte. Unter Parteigenossen hielt er geistigen Diebstahl für legitim. Noch bei mehreren Interviews brachte er diesen Satz an, kein Journalist bemerkte die gebetsmühlenartige Wiederholung in den diversen lokalen Medien. Nach einer Woche prägte ein Lokalredakteur der »Aachener Nachrichten« den Satz:

»Oliver Bardenberg kann schon jetzt mit Fug und Recht als Experte für amerikanisch-europäische Handelspolitik bezeichnet werden.«

So etwas bleibt an einem hängen – wie weit man doch in der Politik mit nur einem auswendig gelernten Text von knapp dreißig Sekunden kommen kann.

Hinter dem »R4« von Karl Jerusalem holperten Gottfried Zimmermann und Charly Nusselein über den »Highway to Hell« durch das Hohe Venn nach Eupen. »Grenz-Echo«-Journalist Gensterblum erwartete das Ermittler-Trio bereits gegenüber der Redaktion in der Eisdiele Zampolli am Markt. Ausführlich schilderten die drei noch einmal die Vorfälle der letzten Tage in Monschau. Nusselein versprach, etwas murrend, das Recht der ersten Veröffentlichung:

»Ihr habt also das Recht der ersten Nacht und bekommt die ganze Sache exklusiv, erst nach euch werde ich dann im ›Hammer‹ nachziehen.«

Heinz Gensterblum hatte innerhalb von Redaktion, Verlag und Druckerei bereits alles abgeklärt:

»Von unserer Seite ist alles klar, ich brauche den Artikel, dann bastele ich eine Seite, die wir für eine einzige Ausgabe drucken. Nun gut, wir werden, quasi als Souvenir für unser Archiv und für euch, paar Ausgaben mehr drucken. Aber die bleiben bis zum Ende der Aktion unter Verschluss.«

Gottfried Zimmermann fühlte sich immer noch nicht ganz wohl in seiner Haut:

»Wenn das rauskommt, bekomme ich so was von einem Disziplinarverfahren, dass mir der Arsch bis zum Stehkragen offen stehen wird.«

Mit Tartufo- und Tiramisu-Eis sowie »Coppa all'hohesvenn« und »Coppa PrimaBelgio« kühlte man die Bedenken des deutschen Beamten etwas ab. Karl Jerusalem beruhigte seinen Kollegen:

»Schieb doch alles auf uns Belgier.«

Danach trennte man sich. Die beiden Journalisten gingen die wenigen Meter bis zur Redaktion, um den Artikel zu verfassen, während die beiden Polizisten zu Jerusalems Büro im Kommissariat der »Polizeizone Weser-Göhl« am Rathausplatz fuhren.

Heinz Gensterblum und Charly Nusselein zogen sich in den Konferenzraum des »Grenz-Echo« zurück und verfremdeten den Bericht über eine tatsächliche Ausstellung im Aachener »Suermondt-Ludwig-Museum« so, dass selbst ein Außenstehender bei ausführlicher Internetrecherche die darin enthaltene Falle nicht bemerkten konnte.

»Millionenschwere Brüsseler Kunst im Aachener Suermondt-Ludwig-Museum

Werke werden in leerem Raerener Antiquitätengeschäft gelagert

Aachen/Brüssel. – Das Aachener Suermondt-Ludwig-Museum präsentiert ab kommenden Sonntag, 16. März, fast hundert Zeichnungen alter Meister aus den Königlichen Museen in Brüssel. Erstmals wird in Deutschland eine Auswahl der wertvollsten Zeichnungen der Sammlung des Ritters Jean de Grez (1837–1910) gezeigt. In höchster Qualität bietet die Aachener Ausstellung einen Einblick in das Kunstschaffen der Niederlande während des so genannten Goldenen Zeitalters. Neben kleineren Ensembles berühmter Meister wie Hendrick Goltzius, Rembrandt van Rijn, Pieter Saenredam und Jacob Ruisdael, zeigt die Aachener Präsentation umfangreiche Serien von Spitzenzeichnern wie Abraham Bloemaert, Jan van Goyen, Jacques de Gheyn, Allart van Everdingen und Gerbrand van den Eeckhout.
Aus rechtlichen und versicherungstechnischen Gründen dürfen diese Arbeiten allerdings nur 30 Tage Belgien verlassen. Daher werden die Kunstwerke bis Samstagmittag in Raeren in den leer stehenden Geschäftsräumen eines ehemaligen Antiquitätengeschäfts an der Burgstraße gelagert. Am Samstag werden die Ausstellungsstücke dann nach Aachen geliefert und ab Sonntag der breiten Öffentlichkeit gezeigt.«

Die beiden Journalisten versahen den Artikel noch mit Fotos zweier Rembrandt-Werke und einer Außenansicht des ehemaligen Raerener Ladenlokals von Luc Josten. Der Rest der Seite wurde mit aktuellem Material gefüllt. Zufrieden sahen sich die beiden ihre Arbeit an und Heinz Gensterblum meinte:

»Wenn der Josten bei diesem Artikel Lunte riecht, ist er ein Genie.«

Auch Nusselein war zufrieden, hatte allerdings Bedenken:

»Hoffentlich springt der darauf an. Vielleicht geht dem inzwischen der ganze Kunstmarkt am Arsch vorbei und er will da unten selbigen nur noch in der Sonne rösten lassen.«

Gensterblum zuckte die Schultern:

»Wir haben unseren Part erfüllt. Ich habe von der Post die Zusage, dass die Zeitung morgen auf jeden Fall in Südfrankreich sein wird. Den Rest muss die Polizei erledigen.«

Karl Jerusalem hatte die führenden Beamten der belgischen »Polizeizone Weser-Göhl« aus Eupen und Raeren zusammengerufen. Ausführlich hob er die Anwesenheit eines deutschen Kollegen hervor, den er aber dem Polizeipräsidium Aachen und nicht der Monschauer Nebenstelle zuordnete. Nachdem er noch einmal den Selbstmordfall in Erinnerung gebracht hatte, schilderte er gemeinsam mit Gottfried Zimmermann die Vorfälle der letzten Tage und den Verdacht gegen Luc Josten. Die Beamten kamen überein, dass ab dem Mittag des Folgetages das »Objekt«, wie sie den ehemaligen Trödelladen nannten, rund um die Uhr von vier Polizisten bewacht werden sollte. Karl Jerusalem schloss:

»Wenn Josten tatsächlich erscheint, und ich schätze, die Chancen sind nicht so schlecht, ist er sofort zu überwältigen und festzunehmen. Aber Vorsicht, er ist bestimmt bewaffnet. Ich selbst werde fast immer anwesend sein, hin und wieder nehme ich nur eine Mütze Schlaf.«

Die Raerener Polizisten versprachen, bis zum Abend ein sicheres Versteck im Umfeld des ehemaligen Trödelladens ausfindig zu machen, in dem man sich auf die Lauer legen könnte. Einer der Beamten kannte den Eigentümer des Ladenlokals, das Josten gemietet hatte:

»Ich besorge uns die Schlüssel, ist ein alter Freund von mir.«

Als die Kollegen den Raum verlassen hatten, ging Karl Jersualem zu seinem alten Plattenspieler und legte eine uralte Single auf:

»Alles klar, Herr Kommissar?« von Falco.

Da Nusselein mit den »R4« des Eupener Beamten Ruitzhof verlassen hatte, brachte Gottfried Zimmermann den Journalisten nach Hause. Die beiden wollten allerdings die nächsten Tage noch einmal genauestens planen und fuhren daher eine weitaus längere Stecke. Vorbei an »Baraque Michel«, »Mont Rigi«, dem höchsten Berg Belgiens und der »Botrange« erreichten sie Sourbrodt, wo sie hinter dem Ort an einer unscheinbaren Bretterbude anhielten. Ihr Ziel war die lukullische Einrichtung von Marie Derousseaux, die von vielen Bewohnern des Hohen Venns aber nur »Fritten-Marie« genannt wird. Mit zwei Riesenportionen, viel Majonäse, scharfer »Sauce Andalouse« sowie zwei Dosen Bier belohnten sie sich für diesen Tag. Nach ihrem Festessen fuhren sie weiter nach Ruitzhof, wo Zimmermann seinen Freund alleine ließ:

»Ich melde mich morgen bei dir. Wir sollten uns einen Ruhetag gönnen.«

»Und die anderen Spuren? Immerhin könnte Josten ein Griff ins Klo sein«, gab Nusselein zu bedenken.

»Weißt du was«, sagte Zimmermann schon fast fröhlich, »die anderen Spuren können mich einen Tag lang am Arsch lecken.«

»Klare Worte!«, nickte Nusselein, doch da war der Kommissar bereits davongefahren.

Sekunden später saß Incitatus neben dem Journalisten auf der Treppe zum Wohnwagen. Er hatte die beiden Brühwürstchen gewittert, die – in Zeitungspapier gewickelt – nur für ihn den Weg von der Fritten-Marie nach Ruitzhof gefunden hatten.

Zehnter Tag – Donnerstag, 13. März

Gottfried Zimmermann ließ den Tag ruhig angehen. Nach dem üppigen »Frühstück Schwarzer Krug« mit Kaffee, Sekt, Saft, Joghurt, Rühreiern mit Schinken, Käseplatte, Butter, Marmelade, Honig und Brötchen verabschiedete sich Helga Preim mit zärtlichen Worten:

»Soll ich dir was aus der Metro mitbringen?«

Gottfried Zimmermann entschied sich für die 1.000-Gramm-Packung »Cantuccini alla Mandorla«, als Geschenk für Nusselein. Danach ging er vorbei an der Redaktion des »Hammer« zu seiner Dienststelle. Kurz überlegte er, bei Nusselein reinzuschauen, doch um 9 Uhr lag der bestimmt noch in Ruitzhof im Bett. Dafür schoss Elli Breuer aus der Redaktion:

»Wo ist Nusselein, der Tropf?«

»Ich habe heute noch nicht mit ihm gesprochen«, antwortete Zimmermann wahrheitsgemäß, während die Sekretärin grummelnd in die Redaktion zurückging:

»Dieses Männerpack hält doch immer zusammen.«

Im Büro angekommen, informierte der Kommissar das Aachener Präsidium in Person von Erwin Keppler, Leitender Polizeidirektor, über den Stand der Ermittlungen. Ausführlich schilderte er das Ergebnis der Recherchen und schloss:

»Wir stehen also kurz vor der Aufklärung beider Morde. Der Zugriff wird allerdings auf belgischem Hoheitsgebiet erfolgen.«

Tunlichst verschwieg er die Sache mit dem falschen »Grenz-Echo«.

Keppler, der nicht unbedingt zu den Personen zählte, die Zimmermann in sein Nachtgebet einschloss, hatte ganz andere Sorgen:

»Ich hoffe, dass sich Ihre merkwürdige Zusammenarbeit mit dem noch merkwürdigeren Revolverblättchen-Journalisten diesmal in Grenzen gehalten hat.«

»In Grenzen …«, versicherte Zimmermann.

Keppler fasste zusammen:

»Wir werden dann eine große Pressekonferenz hier in Aachen durchführen. Ich werde den Erfolg unserer Arbeit darstellen. Das muss einfach ein Profi im Umgang mit der Presse machen. Gerne können Sie zu uns stoßen. Den Termin teilt Ihnen die Pressestelle mit. So wie es aussieht, wird der Täter zuerst in Belgien inhaftiert und wegen der Vortäuschung dieses Selbstmordes und wahrscheinlich auch wegen des Mordes an der verbrannten Leiche, davon müssen wir ausgehen, auch in Belgien vor Gericht gestellt werden. Danach werden wir einen Auslieferungsantrag stellen. Aber das ist dann Sache des Staatanwalts …«

»Jawohl, das ist Sache des Staatsanwalts. Wobei ich einräumen möchte, dass die verbrannte Leiche nach Erkenntnissen der belgischen Gerichtsmedizin in Lüttich keines gewaltsamen Todes gestorben sein muss.«

Keppler war da ganz anderer Meinung:

»Ach, diese Belgier. Lieber junger Kollege, glauben Sie einem erfahrenen Kollegen. Leichen zum Verbrennen bekommt man nicht im Warenhaus. Das wird ein weiterer Mordfall sein. So was spüre ich einfach im Bauch.«

Der Polizeidirektor beendete das Gespräch und Zimmermann fluchte: »Altes Arschloch.«

Aus dem Plattenspieler von Karl Jerusalem, der die Füße auf den Schreibtisch gelegt hatte, ketzerte Wolf Biermann:

»Wenn endlich ein Despot, erschlagen ist und tot, dann muss man auch sofort, sofort am selben Ort, mit Nadel und mit Faden, sein Arschloch festverschnürn …«

Jerusalem dachte nach. Plötzlich hellte sich seine Mine auf. Er wählte die Nummer der französischen Gendarmerie in Aigues-Mortes an, sprach kurz mit den Kollegen aus der Camargue, notierte eine Telefonnummer, legte auf und murmelte:

»Der gute Paul, versetzt nach Arles. Wahrscheinlich befördert.«

Dann wählte er die Nummer der Gendarmerie in der Arrondissement-Hauptstadt des Departements »Bouches-du-Rhône« und erreichte sofort seinen Kollegen Paul Cossonet, mit dem er schon zweimal Verbrechen aufgeklärt hatte.

»Ici c'est Charles, Karl Jerusalem, tu te rappelles, de Eupen?«

Da eine Verbindung von Karl May zur Camargue, sprich: ein deutsch sprechender Gendarm in Südfrankreich, nur schwer herzustellen ist, sei an dieser Stelle eine Übersetzung erlaubt:

»Hier ist Charles, Karl Jerusalem, du erinnerst dich noch? Aus Eupen.«

Nachdem ausschweifende, südeuropäische Begrüßungsfloskeln ausgetauscht waren und der französische Gendarmerie-Hauptmann sich sogar nach dem werten Befinden des »R4« erkundigt hatte, schilderte Jerusalem den Fall und die angeleierte Aktion. Paul Cossonet war über die Idee mit dem »Grenz-Echo« begeistert, versprach mit den für Lacoste zuständigen Kollegen sofort eine Überwachung von Luc Josten anzuordnen und sich regelmäßig zu melden.

Danach redeten die beiden nur noch über die legendäre Bouillabaisse im Hotel »Nord-Pinus« in Arles, in dem schon Picasso und Churchill sowie die großen Toreros aus der nahen Arena gewohnt hatten.

Charly Nusselein wurde wach, als Incitatus ihm über das Gesicht leckte. Spontan beschloss er, an diesem Tag nicht in die Redaktion zu fahren und rief Elli Breuer an:

»Ich werde mir jetzt in unserem Fall ein paar Nächte um die Ohren schlagen, daher muss ich vorschlafen. Montag bin ich wieder in alter Frische bei euch. Das reicht dann noch dicke für den Redaktionsschluss. Sag dem Chef Bescheid.«

Da er blitzschnell auflegte, entgingen ihm die schönsten Elli-Beschimpfungen des Tages. Anschließend rief er Gottfried Zimmermann an, der inzwischen auch schon mit dem Eupener Kollegen gesprochen hatte. Sie verabredeten sich für den späten Nachmittag im Revierbüro der belgischen Polizei im Raerener Rathaus.

Als Katzenfrühstück fütterte er Incitatus mit einer Mischung, die laut Packung »gesunde Fischnebenprodukte mit Fittmachern« enthielt. Ausführlich las er seinem Kater die Werbung auf der Packung vor.

Von Bouillabaisse war dabei allerdings nicht die Rede.

Die Post gibt's erst, wenn der letzte Mittagsgast das »Café de Sade« an der Rue Basse in Lacoste verlassen hat. Hervé Clergue, Patron des mit Efeu überwucherten Dorfgasthauses, ist nämlich erst im Zweitberuf Briefträger des Ortes. Und wenn ein später Gast noch eines seiner berühmten Côtelettes haben will, muss die Postauslieferung eben warten.

In der Provence stört das keinen Menschen.

Gegen 13 Uhr schloss Hervé Clergue sein Gasthaus ab. Nur fünf englische Touristen hatten sich an diesem Tage in den Ort verirrt und für seine Lauchtorte entschieden – dann mussten die Mangoldklöße eben noch einmal auf die Abendkarte. Der Briefträger trank schnell ein Glas Rosé leer, das auf seinem Stammplatz vor dem Café stand. Er schaute kurz die Plastiktrage mit der Post durch und nickte zufrieden: In einer Stunde müsste das geschafft sein. Dann setzte er sich in seine uralte »Ente 2CV« und startete seine Rundfahrt durch Lacoste. Die letzten Auslieferungen in seinem Kasten waren der Katalog eines Pariser Kunsthauses sowie – wie jeden Tag – diese deutsche Zeitung für Monsieur Münstermann.

Hervé Clergue steckte die beiden Zusendungen in einen amerikanischen Landbriefkasten, der so gar nicht in die Gegend passen wollte. Mit einem Auge sah er, das Monsieur Münstermann auf seiner Terrasse saß. Beim Weggehen hob er die Hand zum Gruße, der Zugezogene reagierte nicht.

Eine halbe Stunde später fuhr ein dunkelblauer Renault Clio, in dem zwei Männer saßen, langsam durch den Ort. Weit vor dem Anwesen des Verdächtigen bremsten sie kurz – das Objekt der Observation saß noch immer vor einer gelben Ricard-Karaffe und las aufmerksam in einer Zeitung. Der Fahrer des Renault gab Gas, der Wagen verließ den Ort. In den nächsten Stunden nahm der Verkehr in Lacoste etwas zu – doch das bemerkte keiner.

Nusselein parkte genau gegenüber dem Raerener Rathaus und fragte sich zum Büro der Polizei durch. Dort warteten bereits Karl Jerusalem und Gottfried Zimmermann sowie vier uniformierte Beamte. Die Männer nahmen an einem großen Konferenztisch Platz und gingen noch einmal die Aufgaben der nächsten Tage durch. Jeweils zwei belgische Polizisten würden ab dem Abend das Haus aus einem Zivilfahrzeug heraus beobachten. Wenn Josten auftauchte, sollten sechs weitere Beamte als Verstärkung bei der Festnahme helfen, während drei Wagen die Straßen abriegeln würden, um eine Flucht zur Autobahn oder nach Deutschland zu verhindern. Für den Fall einer Flucht über die Grenze hatte Kommissar Zimmermann schon die Aachener Dienststellen informiert, die für die beiden folgenden Abende verstärkt an der Grenze Streifen einteilten. Per Handy und Funk wollten alle in Verbindung bleiben.

Als die Männer sich gerade untereinander verabschiedeten, meldete sich Jerusalems Handy mit der Melodie der »Internationale«.

Es war ihm nicht peinlich, da in Ostbelgien jeder die politische Gesinnung – sprich: das Parteibuch – des anderen kennt. Manche haben sogar mehrere Gesinnungen. Der Eupener Kripobeamte drehte sich weg und telefonierte lange. Dabei machte er sich Notizen, ehe das Gespräch endete:

»Das war der Kollege Paul Cossonet von der Gendarmerie in Arles. Unsere Zielperson wird dort seit Mittag überwacht. Vor einer halben Stunde hat ein privater Autoverleiher aus Arles einen alten Lieferwagen vom Typ ›Citroen HY-78‹ gebracht …«

»Ist das nicht die Gondel, die wie eine Wellblechhütte aussieht?«, fragte Nusselein.

»Genau! Die Kiste ist das. Die belgische Bahn hatte die früher auch. Sind unverwüstlich, aber nicht unbedingt Formel-1-tauglich«, erklärte Jerusalem.

»Und du meinst, damit will er hier hochtuckern?«, fragte Gottfried Zimmermann zweifelnd.

Sein belgischer Kollege zuckte die Schultern:

»Wir können es nur hoffen. Auffällig ist der Wagen ja, das stimmt schon. Aber vielleicht gerade deshalb, denkt unser cleveres Kerlchen. Wer kontrolliert schon so einen lahmen Oldtimer? Auf jeden Fall, Kollegen, hier die Beschreibung: Also die Wellblechhütte, offiziell ›Citroen HY-78‹, dunkelblau, keinerlei Beschriftungen, und das Kennzeichen ist ›1713 WF 13‹. Die letzte Zahl steht wohl für Arles.«

Danach ging man auseinander. Sobald Josten in der Provence losfahren würde, wollte sich die Gendarmerie aus Südfrankreich melden.

»Hoffentlich versemmeln die Froschfresser das nicht«, flüsterte Nusselein dem Monschauer Kommissar zu, ehe er über Eupen und Mützenich zurück nach Ruitzhof fuhr.

Es war der Abend der Einsamkeit vor dem großen Finale. Bewusst wollte jeder alleine sein, Karl Jerusalem in seiner Eupener Stammkneipe »Café Columbus«, Charly Nusselein bei seinem Kater Incitatus in Ruitzhof und Gottfried Zimmermann bei Helga Preim im »Krug«. Keiner von den dreien ließ auch nur eine Sekunde sein Handy aus den Augen, doch der Anruf aus Südfrankreich blieb aus. Nach und nach begaben sich alle zu einer unruhigen Nachtruhe: Nusselein und Incitatus, Gottfried Zimmermann und Helga Preim sowie Karl Jerusalem und seine Plattensammlung. In Ruitzhof herrschte absolute Stille, in Monschau schepperten nur die hochgeklappten Bürgersteige, während in Eupen schon fast südländisches Flair herrschte, wenn man einmal von den Temperaturen, die sich stramm auf die Null-Grad-Grenze zubewegten, absieht.

Elfter Tag – Freitag, 14. März

Nusselein konnte nicht mehr schlafen. Bereits um fünf Uhr war er – für ihn quasi mitten in der Nacht – aufgestanden und hatte mit Incitatus Käsewürfel in Olivenöl gefrühstückt. Dann hielt er es nicht mehr aus und rief Gottfried Zimmermann in Monschau an:

»Und?«

»Was und?«, fluchte der Kommissar: »Nichts ist. Ich rufe dich an, wie besprochen. Und nun gib Ruhe. Du führst dich ja wie vor deinem ersten Rendevouz auf.«

Nusselein schlich betroffen zu seinem Bett zurück:

»Woher weiß der das?«

Dann legte er sich angezogen aufs Bett, während sich sein Kater schnurrend neben seinem Kopf breitmachte. Tatsächlich schliefen beide noch einmal ein.

Nusselein brauchte nur wenige Sekunden, als sich gegen 9.30 Uhr der »Old Dan Tucker« auf seinem Handy meldete:

»Ja!«, schrie er in das Gerät, während Incitatus einen Sprung Richtung Kühlschrank machte.

»Er ist in Lacoste abgefahren«, sagte Zimmermann kurz. »Jerusalem hat gerade aus Frankreich Bescheid bekommen. Die Franzosen hängen sich noch ein bisschen ran, um zu gucken, ob der wirklich nach Norden fährt. In zwanzig Minuten vor meinem Büro. Wir werden zusammen fahren.«

»Ich bin schon zusammengefahren als das Handy, halt, diesen Gag hatten wir schon mal. Oh, Moment, da ist noch eine Kleinigkeit …«

Doch Zimmermann hörte schon nichts mehr. Die Pfanne Rührei und Helga Preim, die nur mit einem Slip bekleidet servierte, interessierten ihn viel mehr – genau in dieser Reihenfolge.

Drei ganz in Schwarz gekleidete, schwer bewaffnete Männer stürmten gegen 10 Uhr durch den Eingang der alten Villa an der Züricher Zollikerstraße, in der die Sammlung »E. G. Bührle« ausgestellt wird. Die drei trugen schwarze Sturmhauben mit kleinen Sehschlitzen. Eine bullige Erscheinung, offensichtlich der Anführer, bedrohte die Besucher mit einer Pistole und zwang sie, sich auf den Boden zu legen. Seine Komplizen rannten in den ersten Ausstellungsraum im Erdgeschoss und rissen zwei Gemälde von den Wänden: »Mohnfeld bei Vétheuil« von Claude Monet und »Blühende Kastanienzweige« von Vincent van Gogh. Blitzschnell packten sie die Bilder in einen gepolsterten Spezialkarton, den einer der Männer mit Riemen befestigt auf dem Rücken trug. Dann stürmten die beiden Richtung Ausgang, wo ihnen allerdings der Anführer entgegentrat und auf zwei weitere Bilder zeigte: »Ludovic Lepic und seine Töchter« von Edgar Degas sowie »Der Knabe mit der roten Weste« von Paul Cézanne. Auch diese Bilder wurden von der Wand gerissen und zu einem geschlossenen, weißen Lieferwagen geschleppt, der vor der Tür wartete. Die Männer sprangen auf die Ladefläche, schlugen die Türen zu, während der Fahrer, offensichtlich der vierte Komplize, Gas gab. Dann verschwand der Wagen im Freitagsverkehr der Stadt Zürich.

Vergeblich schrillte die Alarmanlage, die fast überall im vornehmen Stadtteil Seefeld zu hören war.

Karl Jerusalem war bereits seit acht Uhr im Polizeibüro des Raerener Rathauses. Aus Südfrankreich hatte er schon mehrere Infos erhalten, während er an einem mit viel zu viel Remoulade gefüllten Fischbrötchen saugte und dabei auch etwas davon über sein Sakko kleckerte. Erneut meldete sich gegen zehn Uhr sein Handy. Kurz hörte er zu, dann berichtete er den Kollegen:

»So, er hat die Auffahrt ›Avignon-Süd‹ auf die ›Route du Soleil‹ genommen. Es sieht so aus, als ob er nach Norden fährt. Vielleicht bekommen wir tatsächlich bald Besuch von unserem Herrn Josten. Wenn er über Luxemburg fährt, hat er von Avignon bis hierher jetzt noch ungefähr 935 Kilometer vor sich. Mit der Rappelskiste braucht er damit bestimmt neun Stunden, eher länger. Die Franzosen lassen auf jeden Fall die Mautstelle vor der luxemburgischen Grenze überwachen. Es bleibt alles wie besprochen. An der Autobahnausfahrt in Eynatten werden wir eine Dauerstreife plazieren und bei seinem ehemaligen Geschäft dann ab 16 Uhr mit der Observation beginnen. Hier im Rathaus halten sich noch weitere sechs Mann bereit, die für den Zugriff rausfahren werden. Wir müssen davon ausgehen, das Josten bewaffnet ist. Also: Vorsicht, Kollegen.«

Im Flur polterte es: Gottfried Zimmermann und Charly Nusselein waren angekommen. Letzterer hatte dabei allerdings einen Werbeständer des Raerener Töpfereimuseums übersehen und umgeschmissen. Während er noch die verstreut rumliegenden Prospekte einsammelte, hatten sich die beiden Kripobeamten schon über den aktuellen Stand ausgetauscht. Gottfried Zimmermann stöhnte:

»Warum muss ich bei ›Route du Soleil‹ immer an Sand denken, der mir zwischen den Zähnen knirscht?«

Luc Josten tuckerte die Straße der Sonne nach Norden hoch. Kurz hinter dem Tunnel von Lyon schaltete er das Autoradio ein. Bei irgendeinem Lokalsender sang jemand namens Zaho »C'est Chelou«. Dann folgten Nachrichten. Lächelnd hörte Josten die Meldung über den Kunstraub in Zürich. Er lächelte noch breiter, als der Sprecher erklärte, dass die Werke auf dem legalen Kunstmarkt nicht zu verkaufen seien.

Doch dann stutzte er. Der Moderator sprach von vier impressionistischen Gemälden im Schätzwert von mehr als 180 Millionen Schweizer Franken. Wütend schlug Josten mehrmals mit der Hand auf das Armaturenbrett. Den Degas und den Cézanne hatte er nicht in Auftrag gegeben:

»Da will wohl«, fluchte er, »jemand ein Zusatzgeschäft machen. Aber nicht mit mir, nicht mit mir.«

Instinktiv klopfte er auf seine »FN Browning GP 9 mm«, die er nach einem Einbruch in der belgischen Kaserne im flämischen Leopoldsburg bei Hasselt günstig erworben hatte.

Gegen 18 Uhr meldete sich Paul Cossonet aus Arles bei Karl Jerusalem. Während dieser zuhörte, kratzte er die getrocknete Remouladensoße von seinem Cordsakko. Er nickte:

»Merci, Paul!«

Dann wandte er sich an seine belgischen Kollegen sowie Gottfried Zimmermann und Charly Nusselein:

»Er hat die letzte Mautstelle in Frankreich passiert und fährt jetzt nach Luxemburg rein. Da Josten aus unserer Gegend ist, wird er mit Sicherheit die Abkürzung über Banneux nehmen …«

»Wenn er da mal keine Marien-Erscheinung hat«, warf Nusselein ein.

Gottfried Zimmermann verdrehte die Augen, während Karl Jerusalem fortfuhr:

»Dadurch umgeht er Lüttich und kann zwischen acht und neun Uhr eintreffen. Er muss natürlich vorsichtig sein, da ihn hier in Raeren viele kennen und für tot halten. Er wird also sofort auf den Hinterhof seines ehemaligen Ladens fahren. Der ist kaum einsehbar, da die nächsten Häuser ein ganzes Stück entfernt liegen. Ich würde sagen: Sechs Mann ab sofort im Lager, da ist ein großes Tor. Wenn Josten auf den Hof fährt, folgt nach dreißig Sekunden einer unserer Wagen und versperrt den Rückweg. Dann sofort Zugriff und Verhaftung. Ich sage es noch mal: Josten könnte bewaffnet sein.

Nusselein erinnerte an ein Versprechen:

»Ich rufe Heinz Gensterblum vom ›Grenz-Echo‹ an, das hatten wir versprochen.«

Jerusalem nickte:

»Genau, Scheiße, das hätte ich fast vergessen.«

Nusselein rief in der Redaktion an und zwanzig Minuten später kam der Redakteur aus Eupen ebenfalls im Raerener Rathaus an. Nusselein schilderte kurz den Stand der Dinge, dann fuhren die beiden Journalisten in Gensterblums Wagen zur Burgstraße, wo sie sich in sicherem Abstand zu dem ehemaligen Trödelladen in der Zufahrt zu einer Wiese versteckten. Beide hatten ihre Kameras auf den Knien liegen und Nusselein plapperte:

»Ich liebe die Bilder, wenn der Täter hinten in den Polizeiwagen gestoßen wird und ein Beamter ihm den Kopf runterdrückt. Ich habe noch nie einen Krimi gesehen, wo nicht der Kopf runtergedrückt wird. Genau dieses Bild will ich haben.«

»Erst muss er überhaupt mal kommen«, bemerkte Gensterblum trocken.

Das Warten wurde zur Qual.
Inzwischen hatten sich auch Karl Jerusalem und Gottfried Zimmermann in der dunklen Lagerhalle versteckt. Es war fast 22 Uhr:
»Wo bleibt der nur?«, flüsterte Zimmermann.
»Hoffentlich war die ganze Aktion kein Griff ins Klo«, raunte Jerusalem zurück, »und der Kerl hat uns nur reingelegt.«
Es vergingen weitere, schleichende Minuten.
Plötzlich blinkte tonlos das kleine Funkgerät des belgischen Kripomanns auf:
»Der französische ›Citroen HY-78‹ hat gerade die Autobahn verlassen und fährt Richtung Raeren«, meldete sich die Zivilstreife, die auf dem riesigen Parkplatz am »Quinta« neben der Autobahnabfahrt nicht auffallen konnte. »Der Fahrer ist aber schwarzhaarig und hat einen riesigen Schnauzbart. Wir folgen in zwei Minuten und kommen dann als Verstärkung.«
»Der hat sich als Türke verkleidet. Da hänge ich dem auch noch eine Klage wegen Rassismus an«, flüsterte Karl Jerusalem und dann laut:
»Jungs, er kommt.«
Die gleiche Meldung erhielt auch der Wagen unweit des Lagers. Zimmermann verständigte per Handy Charly Nusselein und Heinz Gensterblum.
Dann herrschte wieder Stille, kein Mucks war zu hören.
Nach rund fünf Minuten fuhr langsam der »Citroen HY-78« auf den Hinterhof und schaltete sofort das Licht aus.
Nichts passierte.
Luc Josten blieb einfach hinter dem Lenkrad sitzen und beobachtete die Halle.
»Jetzt!«, schrie Jerusalem.
Im gleichen Augenblick schoss der weiße Streifenwagen auf den Hof, wobei das zuckende Blaulicht die einzige Lichtquelle war. Der Polizeiwagen stoppte nur wenige Millimeter vor der Fahrertür des französischen Lieferwagens und machte ein Aussteigen unmöglich. Während dessen öffneten zwei Beamten das Lagertor für vier Kollegen, die mit Uzis bewaffnet über den Hof stürmten.
Luc Josten zog zwar noch seine Waffe, als aber die Beifahrertür aufgerissen wurde und er die Hoffnungslosigkeit der Situation erkannte, schmiss er die Pistole sofort auf den Beifahrersitz und

hob die Hände. Karl Jerusalem war inzwischen ebenfalls an dem Lieferwagen angekommen:

»Kein Schuss gefallen«, stellte er erleichtert fest und reichte seine »Five-Seven« einem Kollegen.

Nun eilten auch Charly Nusselein und Heinz Gensterblum auf den Hof und fotografierten:

»Presse!«, rief ein Polizist erbost. »Was wollen die denn hier?«

Karl Jerusalem hob beschwichtigend die Hand:

»Lass nur, die dürfen. Die beiden haben uns schwer geholfen.«

Josten wurde aus dem Lieferwagen gezerrt, dabei verlor er seine schwarze Perücke und riss sich vor Wut auch den gewaltigen Schnauzbart ab. Sofort legte man ihm Handschellen an. Anschließend wurde er zu dem Streifenwagen gebracht, der immer noch die Fahrertür versperrte.

Nusselein rannte begeistert los:

»Jetzt kommt das Bild mit dem Kopfrunterdrücken.«

Er wurde bitter enttäuscht – Luc Josten stieß sich den Kopf am Türholm und stöhnte lauf auf.

Zwölfter Tag – Samstag, 15. März

Das Foto mit einem entgeistert in die Kamera guckenden Luc Josten erschien bereits am Samstag auf der Titelseite des »Grenz-Echo«, da Heinz Gensterblum noch am späten Abend einen größeren Artikel mit dem Zusatz »Weitere ausführliche Informationen in unserer Montagsausgabe« in Druck gegeben hatte.

Die Fernsehnachrichten des WDR zeigten während des ganzen Samstags Bilder der Festnahme, die die Eupener Tageszeitung einer Agentur verkauft hatte.

Die beiden Aachener Zeitungen dagegen veröffentlichten in ihren Samstagausgaben keine Zeile über den nächtlichen Vorfall in der belgischen Grenzgemeinde – »Bild« und »Express« sowieso nicht …

Während des ganzen Tages verhörten Karl Jerusalem und Gottfried Zimmermann in Eupen Luc Josten. Gegen 17 Uhr wurde er dem Untersuchungsrichter vorgeführt, der Haftbefehl gegen den geständigen Mörder erließ. Wenig später brachte man Josten in einem vergitterten Wagen zur U-Haft in das Gefängnis von Verviers.

Die beiden Kripobeamten waren zufrieden. Wie zwei kleine Jungen, die aus spitzem Winkel ein Tor geschossen hatten, klatschten sie sich ab:

»So«, sagte Karl Jerusalem, »jetzt müssen wir nur noch unsere Zusage einhalten, und uns mit Nusselein und Gensterblum treffen.«

»Nusselein«, stöhnte Zimmermann auf, »ich wusste die ganze Zeit, dass mir noch etwas schwer auf dem Magen liegt.«

Am Abend trafen sich die vier in Nusseleins Wohnwagen in Ruitzhof – Incitatus pilgerte ob der Menschenansammlung gen »Kreuz im Venn«:

»Ich bin dann mal weg!«, schnurrte er, aber irgendwie nahm das keiner wahr.

Heinz Gensterblum hatte, da er die unsensiblen Geschmacksnerven seines deutschen Kollegen kannte, eine Flasche »Clos Mogador 2001« von René Barbier mitgebracht. Nusselein stellte vier grüne Cola-Gläser, die es vor einigen Monaten bei McDonalds in Imgenbroich umsonst gegeben hatte, auf den Tisch. Heinz Gensterblum stutzte, schenkte dann aber doch ein:

»Prost!«, rief Nusselein und trank das halbe Glas leer.

»Nun gut, zur Sache, Genossen«, nickte Karl Jerusalem, »nach dem derzeitigen Stand der Ermittlungen sieht es wie folgt aus: Josten / Belgien / Raeren und Münstermann / Deutschland / Roetgen verkauften schon seit Jahren Hehlerware, die sie meistens aus Frankreich bezogen und auch untereinander austauschten oder sich gegenseitig abkauften. So erwarb Münstermann auch ›Die Montgolfière‹, die er recht leichtsinnig in seinem Schaufenster ausstellte.«

Gottfried Zimmermann hob die Hand:

»Jetzt muss man aber wissen, dass Luc Josten und Valja Timoschenko seit längerer Zeit liiert waren. Auf jeden Fall glaubte das die Frau.«

»Ne Fickgeschichte!«, jubelte Nusselein.

»Nicht ganz«, verbesserte der Eupener Beamte, »aber weiter: Eines Tages berichtete Münstermann dem Josten beiläufig, dass er nach Südfrankreich auswandern wolle und sich schon bei der Gemeinde Roetgen abgemeldet habe. Josten, so seine Darstellung, erinnerte den Roetgener, dass er noch ungefähr 11.000 Euro aus diversen Verkäufen und Ankäufen von ihm bekomme. Münstermann bestritt die Summe. Kurzum: Es kam zum Streit, in dessen Verlauf Münstermann von Josten erschossen wurde. Mitten in die Stirn.«

»Josten behauptet natürlich in Notwehr«, warf Gottfried Zimmermann ein, »und beteuert, er habe als ehemaliger Fremdenlegionär in Algerien quasi im Reflex Münstermann die Kehle durchgeschnitten: ›So wie es mir der Ausbilder, der schon in Indochina kämpfte, beigebracht hat. Da fällt der Kopf einfach mit ab.‹ Danach habe er Münstermanns Papiere an sich genommen.«

»Sympathisches Kerlchen«, bemerkte Nusselein.

»Und dann«, griff Jerusalem den Faden wieder auf, »hat er die Leiche in der ehemaligen Schmiede auf Reichenstein eingemauert. Das Kloster war damals völlig unbewohnt. Josten hatte Zugang, da er dort im Auftrag des alten Besitzers Entrümpelungen durchführte.«

»Eines Tages, kurz nach der Ermordung von Münstermann«, die Reihe war wieder an Gottfried Zimmermann, »kam nun die Timoschenko zu Josten und berichtete von einem Busfahrer aus der Ukraine, der bei einer Fahrt mit Frauen, allerdings auch mit Waffen und Rauschgift, in Aachen gestorben sei – wahrscheinlich Infarkt, natürlicher Tod. Da man kein Aufsehen gebrauchen konnte, war die Frage: Wohin mit der Leiche?«

»Und erst in diesem Augenblick, so versicherte uns Josten«, fuhr Karl Jerusalem fort, »sei ihm die Idee gekommen, gemeinsam mit der Timoschenko seinen eigenen Tod zu inszinieren. Was dann passierte, wissen alle hier am Tisch. Allerdings und das ist wichtig: Von dem Mord an Münstermann, so beteuert Josten, habe er seiner Freundin nie erzählt. Die glaubte fest, dass Münstermann in Südfrankreich lebte – wenn man so will, war das sogar ihr Todesurteil.«

»Aber der Reihe nach«, warf Zimmermann ein: »Man war sogar so dreist, dem anderen Busfahrer bei seiner Rückfahrt in die Ukraine eine Urne mit ganz ordinärer Asche aus einem Grill für die Verwandten mitzugeben. Denen erzählte man wohl, dass der verstorbene Beifahrer aus Kostengründen in Deutschland eingeäschert worden sei, um den lieben Hinterbliebenen in der Ukraine Kosten zu ersparen. Dadurch tauchte der Tote auch nirgendwo als Vermisster auf – wir müssen in den nächsten Tagen über die Botschaft erst einmal in Erfahrung bringen, wie der Mensch überhaupt hieß. Das wusste Josten nämlich nicht.«

»Dann bekommen die lieben Verwandten jetzt einen verbrannten Toten vom Friedhof in Raeren«, warf Heinz Gensterblum ein.

»Die werden sich bedanken«, nickte Gottfried Zimmermann: »Aber weiter: Josten hatte nun zwei Dinge erreicht: Erstens: Er hatte die Papiere von Münstermann und zweitens: Er war tot …«

»… und drittens«, unterbrach ihn Jerusalem, »er hatte eine ukrainische Braut an der Backe, die ihm mehr und mehr lästig wurde. Also ließ er bei einem Lütticher Fälscher sein Bild in den Ausweis von Münstermann einwurschteln und …«

»… verschwand bei Nacht und Nebel – ohne sich von der Timoschenko zu verabschieden – nach Südfrankreich«, beendete Zimmermann die erste Staffel der Verbrechen und schloss:

»Zurück blieb am Dorfbrunnen zu Paustenbach eine weinende Braut, die bald darauf nach Osteuropa zurückkehrte, aber nach einigen Monaten wieder nach Paustenbach kam.«

»Das Schicksal wollte es nun«, fuhr Jerusalem fort, »das just zu diesem Zeitpunkt in Nusseleins ›Hammer‹ das Foto mit der ›Montgolfière‹ erschien. Das Gemälde kannte die Timoschenko noch aus Jostens Lager und sah darin einen Hoffnungsschimmer, wieder an ihre große Liebe heranzukommen. Sie telefonierte was herum und erfuhr, wie wir wissen, von dem ehemaligen Landrat Reinartz, dass dieser das Gemälde bei Münstermann gekauft habe, dieser aber inzwischen ausgewandert sei. Sie hoffte nun, dass Münstermann ihr bei der Suche nach Josten helfen könne. Von irgendjemandem, das werden wir wohl nie erfahren, hat sie dann die Adresse des angeblichen Münstermann in Südfrankreich erfahren ...«

»... und genau wie wir«, ergänzte Zimmermann, »einfach mal da angerufen.«

Nun hellte sich Nusseleins Gesicht auf:

»Verstehe! Aber im Gegensatz zu uns«, schlussfolgerte er, »hat die Timoschenko bei ihrem Anruf sofort bemerkt, dass unser Münstermann in Wirklichkeit ihr Josten war.«

»Genau«, bestätigte Zimmermann, »zuerst ging es ihr noch um Liebe und Gefühle, als Josten aber eindeutig das Ende der Beziehung klar machte, wollte sie ihn mit der Selbstmordgeschichte erpressen – es ging um 50.000 Euro. Das Foto mit dem Ballon, sie hielt das wohl für ihren einzigen Beweis, versteckte sie in einem silbernen Röhrchen in ihrer Scheide. Warum auch immer?«

»Ich wieder«, warf Karl Jerusalem ein: »Josten ging scheinbar auf die Erpressung ein und verabredete sich wenige Tage später mit der Timoschenko an der Bushaltestelle in Kalterherberg – wegen der Grenznähe. Dort ist sie in seinen Wagen gestiegen und wurde von ihm auf dem Parkplatz an der Norbertus-Kapelle ermordet. Genickschuss!«

»Und wieder Kopf-ab«, warf Nusselein ein, »alter Legionärs-Reflex.«

»Genau «, nickte Zimmermann, »die Leiche schmiss er dann hinter Reichenstein in die Rur und war zehn Stunden später wieder in der Provence, während der Kopf durch die starke Strömung abgetrieben wurde und hinter Monschau in einem Wehr hängen blieb.«

»Tja Jungs«, nickte Karl Jerusalem, »das war's wohl.«

Nusselein nahm den »Clos Mogador 2001«, schüttete sich sein Cola-Glas voll und trank es in einem Zuge leer.

Heinz Gensterblum vergoss kulinarische Tränen …

Dreizehnter Tag – Sonntag, 16. März

Erwin Keppler, der Leitende Polizeidirektor, lud bereits am Sonntagmittag zur Pressekonferenz in das Aachener Polizeipräsidium. An einem leicht erhöhten Tisch saßen er, Gottfried Zimmermann und ein Oberstaatsanwalt, der aber in der folgenden halben Stunde kein Wort sagte. Trotz des ungewöhnlichen Zeitpunkts waren zahlreiche Journalisten von regionalen und überregionalen Medien erschienen. Ganz hinten hockte, verdeckt von einem bulligen Fotografen des Kölner »Express«, Charly Nusselein, der nicht unbedingt mit Keppler zusammentreffen wollte.

Der Polizeidirektor klopfte mehrmals auf sein Mikrophon, rief »Test, Test« und eröffnete dann die Pressekonferenz:

»Meine Damen und Herren der Presse, ich bitte Platz zu nehmen …«

Diese Aufforderung erschien ein wenig deplaziert, da alle bereits seit mehreren Minuten saßen. Keppler fuhr fort:

»In den Ermittlungskomplexen ›Valja Timoschenko – die Tote aus der Rur‹ sowie ›Der unbekannte Tote aus Kloster Reichenstein‹, der zwischenzeitlich nicht mehr unbekannt ist, dazu aber später mehr, gibt es einen Zusammenhang. Nach nur elftägiger Ermittlungsarbeit konnte die ›SOKO Swetlana‹ den Fall aufklären. Zu Einzelheiten komme ich später. An dieser Stelle möchte ich aber betonen, dass nicht nur ein riesiger Stab hier aus dem Aachener Präsidium sowie zahlreiche Kollegen vor Ort in Monschau, sondern auch zahlreiche Kräfte von Interpol, besonders hervorheben möchte ich da die Kollegen aus Eupen, fast elf Tage rund um die Uhr an der Aufklärung der Morde gearbeitet haben. Wir hier, im Aachener Polizeipräsidium, koordinierten die Zusammenarbeit mit den zuständigen Behörden im Ausland.«

Selbstzufrieden blickte Keppler in die Runde, während Peter Stollenwerk von der »Eifeler Zeitung« nachfragte:

»Und warum konnten wir am Samstag schon zahlreiche Hintergründe zu dem Fall im ›Grenz-Echo‹ lesen, während wir erst heute informiert werden?«

Keppler rieb unter dem Tisch seine Schuhe aneinander:

»Der Zugriff erfolgte auf belgischem Hoheitsgebiet, der mutmaßliche Täter ist Belgier. Zu den Gepflogenheiten der belgischen Kollegen mit der belgischen Presse kann ich Ihnen leider nichts sagen. Wir haben Sie sofort eingeladen, als alle Fakten, restlos alle Fakten, auf dem Tisch lagen. Zunächst: Nach bisherigen Erkenntnissen der ›SOKO Swetlana‹ besteht ein dringender Tatverdacht gegen, wie gesagt, einen belgischen Staatsangehörigen namens Luc J. – somit gilt er als Beschuldigter. Gegen ihn wird unter anderem wegen des Verdachts des zweifachen Mordes, der Vortäuschung einer Straftat sowie wegen Hehlerei ermittelt. Bei einer ersten Vernehmung im Ausland …«

»… in Eupen«, warf ein Redakteur des »Belgischen Rundfunks« ein, »… hat Luc J. die Straftaten zugegeben mit den Worten, wenn ich das zitieren darf: ›Ich werde restlos auspacken‹. Auch zu anderen, von ihm begangenen Straftaten, will er sich äußern.«

Anschließend zitierte Keppler fast wortwörtlich das gesamte Protokoll von Karl Jerusalem und Gottfried Zimmermann, ohne diese aber namentlich zu erwähnen. Er schloss die Pressekonferenz:

»Die Aachener Polizei kann stolz auf dieses Ergebnis sein.«

Epilog

Halbseitig informierten am folgenden Montag die beiden Aachener Zeitungen mit Fotos, auf denen Luc Josten eindeutig zu erkennen war, über die aufgeklärten Mordfälle. Während die »Aachener Zeitung« auf der dritten Seite »Der Täter will auspacken« schrieb, titelten die »Aachener Nachrichten« etwas zurückhaltender »Die Spur führte ins grenznahe Raeren«.

Bereits am Dienstag aber hatte der Alltag die lokale Medienwelt wieder. Die beiden Aachener Zeitungen meldeten auf den ersten Seiten:

Oliver Bardenberg will nicht nach Europa

»**Aachen.** – Oliver Bardenberg, Aachener SPD-Kandidat für einen sicheren Listenplatz bei der Wahl zum Europaparlament, hat am Montag überraschend seinen Rücktritt von der geplanten Nominierung erklärt. Ein entsprechendes Schreiben ging gestern beim Aachener SPD-Parteivorstand ein, wie ein Sprecher auf Anfrage mitteilte. Bardenberg hat darin seinen Rückzug von allen seinen Ämtern angekündigt. Als Grund gab der jahrelange Büroleiter des bisherigen Aachener Europaabgeordneten Rolf-Dieter Klees ›schwere gesundheitliche Verstimmungen‹ an.«

»SPIEGEL online« informierte am gleichen Tage unter »Kultur«

Zwei Bilder wieder aufgetaucht

»**Zürich. –** Die Polizei hat am frühen Montagabend zwei Kunstwerke aus dem spektakulären Kunstraub in Zürich gefunden und sichergestellt. Die Werke lagen auf der Rückbank eines geparkten Autos auf dem Parkplatz der Psychiatrischen Uni-Klinik Zürich. Bei den sichergestellten Bildern handelt es sich um ›Mohnfeld bei Vetheuil‹ von Claude Monet und ›Blühende Kastanienzweige‹ von Vincent van Gogh. Auf einer Pressekonferenz sagte ein Polizeisprecher, die Bilder befänden sich in tadellosem Zustand. Nach den anderen beiden Meisterwerken sowie den Tätern werde weiterhin gefahndet.«

Und sonst?

Luc Josten sitzt zurzeit noch in U-Haft in Verviers. Die Frage, in welchem Land er sich vor Gericht verantworten muss, ist noch nicht geklärt.

Die exkommunizierten **Benediktiner** der »Priesterbruderschaft St. Pius X« haben sich endgültig für den Standort Reichenstein entschieden und erfreuen sich eines stetig größer werdenden Zulaufs aus der katholischen Bevölkerung.

Die **»Montgolfière«** hängt wieder im »Le Procope« in Paris. Das **Ehepaar Reinartz** verkaufte das Bild für einen symbolischen Preis an das Restaurant und nahm als Dank eine Einladung zu einem Gastbesuch in Paris an: ›Wir gehören immerhin nicht zum alten Eisen und sind noch kerngesund‹, erklärte Maria Reinartz dazu.

Rolf-Dieter Klees MdEP, hat sich für eine weitere Legislaturperiode im Europaparlament entschieden: ›Wenn meine Freunde an mich herantreten, darf ich mich nicht verweigern.‹

Ralf Schütt gibt weiterhin im »Hammer« Anzeigen unter »Er sucht Sie« auf. Er hat sich inzwischen mit einem Dübel-Laden an der Simmerather Hauptstraße mit dem recht gewöhnungsbedürftigen Namen »Zum Dübel noch mal …« selbstständig gemacht.

Das Gemälde **»Marie Antoinette«** bleibt weiterhin verschollen. Gerüchte besagen, dass es sich im Besitz eines fanatischen Sammlers befindet soll (siehe Rückseite dieses Buches).

Gottfried Zimmermann hatte nach Auflösung der »SOKO Swetlana« umfangreiche Recherchen in Sachen **»Columbos Mantel«** angestellt. Er fand in TV-Archiven heraus, dass der Trench in Spanien von einer Firma namens »Cortefiel« hergestellt wurde, während in Nusseleins Mantel die Firmenbezeichnung »Original Kleppermantel« eingenäht ist. Das Ergebnis seiner Recherche hat er Nusselein aber nie mitgeteilt.

Helga Preim soll nach einer gemeinsamen Reise mit Gottfried Zimmermann an den Tegernsee und dem Aufsuchen des dortigen Standesamtes nun den Namen **Helga Preim-Zimmermann** im Personalausweis stehen haben.

Charly Nusselein lebt zufrieden mit seinem Kater **Incitatus** in Ruitzhof. Zuletzt erschien im »Hammer« sein Artikel »Eifeler Brauchtum in der Hochzeitsnacht«.

Monsignore Herbert Lüder erhielt eines Abends einen Anruf aus Rom: »Hier ist der Joseph. Mir sind da Vorfälle zu Ohren gekommen, bei denen ich – nach den Erfahrungen unserer langen gemeinsamen Zeit – so etwas wie deine Handschrift sehen kann. Wenn das so sein sollte – bitte unterlasse solche Aktionen in Zukunft. Die Sache wird sich anders erledigen.«

Es war wieder einmal wie bei Karl May: Selbst der **Papst** spricht Deutsch …

Ende

In den Hauptrollen

Einige Beschreibungen sind den beiden ersten Nusselein-Krimis **»Wer stirbt schon gern in Düsseldorf«** und **»Väter unser …«** entnommen:

Charly Nusselein

Es gibt Tage, an denen lässt Charly Nusselein Herrn Schlüter einen guten Mann sein. Man muss in diesem Zusammenhang allerdings wissen, dass Charly Nusselein überzeugter Atheist ist, sich selbst aber, falls er doch einmal betet, einen eigenen Gott namens ›Herr Schlüter‹ geschaffen hat.
Charly Nusselein, der eigentlich Karl-Heinz heißt und aus Prüm stammt, ist Lokaljournalist bei dem Anzeigenblatt »Der Hammer« in Monschau. Er lebt seit Jahren in einem Wohnwagen auf seinem eigenen Grundstück in Ruitzhof. Nusseleins Lieblingssatz ist übrigens: »Ich bin vielmehr der Meinung, dass Schleiden zerstört werden muss, wie Cato, der alte Sack, immer sagte.«

Incitatus

Nusselein lebt nicht allein.
Der wahre Herrscher im Bauwagen ist der Kater Incitatus, also ›Heißsporn‹, der nach dem Pferd von Caligula benannt wurde.
Nusselein behauptet steif und fest, dass sein Kater jeden Abend mittels einer eigens angefertigten Vorrichtung eine Tabakspfeife schmaucht.

Gottfried Zimmermann

Gottfried Zimmermann ist der Kriminalkommissar aus Monschau, mit dem Nusselein zunächst auf Kriegsfuß stand. Später arbeiteten Zimmermann und Nusselein in »Wer stirbt schon gern in Düsseldorf« und »Väter unser …« zusammen. Gottfried Zimmermann hat ein großes Vorbild: Schauspieler Charly Muhamed Huber, der schon lange nicht mehr dem »Alten« im ZDF assistiert. Seit dem zweiten Eifel-Fall ist der Kommissar mit der Monschauer Wirtin Helga Preim liiert.

Alex Kufka

Verleger, Chefredakteur des »Hammer«. Dieser hatte eine recht gewöhnungsbedürftige Angewohnheit. Er trug fast immer einen Luftpolster-Umschlag bei sich und zerknackte bei Gesprächen die kleinen Kammern. Deswegen befindet er sich zurzeit in therapeutischer Behandlung.

Elli Breuer
Elli Breuer, Redaktionssekretärin, in der Redaktions-Hierarchie an zweiter, wenn nicht sogar an erster Stelle: Nusselein liebt Elli. Da diese aber seit Jahren mit einem Streifenpolizisten namens Benno verheiratet ist, hat er seine Gefühle bisher nur Incitatus anvertraut.

Benno Breuer
Polizeihauptwachtmeister, Streifendienst, siehe Elli.

Hildegard Jansen-Mutzkuss
Hildegard Jansen-Mutzkuss, Vorsitzende der Monschauer Grünen. Die Grünen-Vorsitzende soll einmal ein kurzes, an einem Fettdonnerstag von 20.11 Uhr bis zur Demaskierung dauerndes Verhältnis mit Nusselein gehabt haben. Sie sitzt zurzeit als Nachrückerin im Bundestag.

In weiteren Rollen:

Florian Adrian
Kripobeamter aus Aachen, Schwerpunkt Raub.

John Attard-Montalto MdEP
Europaabgeordneter der »Partit Laburista« aus Malta.

Oliver Bardenberg
Berater und Sekretär im Europaparlament.

Afina Basarab
Polin aus Rumänien.

Prior Bernard
Vorsteher des Klosters Reichenstein. FSSPX = »Fraternitas Sacerdotalis Sancti Pii Xi«, für »Priesterbruderschaft St. Pius X«.

Susanne Bode
Moderatorin beim WDR-Hörfunk in Aachen.

Bernard Bonet
Geschäftsführer vom »Le Procope« in Paris.

Oswald Braun
Arbeiter bei der Baufirma Lambertz.

Franz Breuer
Busfahrer bei »Marko Pole«.

Ludmilla Catalar
Bulgarische Prostituierte in der Aachener Antoniusstraße.

Hervé Clergue
Briefträger in der Provence.

Paul Cossonet
Französischer Gendarmerie-Hauptmann in Arles.

Hermann Cremer
Polizeihauptwachtmeister in Monschau.

Cornelius Damm
Beamter der Aachener Spurensicherung.

Marie Derousseaux
Besitzerin einer Pommes-Bude bei Sourbrodt.

Dr. Margarethe Dombusch
Klinikum Aachen, Anatomie.

Manfred Eis
Bürgermeister von Roetgen, SPD.

Günther Franitza
Journalist – WDR Aachen.

Nikolaus Franzhuber
Generalrat der Pius-Bruderschaft in der Schweiz.

Sonja Fuhrmann
WDR-Lokalzeit aus Aachen.

Heinz Gensterblum
Redakteur des deutschsprachigen »Grenz-Echo« in Eupen/Belgien.

Charly Muhamed Huber
Schauspieler, Darsteller des Henry Johnson in der ZDF-Serie »Der Alte«.

Gerhard Huppertz
Arbeiter bei der »Baufirma Lambertz«.

Karl Jerusalem
Belgischer Kripomann der Eupener »Brigade Spéciale de Recherche«. Wird »Der Freak« genannt.

Luc Josten
Trödelhändler aus Raeren/Belgien.

Paul Kemen
Polizei-Pressesprecher in Aachen.

Erwin Keppler
Leitender Polizeidirektor in Aachen.

Rolf-Dieter Klees MdEP
Europaabgeordneter der SPD aus Aachen.

Hubert Krings
Städtischer Beamter des Bauamtes der Stadtverwaltung Monschau.

Ernst Lambertz
Bauunternehmer aus Kalterherberg.

Herbert Lüder
Monsignore, lebt im Ruhestand in Aachen-Sief. Früher Dozent an der päpstlichen Universität »Regina Apostolorum« in Rom und Vertrauter des heutigen Papstes.

Joseph Mandler
Druckereibesitzer aus Aachen-Eilendorf, fanatischer Katholik.

Jürgen Mathée
Einwohnermeldeamt Roetgen.

Joachim Metzen
Polizist.

Dieter Münstermann
Antiquitätenhändler aus Roetgen.

Dr. Heinrich Mussinghoff
Seit 1995 Bischof von Aachen.

Marko Nazwisko
Polnischer Busunternehmer, Fa. »Marko Pole« aus Aachen.

Hans Nießen und Barry vom Schlummerwölkchen
Rentner und Bernhardiner, fanden schon wieder die erste Leiche.

Klaus Oelze
Polizeipräsident von Aachen.

Berthold Ott
Beamter der Aachener Spurensicherung.

Stamos Papas
Besitzer der »Roetgen-Therme«.

Hermann Pauls
Polizeioberkommissar in Roetgen.

Josef Paustenbach
Rentner aus Paustenbach.

Helga Preim
Freundin von Gottfried Zimmermann, Wirtin des »Schwarzen Krug«.

Peter Pricken
Reisebüro »Columbus« in Roetgen.

Eugen Reinartz
Landrat des ehemaligen Kreises Monschau von 1958 bis 1964. Danach noch einige Jahre im Gemeinderat von Roetgen. Seit vielen Jahren Rentner.

Maria Reinartz
Ehefrau von Eugen Reinartz.

Heiner Schepp
Redakteur der »Aachener Nachrichten«.

Udo Schiffler
Polizist.

Ralf Schütt
Anzeigenkunde beim »Hammer« – Rubrik »Er sucht Sie«.

Karl Schultheis, MdL
SPD-Vorsitzender in Aachen.

Emile Siniora
UPS-Bote für Monschau.

Benno Steinröx
»La Tribune«, Montelimar.

Peter Stollenwerk
Redakteur der »Aachener Zeitung«.

Valja Timoschenko
Mordopfer.

Elisabeth Vigée-Lebrun
**16.04.1755 †30.03.1842*
Französische Malerin.

Ernesto Ramos Wegner
Rausschmeißer, arbeitet regelmäßig für Monsignore Herbert Lüder als »Mädchen für alles«.

Dr. Reinhard Weixler
Gerichtsmediziner in Aachen.

Und sonst:

»Der Hammer«

Einige Eifeler nennen das Blatt, das monatlich erscheint, »Die Eifel-Bravo«, weil man in erster Linie ein jüngeres Publikum »so bis 49« ansprechen will. »Der Hammer« ist eine Publikation, die in den letzten Jahren doch immer wieder die eine oder andere journalistische Sensation von lokalpolitischem Eifeler Weltinteresse zwischen Schleiden und den südlichen Aachener Stadtteilen geglückt ist.

Ruitzhof

Ruitzhof ist eine von Belgien umzingelte deutsche Enklave unweit von Kalterherberg. Und Kalterherberg ist wiederum ein Monschauer Stadtteil. Stadtteil, na ja …

Dichtung und Wahrheit

Dies ist ein Roman und kein Tatsachenbericht. Alle Handlungen, Gespräche und Personen sind frei erfunden, irgendwelche Ähnlichkeiten sind also rein zufällig. Halt! Einige reale Personen habe ich eingebaut – allerdings ist all' das, was sie in diesem Buch sagen und machen, ebenfalls meiner Fantasie entsprungen.

Dank

Mein Dank gilt einigen, natürlich ungenannten Informanten, die mir – wissentlich und unwissentlich – immer wieder Geschichten aus dem Alltag der Eifel erzählt haben. Mein Dank gilt schreibenden, mitteilenden und mitteilungsbedürftigen Menschen, deren Originalzitate ich – meist satirisch – verfremdet habe.

Namentlich danke ich Peter Joerißen und Michael Lammertz vom Nationalparkforstamt Eifel, Georg Hamacher vom Forstamt Eupen, Paul Kemen, Polizei-Pressesprecher in Aachen, Jens Pottharst, Presseattaché des Europäischen Parlaments in Berlin, Peter Stollenwerk und Heiner Schepp »Eifeler Nachrichten/Eifeler Zeitung«, Benno Steinröx von »La Tribune« aus Montelimar, Heinz Gensterblum vom »Grenz-Echo« in Eupen, Margot Gasper von den »Aachener Nachrichten«, Stamos Papas für täglich eine Stunde Ruhe zum Nachdenken, Kurt Schreiber, der für mich jede Ecke der Eifel erwandert hat, Jürgen Mathée von der Gemeindeverwaltung Roetgen, Hermann Mertens von der Stadtverwaltung Monschau, meiner Familie, die mich über Monate in meiner anderen Welt ließ sowie zahlreichen Journalisten, deren Artikel ich verfremdete.

Veröffentlichungen von Hubert vom Venn

BÜCHER
1990 »Bundesstraße 258« GE-Verlag, Belgien
1991 »Zum Drehen und wenden« GE-Verlag, Belgien
1992 »Die Schlacht um Monschau« Helios-Verlag
1994 »Meine Sorgen möchte ich haben« GE-Verlag, Belgien
1995 »Wir sind'n Volk« Chudoscnik Sunergia, Belgien
1996 »Und sonst – wie sonst?« GE-Verlag, Belgien
1999 »Die Hand im Moor« Rhein-Mosel-Verlag, Deutschland
2000 »Kaisermord« Rhein-Mosel-Verlag, Deutschland
2001 »Mein Jahr in der Eifel« Rhein-Mosel-Verlag, Deutschland
2002 »Alles für die Katz« Rhein-Mosel-Verlag, Deutschland
2004 »Wer stirbt schon gern in Düsseldorf?«
Rhein-Mosel-Verlag, Deutschland
2005 »Sterne der Eifel« Rhein-Mosel-Verlag, Deutschland
2006 »Väter unser …« Rhein-Mosel-Verlag, Deutschland
2007 »Gelogen wie gedruckt« Rhein-Mosel-Verlag, Deutschland

HÖRBÜCHER
2006 »Wer stirbt schon gern in Düsseldorf?« TechniSat
2006 »Kaisermord« TechniSat
2006 »Alles für die Katz« TechniSat
2006 »Mein Jahr in der Eifel« TechniSat
2006 »Sterne der Eifel« TechniSat
2007 »Väter unser« TechniSat
2007 »Die Hand im Moor« TechniSat

SINGLES, LP, CDs
1983 »Hühnchen explodieren am Horizont« (Single)
Deutsche Austrophon
1983 »Sonderzug aus Pankow« (Single) von Erich hon. Ecker,
Mitautor – Deutsche Austrophon
1984 »Die Stimme des Westens« (LP) Deutsche Austrophon
1993 »Kräht der Bauer auf dem Mist« (CD und MC) WDR
1997 »Fritten für um hier zu essen«
mit Jupp Hammerschmidt (CD) BRF und GE-Verlag
2003 »The Best – Live im Nassenhof«
mit Jupp Hammerschmidt (CD) Rhein-Mosel-Verlag

ANTHOLOGIEN

1991 »Hurra Deutschland« Eichborn-Verlag, Deutschland
1995 »Junger Westen« Rhein-Eifel-Mosel-Verlag, Deutschland
1995 »Das Hohe Venn von A-Z« GE-Verlag, Belgien, (Fotos)
1996 »Im Osten viel Neues« GE-Verlag, Belgien
1997 »Charly's Leute« print'n'press, Deutschland
2000 »Der Tod klopft an« GE-Verlag, Belgien
2001 »Abendgrauen 2« KBV-Verlag, Deutschland
2001 »Der Tod tritt ein« GE-Verlag, Belgien
2003 »Frühling, Sommer, Herbst und Mord« GE-Verlag, Belgien
2004 »Mords-Eifel« KBV-Verlag, Deutschland

HÖRBÜCHER-ANTHOLOGIEN

2007 »Unterhaltung rund um die Eifel« Sammelbox TechniSat
2008 »Mords-Eifel« TechniSat

NENNUNGEN

1992 »Literatur Atlas NRW«
1994 »Die Eifel in der Literatur«
1999 »Lexikon der Kriminalliteratur«
2000 »Who is who Deutschland«
2000 »International Directory of Distinguished Leadership«
2000 »Kürschners Literaturkalender«
2000 »NRW-Bibliographie«
2001 »Intern. Authors and Writers Who's Who«, Cambridge
2001 »Deutsches Schriftstellerlexikon«
2002 »Intern. Who's Who of Authors and writers«, London
2002 »Aachener Literatur Garten«
2002 »Eifel – Krimi-Reiseführer«

PROGRAMME MIT JUPP HAMMERSCHMIDT

1993 – 1994 »Das Leseprogramm«
1994 – 1996 »Misanthropischer Kokolores«
1996 – 1999 »Fritten für um hier zu essen«
1999 – 2001 »Grüße am Rudi«
2001 – 2004 »Komm bis bei uns«
2002 – 2003 »In diesem Sinne: Frohes Fest«
2004 – 2005 »Jute Butter und Bohnenkaffee«
2005 – 2006 »S'ist als ob Engelein singen«

2006 – 2007 »Viel Wind um Nichts«
2007 – 2008 »Wer stirbt schon gern in …«
ab 2008 »Die Sau ist tot in …«

WEBLINKS
www.hubert-vom-venn.de
www.jupp-hammerschmidt.de
www.rhein-mosel-verlag.de